JN083962

心霊探偵八雲12

魂の深淵

神永 学

角川文庫
23179

PSYCHIC DETECTIVE YAKUMO

MANABU KAMINAGA

12.

怪物と闘う者は、その中で自らも怪物にならないよう、気をつけなくてはならない。
深淵《しんえん》を覗《のぞ》くとき、深淵もまたこちらを覗いている――。

フリードリッヒ・ニーチェ

プロローグ

PROLOGUE

一

私は深淵の中にいた――。

濃密で、重い空気に満たされたその闇の中、私は膝《ひざ》を抱えてじっと座っている。

闇がじわじわと身体を侵食し、心を覆う壁を溶かしていく。やがて、外殻を失った私は、個としての存在を失い、闇そのものになる。

それは、死を意味していた。

肉体だけではない。心までもが死んでいく――。

怖くはなかった。

生きていることの方が、はるかに苦痛を伴っていたからだ。

それに比べれば、寒くて、静かで、真っ暗な世界は、とても優しかった。何より、平等だった。

このまま全てを忘れて、完全な無になる――。

何も見えない。

何も聞こえない。

何も感じない。

何も――。

…………

……

真っ暗だった空間に、小さな光が灯《とも》った。

二つの光。

赤い光だ――。

よく見ると、それは眼だった。

真っ赤に染まった瞳《ひとみ》が二つ。じっと私のことを見ていた。

その眼からは、何の感情も読み取れなかった。ただ、目の前にあるものを、あるがままに捉《とら》えている。

あの眼に、私の姿はどう映るのだろう？

考えているうちに、闇の中から浮かび上がるように、一人の男が姿を現した。

さっきの赤い二つの眼は、この男のものだったのだろう。

均整の取れた顔立ちで、肌が異様に白かった。生きた人間というより、精巧に造られた人形のような質感だった。

——似ている。

そんな風に思ってしまった。性別も年齢も違うのに、この男は、自分にとても似ている。

それは、もしかしたら魂のかたちだったのかもしれない。

しばらく無言のまま私を見下ろしていた男だったが、やがてゆっくりと右手を差し出してきた。

とても美しい手だった。

「来るか？」

男の声が、沈滞していた冷たい空気を震わせた。

私は、意味が分からず、黙ったまま男を見返した。男の声は、その眼と同じで、感情が読み取れなかった。

「私と一緒に——来るか？」

男がそう続けた。

この男は、私を連れて行こうというのか？ 何処に？ 何の為に？ 男の顔を改めて見返したが、赤い瞳は何も語らない。

「一緒に行ったら、どうなるの？」

私はそう聞き返した。

「君に、新しい人生を与える」

男は静かに言った。

「新しい人生？」

「そうだ」

男が顎《あご》を引いて頷《うなず》く。

このとき、初めて男の頬の筋肉が緩み、小さく笑ったように見えた。

新しい人生が何か、私には分からない。だけど、男が笑ってくれたことが嬉《うれ》しかった。

だから、私は男の手を取った。

見た目と違い、その手はとても力強かった。

そして――。

温かかった――。

さっきまで、あれほど暗かった世界が一変した。

きっと私は生まれ変わったのだ。

二

冷たい風は、容赦なく身体から熱を奪っていく。

だが——。

肉体が感じる冷たさなど、取るに足らない。

痛みも同じだ。

いくらでも耐えることができる。肉体的な感覚を遮断する術《すべ》なら知っている。自分の姿を俯瞰《ふかん》で眺め、心と身体を切り離せばいいのだ。

ちょうど、魂が肉体を抜け出したときのように——。

真に耐え難いのは、肉体の苦痛ではなく、心が感じるそれだ。

悲しみや苦しみ、怒りや憎しみ。そして喪失感から生まれる心の痛みは、肉体が感じるものの比ではない。

どんなに拒もうとも、容赦なく隙間に入り込んできて、病原菌のように、際限なく増殖していく。

それだけではない。

広がった苦痛は、ギリギリと嫌な音を立てながら精神を削っていく。そうやって歪《ゆが》んでしまった心は、二度と元に戻ることはない。

「あなたも、それが分かったでしょ――」

水門の管理棟の屋上に立った七瀬美雪《ななせみゆき》は、白い息とともに呟《つぶや》いた。

だが、その声は、管理棟の脇で呆然《ぼうぜん》と立ち尽くしている青年には届いていない。そもそも、最初から伝えるつもりはない。

彼は、今まさにそのことを体感しているはずだ。

走り去る救急車を見送りながら、彼が何を考えているのか手に取るように分かる。

怒り、憎しみ、悲しみ、あらゆる負の感情が入り混じり、巨大な渦になる。最初、他者に向けられていたそのうねりは、全ての光を奪い、やがては、後悔と喪失感に変《へん》貌《ぼう》し、自分自身に返ってくる。

彼――斉藤八雲《さいとうやくも》は、深淵《しんえん》を見ているはずだ。

冷たくて、重い空気に満たされた深い闇の底。かつて、七瀬美雪が見たのと同じ世界。

八雲の心もまた――削られていくだろう。

そして、自分の形を失う。

それを想像するだけで、七瀬美雪の身体の内側から、熱を帯びた衝動が湧き上がり、自然と頬の筋肉が緩んだ。

確かめるまでもなく、恍惚《こうこつ》とした表情を浮かべているはずだ。

他人が苦しむ姿を見て興奮する嗜虐《しぎやく》性は、生まれもって備わったものではない。けれどその種自体は、誰の心の中にも宿っているものだ。

それが、発露するか否かは、環境によるところが大きい。

心の奥底に眠っている嗜虐性の種は、自らが痛めつけられることで発芽し、闇の中で生長を続ける。

そうなってしまえば、あとは花開く為のきっかけを待つだけだ。

自分がそうであったように、八雲も、長い間、深淵を見つめていれば、いずれ嗜虐性を剥《む》き出しにするに違いない。

他人の苦しんでいる姿を見て、歓喜に打ち震えるようになるはずだ。

しかし、七瀬美雪の目的はそこではない。

もっと先にある。

「苦しいでしょ。悲しいでしょ。痛いでしょ」

そこまで言ったところで、七瀬美雪はすうっと八雲に向かって手を伸ばす。

離れた場所にいる八雲の身体が、掌《てのひら》の中に収まった。

「でもね――」

七瀬美雪は、八雲の身体を包み込むように、伸ばした掌を握った。

メキメキと鈍い音を立てて、八雲の心の砕ける音が聞こえた気がした。

「まだ終わりじゃない。これから始まるの――」

七瀬美雪は、自らの拳《こぶし》の中にいる八雲にそう告げると、背中を向けて歩き出す。

より深い闇を探すように――。

三

――どうしてこうなった？

病院の待合室のベンチに座った後藤和利《ごとうかずとし》の脳裏には、同じ疑問が幾度となく繰り返されていた。

七瀬美雪に拉致《らち》された小沢晴香《おざわはるか》を救う為に奔走した。救えるはずだった。そう信じていた。それなのに――。

八雲の推理から、七瀬美雪と晴香は、旧木下《きのした》医院にいると思われた。

だが、そこに二人の姿はなく、同時期に行方不明になっていた少女が、ベッドに寝かされていた。

七瀬美雪は、離れた場所からノートパソコンを通じて、自分たちを嘲笑《あざわら》った挙げ句、とんでもない条件を八雲に突きつけた。

晴香を助けたければ、ナイフを使って、ベッドに眠っている無関係な少女を殺せと命じたのだ。

命を天秤《てんびん》にかけるなど、悪魔の所業だ。

八雲は、晴香を救う為に、少女を殺そうとした。それを責めることはできない。どちらか片方が失われるという条件下であれば、自分にとって大切な人を選ぶのは、仕方がないことだ。

しかし——。

選択したことで、背負うことになる業《ごう》は、とてつもなく重い。

他人の命を奪うという選択をした罪悪感は、一生付きまとい、八雲を苦しめ続けることになるだろう。

これまで数多《あまた》の死者の魂を目にして、命の重さを人一倍分かっているからこそ八雲が感じるそれは、想像をはるかに超えていたはずだ。

八雲を殺人犯にしてはならない。後藤は、その思いに駆られ、あのとき八雲を止めた。晴香を見捨てたのではない。八雲を止めながらも、晴香を救おうとしたのだ。

だが、あと一歩のところで届かなかった。

七瀬美雪は、両手足を拘束した晴香を容赦なく凍《い》てつく川に突き落とした。

後藤と石井《いしい》とで、何とか川に沈んだ晴香を見つけ出し、岸に引き揚げたが、そのときには、もう彼女の呼吸は止まっていた。

「くそっ！」

後藤は、自らの太腿《ふともも》を拳で殴りつける。

痛みはほとんど感じなかった。心に負った衝撃が強すぎて、肉体の感覚が麻痺《まひ》している。

ふと視線を上げると、壁に背中を預けるようにして八雲が立っていた。

置物のように微動だにしない。顔に生気がなく、目も虚《うつ》ろだった。まるで、空っぽの人形のように。

──すまない。

心の内で、何度詫《わ》びたか分からない。

もし、後藤と石井がもっと早く、あの水門に駆けつけていれば、晴香を救うことができたかもしれない。

いや──。

それよりも前に分岐はあった。

後藤が八雲を止めず、少女を犠牲にすれば晴香は川に落とされることはなかったかもしれない。

間違った考えであることは分かっている。それでも、思考がそこに囚《とら》われる。こうした迷路に追い込むことこそが、七瀬美雪の目的だったに違いない。

自分たちは、彼女の掌の上で踊らされていたのだ。

「後藤さん。今は、余計なことを考えるのは止めましょう」

そう声をかけてきたのは、向かいのベンチに座る新聞記者の土方真琴《ひじかたまこと》だった。

彼女も、晴香を救う為に奔走した一人だ。

後悔もあるだろうし、後藤と同じようなことを考えたはずだ。だが、感情に流されることなく、自我を保っている。

「そうだな……」

後藤は、ふうっと大きく息を吐いてから立ち上がった。

座って俯《うつむ》いていては、考えが悪い方に流されていくような気がした。

窓から差し込む朝陽が眩《まぶ》しかった。心が暗く沈んでいるせいか、それが疎ましく感じられる。

「お待たせしました」

医者に晴香の容態を訊《き》きに行っていた石井が、息を切らしながら、駆け足で戻って来た。

すぐにでも、状況を問い質《ただ》したいところだが、一瞬それを躊躇《ためら》った。最悪の報告を聞くかもしれないと思うと、声が出なかった。

後藤だけではなく、八雲も同じだったようで、石井に目を向けたものの、何も言わずにただじっとしている。

「それで、晴香ちゃんの容態は？」

促したのは真琴だった。

こういうとき、女性の方がしっかりしているものだ。

「あ、はい。一命を取り留めたそうです」

石井の発した言葉で、安堵《あんど》の波が一気に広がった。

──良かった。

安堵の息を漏らすのと同時に、身体の力まで抜けてしまった。そのまま頽《くずお》れそうになるのを、辛うじて堪《こら》えた。

「一命は取り留めたのですが……その……」

石井の声がみるみる小さくなり、顔色も別人のように悪くなっていく。

「何だ？　何があった？」

後藤が詰め寄ると、石井は頼りなく眉《まゆ》を下げつつも口を開く。

「意識が戻らないそうです。今は、人工呼吸器の助けを借りて呼吸をしていますが、予断を許さない状態だとか……」

石井の声は、頼りなく震えていた。

「生きているんだよな。だったら大丈夫だ。きっと目を覚ます」

後藤は声を張った。

結果の出ていないことに対して不安に身を捩《よじ》っても仕方ない。今は、目を覚ますと信じることこそが大事だ。

「私も、そうであって欲しいです。しかし……」

石井の目が落ち着きなく左右に揺れる。

「しかしも、へったくれもあるか。晴香ちゃんは大丈夫だ。おれたちが信じなくてどうすんだ」

「私だって信じたいです。でも、お医者様の話では……脳死の可能性がある——と」

石井が放った言葉が、信じようとする後藤の心を打ち砕いた。

「脳死……」

その言葉は——あまりに重い。

脳死とは、脳にダメージを負ったことにより、全ての脳の機能が停止してしまった状態のことだ。どんな治療を施しても回復する見込みがなく、医療機器の助けが無ければ心停止してしまう。

否応《いやおう》なしに、八雲の叔父《おじ》である一心《いっしん》のことが思い返される。

一心は、ある事件に巻き込まれた際、ナイフで刺されて意識不明の重体に陥った。

一命は取り留めたものの、意識が回復せず脳死と判定された。

一心は、そのまま逝ってしまった――。

回復すると信じていたが、その願いは叶《かな》わなかった。どんなに切望しても、どうにもできないことがある。現実の無慈悲さを思い知らされた。

だからこそ、今の晴香が脳死かもしれないという石井の話が、後藤には受け容《い》れられなかった。

「冗談じゃねぇ！　晴香ちゃんが脳死だっていうのか！」

後藤は、湧き上がる怒りに任せて石井の胸倉を摑《つか》み上げた。

「私だって信じたくありません！　こんなの、あまりに残酷です！」

石井が、後藤の腕を振り払いながら叫んだ。

ビビってばかりの石井が、ここまで感情を露《あら》わにするのは珍しい。石井にとっても受け容れ難い現実なのだろう。

「ここで、私たちが言い合っていても、何も始まりません。今は、信じて待ちましょう」

真琴が慌てて仲裁に入る。

分かっている。ここでいくら騒いでみたところで、現実は変えられない。

「すまない……」

後藤は、石井に詫びながら逃げるように視線を逸《そ》らした。

視界に八雲の姿を捉《とら》えた。

額に脂汗を浮かべ、左手で赤い眼を覆うようにして、苦悶《くもん》の表情をみせている。叫び出したい衝動を、必死に抑え込んでいるようにも見えた。

何か声をかけようとしたが、かけるべき言葉が見つからなかった。

重苦しい沈黙が続く中、病院の待合室に駆け込んで来る二人の男女の姿があった。

以前に、長野で起きた事件に巻き込まれたときに顔を合わせている。晴香の両親の恵子《けいこ》と一裕《かずひろ》だ。

晴香が救急搬送されたあと、石井が連絡していた。それを受けて、長野県から駆けつけたのだろう。

晴香の母の恵子が、こちらの姿を認めて足を止めると、沈痛な表情を浮かべつつも、深々と頭を下げてきた。

後藤もそれに倣ったが、こんなとき何と言えばいいのか分からない。

「晴香さんのご両親ですよね。ご連絡した世田町《せたまち》署の石井です。お医者様のところまでご案内します」

石井が、真琴に促されて声をかける。

恵子は「はい」と応じて、石井のあとについて行こうとしたが、父親である一裕は違った。

鬼の形相で睨《にら》みをきかせている。

その視線の先にいるのは——八雲だった。

父親が娘の恋人に嫉妬《しっと》し、嫌悪するといった類《たぐ》いの生易しい感情ではない。どういう説明がなされたのかは分からないが、八雲を元凶のように考えているのだろう。

八雲は、その視線を正面から受け止め、一裕と恵子の前に歩み出て、深々と頭を下げた。

「申し訳ありません……全て、ぼくが……」

その先は、言葉にならなかった。

八雲の身体が、震えていた。溢《あふ》れ出る感情に翻弄《ほんろう》されているのだろう。

「君は、帰ってくれ」

一裕が言った。

叫んだのでも、怒鳴ったのでもない。抑制された口調で告げただけだったが、それでも、いや、それだからこそ、切実なる想いが込められていた。

「……………」

八雲が顔を上げる。

「今すぐ、ここを出て行ってくれ。そして、金輪際、娘の前に姿を現さないで欲しい」

改めて一裕が口にした。

「待ってくれ。八雲は晴香ちゃんを守ろうとしたんだ。こいつのせいじゃ……」

擁護しようとした後藤の言葉を遮るように、一裕が真っ直ぐな視線を向けてきた。

充血したその目は、あまりに哀しげだった。

後藤は気付いてしまった。一裕が抱いているのは、八雲に対する怒りや憎しみではない。親として、娘を守りたいという深い愛情だ。

「あなたが私の立場でも、同じことが言えますか？」

一裕が訊《たず》ねてくる。

反論しようとした後藤の脳裏に、養女である奈緒《なお》の顔が浮かんだ。

血は繋《つな》がっていないが、奈緒は紛れもなく後藤の子どもだ。なにものにも代え難い存在。その奈緒が、同じ目に遭ったとき、後藤は受け容れることができるだろうか？

一裕と同じように、八雲を拒絶したかもしれない。

だが——。

それでも、八雲は晴香を守る為に、身を削って奔走した。あまつさえ、彼女の為に人まで殺そうとしたのだ。

「八雲は、晴香ちゃんを……」

言いかけた後藤の腕を、八雲が摑んだ。

口に出さなくても、何も言うな——とその目が語っている。

八雲は、今回の一件の責任を全て一人で背負い込む気だ。いや、違う。今回の一件だけじゃない。

これまで、大事には至らなかったが、晴香は散々危険な目に遭ってきた。そうなったのは、自分とかかわったせいだと強く思い込んでいるに違いない。

「違う。お前は……」

「もう、いいんです」

後藤の言葉は、はっきりと八雲に遮られた。

八雲はそれ以上、何も語らずに、ただ一裕に向かって深々と頭を下げると、無言のままその場を立ち去った。

去り際に見た八雲の目は、とてつもなく暗かった。

自らの存在を嫌悪し、絶望に打ちひしがれた危うい目——。

このままにしてはいけない。分かっていたのに、後藤は歩き去る八雲の背中を追いかけることができなかった——。

第一章 悔恨

FILE: 01

一

白いワンピースを着た香菜《かな》は、大きく手を広げるようなポーズを取りながら、笑みを浮かべる。

次は、カメラに向かって手を振る。

それから、両手で頬を挟み、唇を尖《とが》らせる。

香菜が動く度に、カメラのシャッター音が連続して響く。

笑みを浮かべてはいるが、香菜は正直、うんざりしていた。所属していたアイドルグループを卒業し、初めてソロでの写真集の撮影をすることになった。

てっきり、沖縄や、サイパンなどの南の島に行くのだろうと思っていたのに、連れて来られたのは、山奥にある廃墟《はいきょ》だった。

元が、何だったのかは分からないが、くすんだコンクリートの壁は、あちこちヒビが入っていて、清潔感がない。

窓ガラスのほとんどは割れてしまっている上に、あちこちにガラクタが散乱している。床には埃《ほこり》が溜《た》まっていて、歩く度にふわっと舞い上がる。

おまけに、黴臭《かびくさ》くて息が詰まる。

話によると、この建物は、廃墟マニアには知られたスポットらしいが、こんな場所で撮影して、いい写真集が作れるとは思えない。

清楚《せいそ》な雰囲気の少女が、朽ちた建物を背景に云々《うんぬん》と、コンセプト的なものの説明は受けたが、納得できてはいない。

とはいえ、グループを卒業したアイドルが、軒並み低迷していることを考えると、こうして単独で写真集を出版させてもらえるだけマシかもしれない。

「いいよ。次は、くるっと一回転してみようか」

カメラマンの木元《きもと》の指示に従い、香菜は両手を広げてくるりと一回転する。ワンピースのスカートが、ふわっと揺れた。

「じゃあ、次は少し大人っぽい表情で」

再び木元が指示を出す。

大人っぽい表情って、いったいどんな顔のことだよ。不満が湧き上がったが、口にすれば、勘の悪い娘として扱われることが目に見えている。

香菜は、笑みを引っ込め、無表情に木元を見つめた。

「いいね」

木元の喋《しゃべ》り方が鼻に付く。

まだ二十代らしいが、野暮ったくて、実年齢より十歳は上に見える。やたらと呑《の》みに行こうと誘ってくるのも鬱陶《うっとう》しい。

「じゃあ、次は挑発してみて」

木元が次の指示を出す。

日常生活において、他人を挑発するようなことはないし、そうしようと思ったこともない。

求められているのが、どんな表情なのかさっぱり分からない。

苛立《いらだ》ちから、ついため息を吐いてしまった。

「おっ、いいね」

木元が、親指を立ててみせた。

今のは挑発ではなく、ただ呆《あき》れただけなのに、こちらの感情を全く察していない。

木元は、感性が鈍いのではないのか？　と思ってしまう。

こんないい加減なカメラマンに任せていたら、ろくな写真集にならない。後でマネージャーに抗議しよう。

――カチカチッ。

金属がぶつかり合うような奇妙な音が聞こえた。

何かの機材の音かと思ったが、それらしきものは見当たらない。

「何かあった？」

訊ねてくる木元に、「何でもないです」と答えた。

きっと聞き間違いだろう。

撮影に集中しようと思ったところで、香菜の足首に冷たい感触があった。

「ひゃっ！」

香菜は、声を上げて飛び退いた。

ヒールを履いていたせいで、危うく転びそうになったが、何とか踏み留《とど》まる。

「大丈夫？」

木元が声をかけてくる。

「今、足に何か触った」

そう言いながら、足許《あしもと》に目を向けたが、そこには何もなかった。気のせいだったのだろうか？

「大丈夫。何もいないから」

「はい」

返事はしたものの、木元のへらへらとした笑いが癪《しゃく》に障った。

考え過ぎかもしれないが、香菜のことをバカにしているように思えてしまう。

「次は、カメラに向かって誘惑してみて。おれを恋人だと思ってさ――」

木元の指示に、虫酸《むしず》が走った。

こんなむさ苦しい男を、恋人だなんて思えるわけがない。もうちょっと、こちらの気持ちを考えた指示を出して欲しい。

だいたい、誘惑って何？

考えているときに、また足にひんやりとした何かが触れた。

ビクッと身体が硬直する。

さっきは、一瞬触れただけだった。だけど――今度は、しっかりとした感触があった。

「どうした？」

木元がファインダーから顔を上げて訊《たず》ねてくる。

答えようとしたが、ひゅっと喉《のど》が鳴るだけで、声が出なかった。

足には、まだあの感触が残っている。

勘違いではない。

この感触は、誰かが香菜の足首を摑《つか》んでいるものだ。

――カチカチッ。

さっきも聞こえた奇妙な音がした。

今度は、音の出所が分かった。足許から聞こえてくる。

――何なの？

確認しようとした香菜だったが、すぐに踏み留まった。

――見ちゃ駄目！

自分に言い聞かせる。

もし、目を向ければ、とんでもないことになる。

そう思っていたはずなのに、意思に反して自分の首が動く。必死に抗《あらが》おうとしたが駄目だった。

瞼《まぶた》を閉じようとしたが、それさえもできなかった。

香菜の視線は、足許に吸い寄せられる。

あまりのことに、悲鳴を上げることすらできなかった。

香菜の足許に中年の男が突っ伏していた。

その男が、右手だけを伸ばして香菜の足首を掴んでいたのだ。

――何？　何？　何なのこれ？

男は、ゆっくりと顔を上げた。毛細血管が浮き上がり、赤くなった目で、ぎろりと香菜を見る。

紫色に変色した唇が震えている。その奥で、歯がカチカチッと嫌な音を立てる。

――嫌だ。嫌だ。

何とか逃げ出そうとしたが、身体が動かなかった。

男は、ずるずると音を立てながら、床を這《は》いつくばって近付いて来る。そして、そのまま香菜の足をよじ登ろうとする。

膝《ひざ》から腰、そこから、さらに腹へと手を伸ばして来る。やがて、その男の顔が、香菜の目の前まで来た。

「許してくれ……」

男は、香菜の顔をじっと見つめたまま、懇願するように言った。

「いやぁ！」

香菜は、叫ぶのと同時に意識を失った。

二

空が高い——。

雲が一つもない。抜けるような青が広がっている。

肌に当たる光は熱を持っているのに、空気は冷たいままだ。

斉藤八雲は、ふうっと白い息を吐いたあと、視線を正面にある墓石に向けた。

黒い御影《みかげ》石で作られたその墓石は、僅《わず》かに八雲の顔を映していた。

「どうしてこうなった？」

八雲は、墓石に向かって問い掛ける。

だが、返事はなかった。

八雲の左眼は、生まれつき赤い。ただ赤いだけではなく、特異な性質を持っていた。

死者の魂──つまり幽霊が見えるのだ。

これまで、そのせいで数多《あまた》の幽霊を目の当たりにしてきた。

見たくもないのに、その姿が瞳《ひとみ》に映る。聞きたくもないのに、耳に声が入り込んでくる。そうやって、八雲の心を浸食してきた。

それなのに──。

肝心なときに何も見えない。

何も聞こえない。

だが、死者に問答するまでもなく、八雲には答えが分かっていた。

「全てぼくのせいだ……」

水門での事件から、間もなく一週間が経つ。

時間は記憶を薄れさせるという。忘れることは、心を守る為に備わった防衛本能らしい。

だが──日が経つにつれて、八雲の中のあの日の記憶は、より鮮明になり、心に深く刻まれていくような気がした。

瞼を閉じると、川に転落していく瞬間の晴香の顔が脳裏に浮かぶ。

モニター越しであったはずなのに、すぐ目の前にいると錯覚するほど鮮明に——。

あのとき、七瀬美雪は、晴香の命を助ける代償として、無関係な少女を殺すことを八雲に要求してきた。

七瀬美雪に、どうしても、その少女を殺さなければならない事情があったわけではない。彼女の目的は、八雲に人を殺させることだった。

そうすることで、自分と同じところに堕《お》とそうとした。

あの状況下では、七瀬美雪の指示通りに少女を殺すしか、晴香を助ける方法はなかった。

だから、あの瞬間、八雲は少女の命を奪おうとした。

八雲の右手には、未《いま》だにナイフを握ったときの感触が残っている。

とてつもなく重かった。

あれは、命の重さだったのかもしれない。

その重さの全てを背負い込み、人の道を外れてでも、晴香を助けるのだと強い想いでナイフを手にしたはずだった。

「殺せなかった……」

苦い思いとともに口にした。

後藤に止められたというのもある。モニター越しに対面した晴香もまた、八雲の選択を拒絶した。

しかし——あのとき少女を殺さなかったのは、他ならぬ八雲自身の決断だった。

晴香が死ぬと分かっていながら、最後の一線を踏み越えることができなかったのだ。

自分の命なら、いくらでも差し出すが、誰かのそれを奪うことに、躊躇《ためら》いが生まれた。

結果として、晴香を見捨てることになった。

自分の意志の弱さがつくづく嫌になる。

それは、一週間前のあの瞬間に限ったことではない。

もっと前——晴香と出会ったときから始まっていたように思う。

あの頃の八雲は、他者と深くかかわらないように意識して生活していた。自分の赤い左眼は呪われている。繋がりを持てば、その人が不幸になる。それが分かっていた。

だから、初めて晴香が心霊現象を持ち込んで来たときも、いつものように、適当にあしらって終わらせるつもりだった。

だけど——。

晴香は、これまで八雲自身が忌み嫌っていた赤い左眼を「きれい——」と言った。

それは、八雲の価値観を根底から覆す言葉だった。

おそらく、晴香は何の意図もなく、思ったままを口にしただけだろう。だが、だからこそ八雲の心を揺さぶった。

赤い左眼のせいで、八雲は自らの母親に殺されかけた。

実際は、複雑な事情があったのだが、そのときは、まだそれを知らなかった。だから、心のどこかで、自分のような人間は、生きていてはいけないのだと思っているところがあった。

それなのに――。

恐怖でも、同情でも、憐《あわ》れみでもなく、八雲の最大のコンプレックスを「きれい」と表現されたことで、自分が生きていていいのだと言われた気がした。

自分のような人間は、誰ともかかわってはいけないと思っていたはずなのに、晴香が差し出してくれた優しい手を握ってしまった。

孤独は苦ではないと思っていたが、そうではなかった。本当は、心の奥底で他人との繋《つな》がりを求めていたのだということを思い知らされた。

それがそもそもの間違いだった。

晴香の差し伸べる手を振り払い、それまでと同じように孤独に過ごしていれば、こんなことにはならなかった。

一人でいるべきだったのに、それができなかった――。

突き放す機会は幾らでもあった。「二度と顔を見せるな」そう言えば良かったのに、晴香といる時間を心地いいと感じてしまった。

そのまま、何の決断をすることもなく、ずるずると一緒に時間を過ごしてしまった。

孤独に耐えることができなかった自分の弱さが、全ての元凶に他ならない。

——それは違う。

ふっと声が耳を掠《かす》めた。

それは、叔父《おじ》である一心の声だった気がする。

改めて墓石に目を向けてみたが、そこに一心の姿はなかった。きっと、未だに繋がりを捨てきれない、自分の弱さが生み出した幻聴なのだろう。

ため息を吐いたところで、携帯電話が着信の鳴動をした。

モニターには、後藤の名前が表示されていたが、八雲は電話に出ることなく、ポケットの奥に仕舞い込んだ。

後藤からは、あの日から毎日のように電話がかかってきている。

時折、〈映画研究同好会〉の部屋に顔を出していることも知っている。だが、八雲は意図的に会わないようにしていた。

お節介で、情に厚い後藤のことだ。会えば何を言うかは、だいたい想像がつく。

電話をしてきているのは、後藤だけではない。石井からも、真琴からも、同じように連絡がきていたが、八雲は電話に出るつもりはなかった。

──もう誰も巻き込みたくない。

後藤たちの優しさに甘えれば、今度は、彼らを危険に晒《さら》すことになる。

雲海《うんかい》と七瀬美雪のことは、誰かの手を借りてどうにかできる問題ではない。自分一人で決着を付けなければならないことだ。

じわっと熱を持った感情が腹の底から湧き上がる。

その感情は、血管を駆け巡り、瞬く間に全身に広がっていく。

脳の奥が痺《しび》れるような、強い感情──。

全てを失ったかもしれないが、それでも、まだやるべきことが残っている。

過去はもう変えられない。今さら足掻《あが》いたところで、どうにもならない。ただ、未来を造ることはできる。

自分と同じ悲しみを、これ以上増やさない為に、何をすべきかは分かっている。

それは、おそらく自分にしかできないこと。

自分がやるべきこと。

もう迷わない。躊躇えば、また同じことが繰り返される。目的を果たす為なら、いくらでも冷酷になれる。

人としての感情を全て捨ててでも、やり遂げなければならない。

そして、全てが終わったときは――。

「もう行くよ」

八雲は、墓石に決別を告げると、踵《きびす》を返して歩き出した。

一陣の冷たい風が駆け抜ける。

それと同時に、誰かに名を呼ばれた気がした。

慈しむような優しい響きをもった声。もう、聞くことがないと思っていたその声に反応して、八雲は振り返る。

だが、そこに人の姿はなかった。

声の主が眠っている墓石が、佇《たたず》んでいるだけだった――。

再び歩き出そうとしたところで、進路に立ち塞《ふさ》がる影があった。黒い上下のスーツにサングラスをかけている。

腹立たしいことに、その顔は八雲自身によく似ている。

八雲の血縁上の父親である雲海だ。

雲海は、すでに死んでいる。今、八雲の目の前に立っているのは、肉体を持たない魂だけの存在――幽霊だ。

生に執着した雲海は、これまで幾度となく七瀬美雪と共謀し、様々な事件を引き起こしてきた。

その目的は、八雲の肉体を自らの魂を容《い》れる器にすることだ。最も近い血縁の八雲の身体であれば、魂を移し替えることができると本気で信じていたのだ。

そのせいで、多くの人が傷付いてきた。晴香の一件も、雲海の生に対する執着が引き起こしたものであることは間違いない。

だが――。

臓器の移植のように、魂を入れ替えることなどできない。肉体を失った段階で、魂は現世とは異なる次元にいる。

たとえ見ることができるとしても、同じ空間に存在しているわけではない。

雲海も、そのことを悟り始めている。

それが証拠に、これまで、普通の人にも視認できるほど濃密だった雲海の姿は、半分消えかけている。

こうなってしまっては、かつてのように暗躍することはできない。

「もう、あなたに用はない」

八雲が告げると、雲海はゆっくりとサングラスを外して赤い双眸《そうぼう》を晒した。

それを見て、腹の中を掻《か》き回されたような不快感に襲われる。赤い瞳《ひとみ》は呪いだ。自分とこの男とを結びつけ、かかわる者に不幸をもたらす呪い。

「お前はどこに行く?」

雲海が問い掛けてくる。

わざわざ訊《たず》ねるまでもなく、雲海には八雲の目的が分かっているはずだ。だから、こうして目の前に現れた。

八雲を止めようとしているのだろうが、今の雲海にその力はない。

「消えろ」

八雲は吐き捨てるように言った。

もし、雲海が生きた人間であったなら、この手で殺してやりたいが、死んでいるのではそれもできない。

このまま放っておけば、いずれは消えていく存在。今の雲海は、ただの傍観者に過ぎない。

八雲は、雲海の身体を透り抜け、力強く歩みを進めた——。

三

土方真琴は、瞼《まぶた》を閉じて椅子の背もたれに身体を預けた。

疲労がどっと押し寄せてくる。

あの事件から一週間が経とうとしている。有休を使って、少し休むことも考えはしたが、真琴はすぐに職場に復帰した。

立ち止まっていてはいけない――そう思ったからだ。

晴香を救えなかった。その事実は、部屋に籠《こ》もっていくら悔やんだところで、変わりようがない。

だから、今できることをやる――。

彼女――七瀬美雪を捕まえることが、自分たちにできる唯一のことだと信じ、独自に調査を続けている。

ふと、胸に痛みが走った。

今できることをやる――などと自分を納得させてはいるが、実際は、あの日の過ちから逃れようとしているだけなのかもしれない。

具体的に、何をどうすれば良かったのかは分からないが、もっと自分が上手《うま》く立ち回っていれば、晴香を救えたかもしれない。

その罪悪感から逃れる為に、目を逸《そ》らしているだけではないか？

いや、実際そうなのだろう。だが、それでもいい。ただ立ち止まっているより、幾らかマシだ。

真琴は目を開けると、パソコンのモニターに向き合った。

そこに表示されているのは、十六年前に七瀬美雪が、自らの家族を惨殺した事件の記事だった。

当時の新聞記事では、七瀬美雪は行方不明で、犯人に連れ去られた可能性が高い——ということになっていた。

当時、この記事を書いた記者に問い合わせてみたが、憶測を働かせたわけではなく、警察の発表をそのまま書いたということだった。

警察は、初動の段階で、容疑者の推定を含めて、完全に捜査方針を誤ったということになる。

このとき警察が、正しい判断をしていたとしたら、状況は大きく変わっていただろうと思うが、そのことを責めることはできない。

事件当時、七瀬美雪は十歳だった。そんな少女が、家族を滅多刺しにして殺害するなど、いったい誰が想像できるだろう。

後に、七瀬美雪自身が、家族を殺害した理由を語っている。

七瀬美雪の母、冬美《ふゆみ》と祖父である寛治《かんじ》は、愛人関係にあった。彼女は、冬美と寛治の子どもだったのだ。

そのことを知った戸籍上の父である勝明《かつあき》は、まだ十歳の七瀬美雪を虐待していた。

家の中では諍《いさか》いが絶えず、その度に、父だけでなく、祖父の寛治や、母の冬美まで、七瀬美雪を罵《ののし》り、ときに暴力を振るった。

家族の中には、怒り、憎しみ、妬《ねた》み、嫉《そね》みといった負の感情が混ざり合い、大きな歪《ゆが》みを生み出していた。

そんな状況にありながら、七瀬家は家族という檻《おり》の中に収まり続けた。

なぜ、そうまでして、家族の体裁を整えなければならなかったのか——甚だ疑問だ。十歳の少女だった七瀬美雪には、逃げ道はなく、ただ理不尽な暴力に耐え続けるしかなかった。

彼女の唯一の味方は祖母だった。

ところが、事件のあった夜、祖母が鬱積《うっせき》した精神的なストレスから錯乱し、包丁を持って暴れ出した。

錯乱した祖母を、祖父と両親が押さえ付けて殺害した。

そんなときだけ、一致団結するなど、常軌を逸しているとしか言い様がない。

それを目の当たりにした七瀬美雪は、残りの家族全員を殺害するに至った。おそらく、逃避行動あるいは、自己防衛だったのだろう。

このままでは、自分も家族の手によって殺害される。そう思ったのではないかと真琴は推測している。

問題は、その先だ——。

七瀬美雪が、警察に確保されていれば、そこで終わった話だ。ところが、両眼の赤い男——雲海が、彼女を現場から連れ去った。

雲海には、件《くだん》の事件の容疑を、武田俊介《たけだしゆんすけ》になすり付けたいという思惑があった。

だが、本当にそれだけが目的なのだろうか？

真琴には、もっと他の理由があったように思えてならない。

何より引っかかるのは、事件後のことだ。

七瀬美雪が、再び姿を現したのは、失踪《しつそう》してから十五年近く経ってからだ。それまでの間、彼女は完全に姿を消していた。

彼女は、どこで何をしていたのか？

十歳からの十五年といえば、思春期から大人へと成長する、もっとも多感な時期のはずだ。

七瀬美雪が、空白の期間、何をしていたのかを解き明かすことが、彼女の行方を辿《たど》る一番の近道な気がする。

だが——。

今のところ、その道標《みちしるべ》が何一つない。暗闇の中を当てもなく彷徨《さまよ》っているようなものだ。

落胆のため息を吐いたところで、デスクの上の携帯電話が鳴った。

――八雲君？

真琴は、事件以降、幾度となく八雲の携帯電話に連絡を入れている。その折り返しの連絡かと期待したのだが、モニターに表示されたのは、学生時代の友人、木元の名前だった。

木元とは頻繁に連絡を取り合うような間柄ではない。二年ほど前に行われたサークルの同窓会で顔を合わせたのが最後だ。

そんな木元が、どうして急に電話をしてきたのか？　怪訝《けげん》に思いながらも、「土方です」と電話に出た。

〈まこっちゃん。久しぶり〉

電話の向こうから、木元の軽薄な調子の声が聞こえてきた。

木元は、根は真面目なのだが、この喋《しゃべ》り方のせいで誤解されることが多い。

「どうしたの。急に電話してくるなんて、珍しいわね」

〈いや。実は、この前、仕事で中山《なかやま》に会ってさ〉

木元が、出版社に勤務している共通の友人――中山美佳《みか》の名前を挙げる。

彼は確かフリーのカメラマンをやっているはずだ。撮影のときに、美佳と顔を合わせたのだろう。

「美佳さん、変わってないでしょ？」

美佳とは月に一度くらいの頻度で連絡を取り合っている。

〈相変わらずだったよ。あっ、でも、今日は懐かしくて電話したわけじゃないんだ〉

「何？」

〈実は、見て欲しいものがあるんだよ〉

「見て欲しいもの？」

〈そう。中山に訊《き》いたら、こういうのは、まこっちゃんが詳しいって言うからさ〉

木元の声は変わらず軽いが、何だか嫌な予感がした。

良からぬことが起きる予兆——。

「こういうのって？」

〈おれが、今カメラマンやってるってのは、話したっけ？〉

「うん」

〈そっか。実は、仕事で撮影した写真なんだけどさ。ちょっと妙なんだよね〉

「妙というのは？」

〈いわゆる、心霊写真ってやつなんだ〉

いつだったか、何かの拍子に、美佳に真琴が巻き込まれた心霊現象の幾つかについて話をしたことがあった。

どうやら、そのことで、美佳は真琴が心霊現象に詳しいと思い込んでしまったようだ。

昔のよしみで、手助けをしてあげたいという気持ちはあるが、素直に応じられない事情もある。

これまで、心霊事件にかかわってきたのは事実だが、それを解決したのは真琴ではない。八雲だ。その八雲とは音信不通の状態が続いている。相談を受けたところで、真琴にできることは、ほとんどない。

「ごめん。今、色々とあって、あまり余裕がなくて……」

やんわり断ろうとした真琴だったが、木元は〈とにかく、見るだけ見てみてよ〉と強引に話を進め、メールで問題の写真のデータを送ると告げ、電話は切られてしまった。

——参ったな。

真琴がため息を吐いている間に、携帯電話に圧縮された画像データが次々と送られてきた。

準備万端で電話をしてきたのだろう。

真琴は、困惑しつつも画像データを開いてみる。

「これは……」

送られてきた画像は、見間違いなどではなく、どれもひと目で心霊写真だと判別できるものだった。

あまりに鮮明に写っているので、合成による悪戯《いたずら》を疑ったほどだ。

真琴は、最後の画像を表示させたところで、はっと息を呑《の》んだ。

その画像だけ、他とは異なるものだった。

それだけではない。そこには、真琴が追い求めているものが写っていた――。

四

石井雄太郎《ゆうたろう》は、ネクタイを緩めてみたが、息苦しさは変わらなかった。

部屋の空気が淀《よど》んでいるのかもしれない。

〈未解決事件特別捜査室〉の部屋は、以前は倉庫だった場所を改装したものだ。窓がないので、空気の入れ換えができず、酸欠気味になるのはいつものことだ。

改めて、デスクの上にある書類に向き直ったものの、やはり頭の中に靄《もや》がかかったようで、内容がまるで入ってこない。

苛立《いらだ》ちから、髪の毛を掻《か》き毟《むし》ってみたが、靄が晴れることはなかった。

天井を見上げて、ため息を吐くのと同時に、頭の中に一人の女性の顔が浮かんだ。

息が詰まる。

丸顔でつぶらな瞳《ひとみ》をしたショートカットの彼女は、ボーイッシュで可愛らしいのだが、それだけでなく、女性的な繊細な美しさも兼ね備えていた。

彼女が浮かべる柔らかい笑みは、周りの景色を明るく照らしてくれた。

——天使。

それが、晴香を見た第一印象だった。

可憐《かれん》で清廉で、見ているだけで心が癒《い》やされた。ただ、晴香の魅力はそれだけではなかった。

彼女には、どんなときでも前を向いて歩み続ける芯《しん》の強さがあった。

そして——何より優しかった。

石井が自信を無くして落ち込んでいるとき、いつも笑顔で手を差し伸べてくれた。

その微笑みを見るだけで自然と勇気が湧き、臆病《おくびょう》な自分に打ち勝てる気がした。

石井にとって、晴香はそういう存在だった。

最初に出会ったときとは、抱く感情に変化が生まれたが、それでも、大切な人であることに変わりはない。

だから——。

何としても、晴香を助けたかった。

それなのに——。

間に合わなかった。

あの夜、河川敷の道を必死に走ったのに、辿り着く前に、晴香は川へと転落していった。

あと少しだった。もっと自分が速く走っていれば、落下する前に、その手を摑《つか》むことができたかもしれない。

そうすれば、晴香は今も、あの微笑みを向けてくれていただろう。

悔やんだところで、現実が変わらないのは分かっている。だが、それでも、どうしても後悔に引き摺《ず》られる。

目頭が熱くなり、じわっと涙が浮かんだ。

石井は慌てて瞼《まぶた》を固く閉じ、涙が零《こぼ》れ落ちるのをせき止めた。

「ぼうっとしてんじゃねぇよ」

ちょうど、上司である宮川英也《みやがわひでや》が部屋に入って来て、石井の頭を小突いた。

「す、すみません……」

石井は、慌てて姿勢を正す。

「まったく……」

宮川は、呆《あき》れたように言いながら石井の向かいの席に座った。

坊主頭で、眼光の鋭い宮川は、一見するとその筋の人間のようだが、これでれっきとした刑事だ。

「あの。それで、何か分かりましたか？」

石井は身を乗り出すようにして訊《たず》ねる。

宮川は、以前に部下だった後藤が起こした不祥事の責任を取って、今は〈未解決事件特別捜査室〉に追いやられているが、かつては刑事課長だった人物だ。

晴香の事件のあと、石井と宮川は七瀬美雪を追おうとしたのだが、捜査本部がそれを許さなかった。

七瀬美雪を取り逃がした失態の責任をなすり付けられ、捜査から完全に外されてしまった。

だが、だからといって、このまま退き下がるつもりはない。何としても、自分たちの手で七瀬美雪を捕まえる。それが、晴香の為にできる唯一のことだ。

その為には、情報が欲しい。そこで、宮川が刑事課長だったときの伝《つて》を使い、捜査本部の持つ情報を引き出しに行ってくれていたのだ。

見てくれは怖いが、情に厚い人なのだ。

「あまり芳しくないな。潜伏しそうな場所の捜索も進めているようだが、いかんせん、十五年近くも消息を絶っていた女だからな……」

「そうですね……」

七瀬美雪が、十歳のときに失踪《しっそう》してから、再び姿を現すまで十五年近くの歳月が経過している。その間、どこで何をしていたのか分かっていない。

交友関係も、縁《ゆかり》の地も分からないのだから、潜伏先の候補を絞り込むのは、至難の業だろう。

「全国指名手配をかけて、検問を張ったりしているようだが、望み薄だな。頼りは、防犯カメラの映像ということになるが、動きが分からない以上、捜索範囲が広すぎて、手に負えない」

宮川が坊主頭を撫《な》でながら答える。

「そ、そうですか……」

落胆はあったが、予期していた答えでもある。

七瀬美雪は、憎いくらいに狡猾《こうかつ》で抜け目のない人物だ。そう簡単に尻尾《しっぽ》を摑ませたりしないだろう。

「何の情報もねぇんじゃ、動きようがねぇ」

宮川の声が虚しく響く。

警察は手詰まり状態だが、ここで諦《あきら》めるわけにはいかない。まだ、何か手があるはずだ。彼——斉藤八雲なら、七瀬美雪に繫《つな》がる何かを摑んでいるかもしれない。

携帯電話を手に取り、八雲に電話を入れてみたが、しばらくのコール音のあと、留守番電話に切り替わってしまった。

石井は、メッセージを残すことなく電話を切った。八雲に電話をするのは、これで何度目だろう。

「例の眼の赤いガキは、まだ連絡が取れないのか？」

誰に連絡していたのかを察したらしく、宮川が声をかけてきた。

宮川も、八雲の事情を知っている人間の一人だ。直接の絡みは、ほとんどないが、心配しているのだろう。

「はい」

「そうか……。自分を責めてるんだろうな……」

宮川が、しみじみと口にする。

「おそらく……」

あの事件以降、八雲は自分を責め続けているに違いない。

気持ちは分かる。石井も、何度悔やんだか分からない。あのとき、他の方法をとっていれば——と、数え切れないほど頭の中でシミュレーションを繰り返す。

だが、いつも同じ結果に辿《たど》り着いて絶望に暮れる。

ダメだ。自分でもどうしようもないくらいに、思考がマイナス方向に引っ張られている。抗《あらが》おうとするのだが、そうすればするほど、目の前が暗くなっていくような気がする。

晴香という太陽を失い、自分たちは、二度と明けない夜の中に迷い込んでしまったのかもしれない。

項垂《うなだ》れたところで、携帯電話が鳴った。

——八雲氏？

そう思って慌てて手に取り電話に出る。

「石井雄太郎であります！」

〈知ってます〉

笑みを含んだ真琴の声が聞こえてきた。

「何だ。真琴さんでしたか……」

八雲でなかったことに対する落胆が強く、うっかり口にしてしまった。

〈残念そうですね〉

「あっ、いや、違うんです。てっきり、八雲氏だと思ったもので、その……」

大慌てで言い訳を並べる。

〈そうですか？　私には、違う意味に聞こえましたけど〉

「本当に違うんです」

〈まあ、いいです。それより、これから時間ありますか？〉

「ええ。大丈夫です」

書類仕事が大量に残っているが、どうせ、こんな状況でははかどらない。

〈良かった。実は、見て頂きたいものがあるんです〉

「見て頂きたいもの？」

問い返しながら、石井の中に一気に緊張が走った。

真琴が何か見て欲しいと言い出したときは、決まって大きなトラブルに巻き込まれている。

いつもなら、それに怖れをなしていたのだが、今は少しだけ違った。

タイミングから考えて、真琴が無関係な話を持ち出すはずがない。おそらく、彼女の――七瀬美雪の行方に関係する何かに違いない。

五

「まだ、八雲君とは連絡が取れないの？」

後藤に、そう訊ねてきたのは、妻の敦子《あつこ》だった。

花束を持った奈緒の手を引きながら歩くその顔は、いつもより疲れているように見える。

疲れているのは、彼女だけではない。

耳に障害を抱えながらも、いつも天真爛漫《てんしんらんまん》に振る舞っていた奈緒もまた、酷《ひど》く落ち込んだ顔をしている。

それほどまでに、晴香の事件は、後藤たちにとって大きな衝撃だった。

「ああ」

後藤は、ため息交じりに答える。

あの日に病院を立ち去ってから、八雲とは連絡が取れなくなっている。色々と伝えたいことがあるのだが、いくら電話しても応答がない。

試しに、何度か〈映画研究同好会〉の部屋にも顔を出してみたのだが、空振りに終わっている。

部屋にいる痕跡《こんせき》はあるので、タイミングが悪かったというのもあるだろうが、これだけ会えないと、意図的に後藤のことを避けているのだろう。

いや、避けているのは後藤だけではない。八雲は、これまでの全てのかかわりを絶とうとしている気がする。

そうしなければならないほどに、あの事件で八雲が負った傷は深い。

晴香の父である一裕に突き付けられた言葉も、大きなダメージになっているはずだ。

――金輪際、娘の前に姿を現さないで欲しい。

もし一裕が怒りに任せて怒鳴ったのだとしたら、後藤も言い返すことができた。だが、あの言葉に込められていたのは、親としての切実な願いだった。

後藤は、俯《うつむ》き加減に歩く奈緒に目を向けた。

血は繋がっていないが、後藤にとって奈緒は紛れもなく娘だ。何に代えても、守りたいと思う存在だし、将来は幸せになって欲しいと願っている。

奈緒が幸せに暮らせるなら、自分が悪者になってでも、危険なことから遠ざけたいと思うのが親心というものだ。

おそらく、一裕も、八雲が全て悪いわけじゃないと分かっているはずだ。

だが、娘を危険な目に遭わせた一因が、八雲にあることも事実だ。愛する娘を、そうしたものから遠ざけたいと願うのは、当然のことだろう。

しかも、晴香の双子の姉である綾香《あやか》は、幼い頃に交通事故で他界している。娘の死を二回見るなど、想像しただけで胸が張り裂けそうになる。

改めて、元凶となった七瀬美雪に対する怒りが、沸々と湧き上がってきた。

警察は行方を追っているようだが、正直、捕まえることは困難だろう。あの女の狡猾さは後藤自身、骨身に染みている。

七瀬美雪は、これで終わるような女ではない。警察の捜査網をかいくぐりながら、虎視眈々《こしたんたん》と次の機会を狙っているはずだ。

だからこそ、後藤も七瀬美雪を捕まえようと考えたが、手掛かりがゼロの状態では、どうすることもできない。

悶々《もんもん》とした気持ちのまま病院のエントランスに入ったところで、晴香の母である恵子とばったり出会《でくわ》した。

「お見舞いに来てくださったんですね」

嬉《うれ》しそうに笑みを浮かべた恵子だったが、その顔から疲労と悲愴《ひそう》が色濃く窺《うかが》える。

「はい。会えないと言ったのですが、この子がどうしても──と聞かなくて」

後藤は、奈緒に目を向けた。

晴香は一命を取り留めたものの、現在に至るも意識が回復せず、面会謝絶の状態だ。病院に行ったところで、顔を見ることすらできない。そのことを何度も説明したのだが、それでも奈緒は行きたいといって聞かなかった。

そこで、行くだけ行ってみようということになったのだ。

「確か、奈緒ちゃんでしたよね。晴香から、話は聞いています。来てくれて、ありがとうね」

恵子は、屈《かが》んで奈緒の顔を覗《のぞ》き込み、頭をそっと撫《な》でた。

奈緒のことまで知っていることに驚いたが、それだけ晴香が自分たちのことを、家族に話していたということだ。

「すみません。せっかくお越し頂いたんですが、まだ面会ができない状態なんです」

恵子が、申し訳なさそうに言うと、奈緒が持っていた花を差し出した。

「これをくれるの？　ありがとう。きっと晴香も喜ぶわ」

花を受け取り、立ち上がった恵子は、改めて後藤に向かって頭を下げ、「先日は、大変失礼を致しました」と詫《わ》びの言葉を並べる。

「いえ。別に謝られるようなことは……」

「夫も、八雲君が悪いわけじゃないことは、分かっていると思うんです」

ようやく、恵子が何について謝罪しているのかが分かった。

後藤というより、あの夜、追い返してしまった八雲に対するもののようだ。

「大丈夫です。あいつも、分かっていると思いますから」

後藤は、そう口にしてみたものの、自分でも嘘臭いと思ってしまった。

おそらく八雲は、自分の責任だと思い込んでいる。一裕に言われるまでもなく、八雲自身がそう痛感しているはずだ。

「回復したら、真っ先にあの娘《こ》を八雲君に会わせてあげたい。きっと、そう望んでいるでしょうから——」

後藤も、恵子と同じ気持ちだった。

だが、きっと八雲は会いに来ないだろう。この先、晴香が意識を取り戻すことができたとしても、八雲は顔を見せる気はないに違いない。

これまで紡いできた絆《きずな》を、自らの意思で断ち切ってしまった。

最後に見た八雲の顔が脳裏に蘇《よみがえ》る。それは、次第にかたちを変え、初めて出会ったときの八雲の姿と重なった。

あのときの八雲は、自らの母親に殺されそうになっていた。普通なら、恐怖し、泣き叫ぶところだが、八雲は抜け殻のように無表情だった。

我を失って呆《ほう》けていたわけではない。自らが殺されると分かっていながら、それを受け容《い》れていたのだ。

まるで、生きることを諦《あきら》めてしまったかのように。

――駄目だ。

「それで、晴香ちゃんの容態は？」

後藤は気持ちを切り替えるようにして訊《たず》ねたものの、心が激しくかき乱された。

晴香の容態は知りたいが、結果が望むものではなかったとしたら――そう考えると、気が気ではなかった。

「まだ、意識は戻っていないんですけど、脳は正常に機能しているそうです。お医者さんの話だと、かなり快方に向かっているということです。もちろん、予断は許さない状態ではありますけど……」

「そうですか！　それは良かった！」

心の底からほっとした。

問題は、まだまだ山積みではあるが、晴香が回復に向かっているという報《しら》せは何よりだ。

「本当に、良かった。奈緒、晴香ちゃん、もうすぐ元気になるって」

敦子が潤んだ笑みを浮かべながら声をかけると、奈緒が空気を察したらしく、大きく飛び跳ねた。

恵子も、笑みは浮かべているものの、やはり目を覚まさないことには安心できないのだろう。表情に不安が張り付いている。

そんな恵子に励ましの声をかけようとしたところで、携帯電話が鳴った。

――もしかしたら八雲かもしれない。

後藤は病院のエントランスを出てから、携帯電話の通話ボタンを押す。

「おい八雲！　どうして電話に出ねぇんだ！」

〈相手を確かめてから喋《しゃべ》れ。馬鹿者が〉

通話口から聞こえてきたのは、英心《えいしん》の声だった。

一心の師匠筋にあたる僧侶《そうりょ》で、齢《よわい》八十になろうとしているにもかかわらず、がっちりした体格で、憎らしいほどに矍鑠《かくしゃく》としている。

八雲に負けず劣らず口が立ち、厄介事を呼び寄せる、疫病神のような男だ。この男にかかわると、ろくなことがない。

「うるせぇ。今、忙しいんだ。切るぞ」

〈急《せ》くな。阿呆《あほう》が〉

「あん？」

〈お前さんに、少し頼みたいことがある〉

英心がこういう言い方をするということは、また心霊事件を持ち込もうという腹なのだろう。

冗談ではない。今、この状況で、そんなものを相手にしている時間はない。

「忙しいって言ってんだろ。もうろく爺《じじい》が」

〈そんな口を利いていいのか？〉

「何？」

〈お前さんたちが捜している、七瀬美雪という女に関係することなんだがな……〉

後藤は、思わず携帯電話を取り落としそうになった。

六

消毒液の匂いが混じった病院独特の空気を吸い、七瀬美雪はほくそ笑んだ。

歩みを進める度に、リノリウムの床がキュッと鳴る。

その音が、気持ちを昂《たか》ぶらせる。ステップを踏んで、踊り出したいくらいだが、表情を引き締め平静を装う。

ロッカールームで拝借したナース服とネームプレートを着け、看護師のふりをしている。目立つ行動は慎むべきだ。

町の診療所などであれば、見覚えのない看護師がいると、すぐにバレる。だが、人数が多く、入れ替わりの激しい大きな総合病院では、看護師全員の顔を覚えている者など皆無だ。

現に、誰にも見咎《みとが》められることなく、こうして堂々と病院内を歩くことができている。

一週間前の事件のあと、七瀬美雪は一度身を隠した。

警察の追跡を逃れる為というのもあるが、それだけではない。これから実行する計画の下準備があったからだ。

そして、再び舞い戻って来た。

警察は必死に捜索を続けているが、七瀬美雪は捕まらない自信があった。

組織に囚《とら》われ、型通りの捜査しかしない警察の動きは読み易い。むしろ、厄介なのはそうしたしがらみなく動き回る彼らの存在だが、それについても策を考えてある。

計画を完遂するまで、誰にも邪魔はさせない。

七瀬美雪は、飄々《ひょうひょう》と歩みを進め、集中治療室の扉の前に立った。

ドアはカード式のセキュリティーが設けられているが、解除する為のカードを手に入れているので問題はない。

七瀬美雪は、カードをリーダーに翳《かざ》してロックを解除すると、中に足を踏み入れた。

二十四時間体制でモニタリングされている集中治療室には、他の看護師の姿も見受けられたが、平然としていれば怪しまれることはない。

幾つもあるベッドの中から、目当ての女性を見つけ出すと、真っ直ぐ彼女の許《もと》に歩み寄って行く。

ベッドには、生体情報モニターが設置されていて、心電図、呼吸、血圧、体温など多くのバイタルサインをチェックしている。

腕には点滴のチューブが刺さっていて、人工呼吸器がなければすぐにでも死んでしまう状態だ。

あれほど健康的だった顔色も、今は死人のように青ざめている。

でも――まだ生きている。

「意外としぶといのね」

七瀬美雪は、ベッドに横たわっている晴香に向かって語りかけた。

晴香は、目を閉じたまま、返事をすることすらなかった。昏睡《こんすい》状態にあるのだから、それも当然だ。七瀬美雪の声は、彼女の鼓膜には届いていない。

だが――。

肉体に届くことはなくても魂は別だ。晴香の魂には、七瀬美雪の声が聞こえているはずだ。

「私はね。あなたが大嫌いなの。何でか分かる？」

問い掛けながら、七瀬美雪は晴香の頬をそっと撫《な》でる。

絹のように滑らかなその感触は、七瀬美雪の中にある嫉妬《しっと》の念を増幅させた。

そう。おそらく、七瀬美雪が晴香を嫌悪する最大の理由は、嫉妬なのだろう。異性に対する嫉妬ではなく、もっと深い、人としての嫉妬――。

「あなたは、私にないものを持っているの。こんなに綺麗《きれい》な肌で、こんなに愛くるしくて、誰に対しても優しい……本当にいい子」

七瀬美雪の脳裏に、ふと小学校時代の同級生の顔が浮かんだ。

「あなたを見ていると――殺したくなっちゃう」

七瀬美雪は、指を頬からその首筋に這《は》わせた。

このまま、彼女の首を絞めることは容易《たやす》い。だが、そうはしなかった。

「私が、望んでこうなったと思う？」

七瀬美雪は、晴香の首から手を離し、細くしなやかな指に、自分のそれを絡めながら優しく包み込むように握った。

晴香から返事はない。

それは昏睡状態にあるからではない。仮に意識があったとしても、七瀬美雪の問いに答えることはできないだろう。

晴香は、七瀬美雪の行動の理由を考えたことなどないはずだ。

陽の当たる明るい世界で生きてきた晴香には、深淵《しんえん》を歩んできた七瀬美雪の感情など、微塵《みじん》も理解できないだろう。

そもそも、理解しようなどと思ったことすらないはずだ。

自分の狭い世界の中で物事を考え、自分の価値観に合わないものを悪だと決めつける。そうやって無知と無自覚のうちに、誰かを傷付けてきたのだ。

「私だって、あなたのように生きたかった。穏やかな気持ちで、明るい場所を歩けたら、どんなに幸せだったか……」

それは、紛れもない本心だった。

七瀬美雪は、ふうっと一つ息を吐いてから続ける。

「でもね、私にはそれができなかった。生まれた瞬間から、私はそういう生き方が許されなかったの。不公平でしょ。でもね、それが現実なの――」

口にすると同時に、七瀬美雪の脳裏を、忌まわしい記憶が駆け抜けた。

思い出される瞬間の全てが、痛みを伴っていた。

肉体的な痛みではない。引き裂かれるような心の痛みだ。

「全てを清算しようとしたの。でも、できなかった。私に刻み込まれた記憶は、決して消えることなく、私を蝕《むしば》み続けたの。きっと、あなたには想像できないでしょうね。生まれたときから、愛されていたんですもの――」

そう。晴香は、愛されていた。

望まれてこの世に生を受け、生きることを肯定されてきた。ごく当たり前のことかもしれないが、七瀬美雪には、その当たり前がなかった。

七瀬美雪は、望まれて生まれたわけではない。そして、存在することも望まれなかった。

祖父である寛治と、母である冬美の間にできたのが七瀬美雪だ。単なる快楽の結果として、この世に生を受けた。

父の勝明は、そのことを知っていた。

最初から承知していたのか、或《あるい》いは、途中で気付いたのかは分からないが、自分の子ではないことを認識していた。

自分の存在は、彼らにとっては歪《ゆが》みそのものだった。

しかし――。

七瀬美雪は、そんな風に生まれたいと望んだわけではない。

強制的に理不尽な人生を歩むしかなかったのだ。

だから、晴香のように、何も知らずに真っ直ぐに生きている人を見ると、無性にそれを壊してやりたくなる。

全てを奪い、自分のように、苦痛に塗《まみ》れた人生を歩ませたくなる。

七瀬美雪の頭に、八雲の顔が浮かんだ。

初めて彼を見たとき、自分と同類であることが分かった。彼の暗い目が、それを物語っていた。

自分と同じように、望まれることなくこの世に生を受け、自らの意思とは関係なく、虐げられ、痛みを伴った人生を歩んできた。

真に自分のことを理解してくれるのは、八雲しかいないとさえ感じた。だから彼に近付いた。痛みを共有しようとした。

それなのに——。

八雲は決してこちらになびくことはなかった。

まるで、七瀬美雪が到達した境地が、誤りであったと主張するように、彼は真っ直ぐに立ち続けた。

その姿に、狂おしいほどの怒りを覚えた。

同じように愛されることなく、苦しんだはずなのに——なぜ、あなたは堕《お》ちてこないの？

ずっと疑問に思い続けていた。だが、ようやく、その答えを見出《みいだ》した。彼には、光があったのだ。

それが、晴香だった——。

彼女が道標《みちしるべ》となり、八雲を繋《つな》ぎ止めていたのだ。

ふと目を向けると、晴香の掌《てのひら》に赤い石の付いたネックレスが巻き付けられていた。

おそらく、母親が勇気付ける為にやったのだろう。

元々は、八雲の母親である梓《あずさ》の持ち物だった。宣戦布告の意味を込めて、雲海が八雲に渡した。それなのに、八雲は、それを晴香に渡した。

晴香は、後生大事にそのネックレスを持ち歩き、ことある毎にその石に祈りを捧《ささ》げた。

まるで、呪いを掻《か》き消すように――。

「これは、あなたが持つべきものじゃないの」

七瀬美雪は、晴香の掌からネックレスを取ると、それを自らのポケットの中に押し込んだ。

祈りなど届けさせない。

彼には――斉藤八雲には、自分と同じところまで堕ちてもらわなければならないのだから。

「今日、私がここに来たのは、あなたに伝えておきたいことがあったからなの」

七瀬美雪は、気持ちを切り替えてから語り出した。

「これから、私が何をしようとしているのか、それをあなたに教えてあげるわ。知っていながら何もできないのは、苦痛でしょうね。それを存分に味わうといいわ」

七瀬美雪は、晴香の耳許《みみもと》に口を近付けると、囁《ささや》くように自らの計画を語って聞かせた。

一瞬だけ、晴香の頰の筋肉が痙攣《けいれん》したように見えた。

「あなたには、止められない。どのみち、死ぬから関係ないんだけどね」

七瀬美雪は微笑みを浮かべると、人工呼吸器の電源のスイッチに手を伸ばした。

そのまま、僅《わず》かに力を込め、スイッチを切った。

「さようなら——」

静かに告げたあと、七瀬美雪は集中治療室を後にした——。

七

「すみません。お忙しいところ、お時間を作って頂いて——」

石井が指定された喫茶店に足を運ぶと、先に待っていた真琴が丁寧に頭を下げてきた。

その表情は、いつになく硬い。

やはり、見て欲しいものとは、事件にかかわる重要な何かなのだろう。石井は、逸《はや》る気持ちを抑えつつ、店員に珈琲《コーヒー》を注文してから、向かいの席に腰掛けた。

「あの……それで、見て欲しいものというのは？」

石井が問うと、真琴は「はい」と応じつつ、タブレット端末をテーブルの上に置き、一枚の写真を表示させた。

それは、コンクリートに囲まれた廃墟《はいきょ》のような場所で撮影されたもので、白いワンピースを着た可愛らしい少女が、カメラ目線で笑顔を向けていた。

アイドルの写真集を思わせる、明るく爽《さわ》やかな画像だった。

「この人は？」

石井は戸惑いつつ訊《たず》ねる。

「彼女は倉持《くらもち》香菜さん。アイドルグループYKM12のメンバーだったんですけど、最近卒業して、ソロでの活動を始めたそうです」

グループの名前は聞いたことがあるが、倉持香菜という名前は初耳だった。昨今のアイドルは人数が多過ぎて、メンバー全員を把握するのは難しい。

「この女性がどうかしたのですか？」

「次の写真がわかりやすいですかね」

真琴がタブレット端末をスワイプすると、ポーズの違う別の写真が出てきた。連続して撮影された写真なのだろう。香菜の表情とポーズは異なるが、構図は全く一緒だった。

「特別なことは、何もないように見えますけど……」

「足許を見て下さい」

真琴がタップ操作をして、写真の下の部分を拡大する。

「ひっ！」

石井は、仰《の》け反《ぞ》りながら声を上げてしまった。ちょうど、店員が珈琲を運んで来たタイミングで、危うく大惨事になるところだった。

怪訝《けげん》な表情を浮かべつつも、店員が珈琲をテーブルに置いて立ち去って行く。

「これは……」

石井は、改めて口にした。

香菜の足首のところに、さっきの写真にはなかったものが写っている。

それは、明らかに人の手だった。足許にできた影から、ぬうっと人の手が伸び、香菜の足首を摑《つか》んでいるのだ。

「見ての通り、心霊写真だと思われます。次の写真には、もっとはっきり写っています」

説明をしながら、真琴がスワイプする。

──ぎゃっ！

両手で口を押さえ、飛び出しそうになる悲鳴を何とか耐えた。

今度は、拡大されるまでもなく分かった。

写っているのは手だけではない。床に這《は》いつくばるようにして、恨めしそうにこちらに顔を向けている人の姿があった。

煙のようにぼんやりとしていることから、生きた人間でないことは確かだ。性別や年齢も定かではない。

香菜が弾《はじ》けるような笑みを浮かべている分、怖さが増している気がする。

「他にも、たくさん写っているんです」

真琴がタブレットのモニターをスワイプしていく。

次々と現れる写真には、どれも香菜と、その足許に蠢《うごめ》く煙のような幽霊の姿が写っていた。

「あっ……」

写真を見ていて、石井は怖ろしいことに気が付いた。

最初は、香菜の足首を摑んでいた幽霊は、次第にふくらはぎ、そして太腿《ふともも》と、香菜の身体にしがみつくようにしながら、這い上がって来ている。

香菜も、幽霊の存在に気付いたらしく、その表情が次第に笑顔から引き攣《つ》ったものへと変わっていた。

とても怖ろしい写真ではあるが、同時に、分からないこともある。なぜ、真琴がこの写真を見せたのか――だ。

もちろん、これまで心霊現象の相談を持ち込まれたことは何度もある。だが、今このタイミングでというのが引っかかる。

それに、見たところ、心霊写真ではあるが、ただそれだけだ。実害が出ていないのであれば、放っておいても構わないはずだ。

「この香菜さんという女性は、写真撮影後に憑依《ひょうい》されたりしているんでしょうか？」

石井が問うと、真琴は首を左右に振った。

「そういうことは、起きていないそうです。ただ、心霊写真が撮れたというだけです」

「だとしたら……」

「実は、本当に見て欲しいのは、この写真ではないんです」

「え？」

驚くのと同時に、嫌な予感がじわっと広がる。

「他にも写真があるということですか？」

「はい」

「いったい、どんな写真なんですか？」

「説明するより、見てもらった方がいいですね」

真琴は、そう言いながらタブレットをスワイプする。

新たな写真が表示される。これまでとは違い、写真の中に香菜の姿はない。構図は同じなので、テストで撮影されたものだろう。

下の方に視線を移したが、さっきの幽霊の姿も確認できない。

——この写真が、どうしたというのだろう？

答えを求めて真琴に目を向ける。

真琴は、心得たとばかりに、写真の中央部分を拡大した。

これまでの写真では、香菜の姿に隠れていたが、その場所には四角い窓があって、その向こうに一人の女性が立っていた。

――スタッフの誰かだろうか？

何にしても、どうして真琴がこの写真を見せたのか、その意図が分からない。

「この人物をよく見て下さい」

石井の困惑を察したらしい真琴が、さらに写真を拡大しつつ、窓の外にいる人物を指した。

モニターを覗《のぞ》き込んだ石井は、あることに気付き、息を呑《の》んだ。

血の気が引き、気が遠くなる。

「こ、これは……」

声が上擦ってしまった。

「はい。おそらく、ここに写っているのは、七瀬美雪ではないかと――」

真琴が決定的なひと言を放った。

拡大したことで、画質が粗くなっているので、判然としないが、それでも、その姿は真琴が指摘した通り、七瀬美雪に見える。

「ど、どうして彼女が、こんなところに……」

石井は絞り出すように言う。

「それは分かりません。ただ、この写真が撮影されたのは、一週間ほど前だそうです。正確には、五日前。水門での事件の二日後ということになります」

「彼女は、この写真が撮影された場所に、潜伏している可能性が高い――」

石井が口に出すと、真琴は意外にも首を振って否定した。

「それはないと思います」

「で、でも写真に……」

「五日前、この場所にいたのは確かです。でも、用心深い彼女のことです。写真が撮影されたことも分かっているでしょうから、すでに別の場所に移っていると思います」

「そうかもしれませんね」

真琴の言う通りだ。

七瀬美雪が、呑気《のんき》に同じ場所に居続けるはずがない。写真に写り込んでしまっているのだから、尚《なお》のことだ。

「ただ、彼女がこの場所にいたというのは、紛れもない事実です」

「そうですね……」

「七瀬美雪が写り込んだ場所で、偶々《たまたま》、心霊写真が撮影されたというのは、偶然にしては出来過ぎだと思いませんか？」

「この心霊写真と、七瀬美雪は何かしらの関連がある――真琴さんは、そう考えているんですね」

「はい。七瀬美雪の居場所を掴む為の足がかりになるのではないでしょうか？」

真琴の推理は、的を射ていると思う。

この写真は、完全に手詰まりになっていた七瀬美雪の捜索に差した一筋の光だ。とはいえ、手放しに喜ぶことはできない。

「私たちだけで、心霊現象を解明できるでしょうか？」

「だからこそ、彼に協力を仰ぐんです」

真琴が言う彼とは、八雲のことだ。

「協力してくれるでしょうか？　未《いま》だに連絡が取れない状態ですし……」

「彼も、七瀬美雪の行方を追っているはずです。彼女の居場所が分かるのですから、必ず協力してくれます」

真琴が力強く言った。

石井は「そうですね」と頷《うなず》いて答えたものの、心の中にもやもやとしたものが残った。

本当に、八雲は七瀬美雪を捜しているのだろうか？　あのとき、病院で見た八雲の背中は、そのまま闇に溶けてしまいそうなほど暗かった。

もしかしたら、八雲はもう――。

八

チェーン展開しているファミリーレストランに後藤が到着すると、すでに英心の姿があった。

窓際の席で、呑気にストロベリーパフェを食っている。

法衣《ほうえ》の爺《じじい》がニコニコしながら、ファミリーレストランでパフェを食べている姿は、なんともアンバランスだ。

「遅い」

英心は、後藤の姿を認めるなり、吐き捨てるように言った。

恰幅《かっぷく》がよく、人相も威圧感がある。法衣を纏《まと》っているので、辛うじて僧侶《そうりょ》だと分かるが、そうでなければ、その筋の組の親分だと勘違いする人もいるだろう。

「急に呼び出しておいて、遅いもクソもあるか」

後藤は舌打ち混じりに答えた。

英心の電話を切ったあと、病院に戻り、敦子に手短に事情を伝え、大急ぎで駆けつけたのだ。遅いと文句を言われる筋合いはない。

「口の減らん男だな。いったい誰のお陰で……」

「もういい。分かった。おれが悪かったよ」

後藤は、英心の小言を遮り、向かいの席に腰を下ろした。

言われることは、だいたい分かっている。後藤たち一家は、英心の口利きで、寺の庫裏《くり》に住まわせてもらっている。そのことを、ねちねちと言うに決まっている。図体の割に、器の小さい男だと思うが、そんなことを言おうものなら、それこそ追い出されかねない。

後藤は警察を辞めたあと、探偵を名乗っているが、収入は安定しない。今、家を失えば一家は路頭に迷うことになる。

「そんなことより、七瀬美雪と関係があるってのは、どういうことだ?」

後藤が本題を切り出すと、英心は、ふむと頷いた。

「わしの檀家《だんか》の娘さんの一家が、中古の一軒家を購入してな。先週、引っ越しをしたんだ。築年数は古いが、リフォームされていて、駅近というのもあり、なかなか掘り出し物の物件だよ……」

「そんな細かい話はどうでもいい。七瀬美雪に関係することだって言うから、わざわざ足を運んだんだ。要点だけ話せ」

後藤は、湧き上がる苛立《いらだ》ちとともに口にした。

英心は話が脱線するきらいがある。

「そんなだから、お前さんは、いつまで経っても成長せんのだ」

英心は、聞こえよがしにため息を吐く。

「あん？」

「話は最後まで聞けと言っているんだ。細かい情報の中に、意外とヒントがあったりする。そうしたものを見過ごすから……」

「ああ。分かった。分かった。おれが悪かったよ」

後藤は、うんざりしつつも再び詫《わ》びを入れた。

口が達者な英心に余計なことを言った自分が馬鹿だった。これ以上、話が長くなったのでは堪《たま》ったものではない。

「分かればいい」

「それで、その引っ越した家で、心霊現象が起きているってことか？」

「そういうことだ。その一家には、愛菜《あいな》ちゃんという七歳の娘がいるんだが、この愛菜ちゃんが、幽霊を見るようになったらしい」

七歳といえば、奈緒と同じ歳だ。

「他の家族は見てないのか？」

「うむ。愛菜ちゃんだけだ」

「だったら、見間違いじゃねぇのか？　子どものときって、そういうことがよくあるだろ」

　子どもが幽霊やお化けを見たと言い出すのは、別に珍しいことじゃない。そのほとんどが見間違いだったりする。

　いちいち真に受けて対応していたらキリがない。

「わしも、最初はそう思った。だが、詳しく話を聞いていくと、どうも、単純な見間違いとは違うようだ」

「どう違うんだ？」

「引っ越してから、愛菜ちゃんは誰もいない部屋の隅を、じっと見つめるようになったらしい。愛菜ちゃんにどうしたのか訊《たず》ねると、そこに知らない人がいる——と指差したりするようになったそうだ」

「それこそ、見間違いじゃねぇのか？」

「懲りない男だな。最後まで、話を聞けと言っておるだろ。何でもかんでも否定してしまっては、何も始まらんだろ」

　英心に一喝される。

　後藤は口を噤《つぐ》み先を促した。指摘の通り、こうして茶々を入れていたら、いつまで経っても話が進まない。

　呆《あき》れたようにため息を吐いてから、英心は話を再開する。

「そのうち、愛菜ちゃんは独り言を言うようになったそうだ。だが、よくよく聞いてみると、誰かと会話しているようにも聞こえる。さすがに、気味が悪いと感じ、愛菜ちゃんを、その部屋に入れないようにしていたのだが、母親が目を離すと、すぐにその部屋に行ってしまう」

英心が、目を細めて一瞬だけ後藤を見た。

意識してかどうかは分からないが、英心はこういう芝居がかった仕草をすることが多々ある。

「それで?」

「母親は、部屋の中には誰もいないと言い聞かせたんだが、愛菜ちゃんは納得しない。それどころか、幽霊との会話の内容を話してくるようになったらしい」

「何だと……」

そこまでいくと、幽霊がいたとしても、いなかったとしても厄介な話だ。

「詳しいことは分からんが、愛菜ちゃんが語る話の中に、頻繁にある人物の名前が出てくるらしい――」

英心は、そこまでで一旦《いったん》言葉を切った。

おそらく、意図的にやっているのだろう。もったいをつけるやり方が癪《しゃく》に障るが、先が気になる。

「その人物ってのは誰だ？」

後藤が促すと、英心がうむっと一つ頷いた。

「七瀬美雪」

ここで、七瀬美雪が出てくるのか――。

驚きを覚えた後藤だったが、だからこそ冷静に考える必要がある。

「同姓同名という可能性は？」

「わしも、最初はそのことを疑った。だが、愛菜ちゃんが話していたという内容を聞く限り、それだけでは説明できない共通点がある」

「それは何だ？」

「愛菜ちゃんは、実に奇妙なことを口にしたそうだ」

「だから、それは何だと訊《き》いてるんだ」

「美雪ちゃんは、パパとママを殺したんだって――と、そう言ったそうじゃ。同姓同名というだけでは、片付けられないだろ」

英心が、鋭い眼光を後藤に向けてきた。

言葉が返せなかった。たしかに七瀬美雪は、自らの家族を殺害している。愛菜が喋《しゃべ》った内容と合致する。

だが――。

「ニュースとかで見た情報を、記憶していて、それを口にしたんじゃねぇのか？」

後藤は、考え得る可能性を口にした。

「もちろん、そのことも考えた。だが、どうも引っかかるんじゃ」

「何が？」

「仮にニュースなどで得た情報を口にしていたとして、どうして急にそんなことを言う必要があるんだ？」

「し、知らん」

突き放すように言ってみたが、後藤の中で疑念が広がっていく。

英心が指摘した通り、何の理由もなく、七歳の少女が、七瀬美雪の話を持ち出してくるというのは、あまりに異様だ。

偶々《たまたま》という言葉では片付けられない。

「話は、それだけではないんじゃ」

「まだあるのか？」

「愛菜ちゃんの母親である涼子《りょうこ》さんが、気になって問題の部屋を調べたらしいんだが、そのとき、見覚えのない写真を見つけたそうだ」

「どんな写真だ？」

「これだ――」

英心がテーブルの上を滑らせるようにして、写真を後藤に差し出した。

手に取って写真に目を向ける。

学校の校門と思《おぼ》しき場所で撮影されたもので、〈入学式〉という立て看板の横に、ブレザーの制服を着た少女が立っていた。

写真はピンボケしている上に、汚れも付着していて、少女の表情までは分からない。

「前の住人が忘れていったんだろ」

別段、気にすることではないような気がする。

「そうかもしれないな。だが、問題はそこではない」

「は？」

「この少女。似ていると思わんか？　お前さんたちが捜している女に――」

英心が言った。

その言葉に衝撃を受けつつ、改めて写真を凝視する。ピンボケと汚れとで、似ているとか、似ていないとかの前に、顔自体が鮮明に写っていない。

この写真の少女が、七瀬美雪に似ていると感じるのは、愛菜から彼女の名前が出たせいで、そこに引っ張られているからだ。

そもそも、七瀬美雪は十六年前に自らの家族を殺害し、その後、行方不明になっている。警察は懸命に捜索していた。普通に入学式に参加し、学校生活を送っていたのだとしたら、その段階で保護されているはずだ。

後藤は理屈を並べて、英心の推測を否定しようとしたが駄目だった。

そうすればするほどに、この写真の少女が、七瀬美雪の姿と重なっていく。

七瀬美雪は、何度も整形を繰り返している。少女だったとき、どんな顔だったのか知りもしないのに――。

「この件は、八雲にも話したのか？」

後藤は英心を見返した。

正直、現段階では何とも言えないが、調べてみる価値はありそうだ。ただ、自分たちだけではどうにもならない。幽霊が絡んでいるのであれば、八雲の協力が不可欠だ。

「もちろんだとも」

「八雲は、何と言っていた？」

「何も。いくらかけても電話に出ないからな。仕方なく、この写真のデータを添付して、メールを送ってみたが、音沙汰《さた》無しだ」

英心がおどけるように肩を竦《すく》めた。

「何だ。結局、話してねぇんじゃねぇか」

後藤は落胆とともに口にした。

英心なら或《ある》いは――と思いはしたが、期待外れだったようだ。メールなど黙殺している可能性が高い。

「まあ、厳密にはそうなるな。ただ、このまま放置する手はないと思うぞ」

英心の提案はもっともだ。

分からないことだらけだが、調査が進展し、新たな事実が判明すれば、八雲を引っ張り出すことができるはずだ。

「分かった。取り敢《あ》えず行ってみよう」

九

――晴香。

誰かが、名前を呼んでいる。

八雲の顔が見えた。

目の前にいるわけではない。タブレット端末のモニター越しだった。

いつもは仏頂面で、何を考えているのか分からない表情をしているのに、眉《まゆ》を下げ、今にも泣き出しそうな顔をしていた。

悲しみに満ちていて、ふっと消えてしまいそうなほど儚《はかな》い表情――。

何が、そんなに悲しいのだろう？

——そんな顔をしないで。

晴香は、そう言ったつもりだったが、音として空気を震わせることはできなかった。

「お別れの時間ね——」

八雲とは違う声がした。

目を向けると、そこには彼女——七瀬美雪の姿があった。

七瀬美雪は、口許《くちもと》に薄い笑みを浮かべていた。それでいて、その目には、狂おしいほどの憎悪が渦巻いていた。

本当なら、そこに恐怖するはずなのに、不思議と怖いとは思わなかった。それよりも、疑問が浮かんだ。

どうして彼女は、こんなにも憎しみに支配されているのだろう？

彼女の憎しみの根源は、いったいどこにあるのだろう？

今さらのように、そのことが気にかかった。

思えば、七瀬美雪の目は、いつも憎悪に満ちていた。でも、彼女も最初からそうではなかったはずだ。

彼女が激しい憎悪を抱くようになるまでには、晴香などが想像もつかない辛《つら》く苦しい道があったのだろう。

でも——いくらそれを憎んだところで、痛みが消えるわけではない。

憎しみを強めるほどに、心が削られていく。これまで以上の痛みを感じることになる。

それなのに——どうして？

七瀬美雪は、優雅ともいえる動きで晴香の身体に触れた。意外にも、その掌《てのひら》は温かかった。

彼女もまた、血の通った人間なのだと今さらのように思い知らされる。

「さようなら——」

七瀬美雪が、晴香の身体を強く押した。

身体が後方に倒れ込む。

——落ちる。

踏ん張って、抗《あらが》おうとしたがダメだった。

晴香は、重力に引かれて真っ逆さまに落ちていく。

ストップモーションのように、時間がゆっくりと流れる。このまま、どこまでも墜《お》ちていくような気がした。

だが、それは唐突に終わりを迎えた。

背中に衝撃が走る。

冷たい水に落下したのだと分かった。

温度差で、心臓が悲鳴を上げる。

水を飲んでしまった。

息が苦しい。

沈む身体を浮上させようとしたが、手足が動かなかった。身体を捩《ねじ》って足掻《あが》いてみたが、そうすればするほどに、身体が沈んで行く。

ネックレスに付いた赤い石が、晴香の眼前で揺れていた。

——駄目だ。私は、死ぬんだ。

そう思った刹那《せつな》、白い光に包まれた。眩《まばゆ》すぎるその光に、晴香は思わず目を閉じた。

やがて、その光は薄らいでいく。

瞼《まぶた》を開けてみた。

そこは水の中ではなかった。

病院と思われる場所で、晴香はベッドに横になっていた。

腕からは点滴のチューブが伸び、口には気管チューブが差し込まれていて、人工呼吸器に繋《つな》がっている。

心拍、呼吸、体温、血圧などを計測する機器が身体のあちこちに取り付けられ、生体情報モニターが設置されていた。

医師や看護師たちが、慌ただしく動き回りながら、晴香の様子を看ている。

――そうか。

晴香は、ようやく何が起きているのかを悟った。

さっきまで見ていたのは、水門での記憶の断片なのだろう。

晴香は、水門の上から、七瀬美雪に川に転落させられた。それから、病院に運ばれて、今は治療を受けているのだろう。

――私は、まだ死んでいなかった。

安堵《あんど》した晴香だったが、それはすぐに違和感に変わった。自分が見ているものの不自然さに気付いてしまったのだ。

――どうして、自分の姿が見えているの？

晴香は、俯瞰《ふかん》でベッドに横たわる自分の姿を見ていた。鏡でもない限り、そんなことはできるはずがないのに。

まるで、自分が二人いるみたいだ。

――何これ？

声を上げてみたが、医師にも看護師にも届いていないらしく、全くの無反応だった。

――助けて下さい！

晴香は、再び声を上げたが、やはり誰の耳にも届かなかった。

何とかベッドに寝ている自分に近付こうとしたけれど、身体の自由が利かなかった。

手を伸ばして、ベッドに横たわる自分の身体に触れようとしたが届かない。足掻けば足掻くほどに、どんどんと距離が離れていくようにすら感じる。

宇宙空間に放り出されたようだ。

——何が起きてるの？

困惑しているところに、父である一裕と、母である恵子が血相を変えて走って来る姿が見えた。

恵子は、ベッドに寝ている晴香にしがみつくようにして、必死に何かを叫んだ。

それなのに、晴香の耳には、何も聞こえなかった。

まるで、見えない壁に隔てられているようだ。

——どうして、こんなことになってるの？

わけが分からなかった。この状況に答えを見つけようとしたが、何一つ思い浮かばない。考えれば、考えるほどに、頭が混乱していく。

パニックに陥りかけた晴香の耳に、懐かしい声がした。

——晴香。

はっと振り返ると、そこには双子の姉——綾香の姿があった。

交通事故で亡くなった、七歳のときのままの姿だった。

——どうしてお姉ちゃんが？

問い掛けてみたが、返事はなかった。ただ、今にも泣き出しそうな目で晴香をじっと見ている。

その目を見ているうちに、晴香は自分に何が起きているのかを理解した。

前に、テレビで臨死体験をした人が、同じように俯瞰で自分の姿を見た――という話をしているのを聞いたことがある。

今、晴香が置かれている状況は、まさにそれだ。

晴香の魂は、肉体から抜け出してしまっているのだろう。

――お姉ちゃん。私は死ぬのかな？

綾香に問い掛ける。

口にすることで、急に怖くなった。

死というものが、どういうものなのか、晴香には分からない。未知の領域に踏み込んでしまったという恐怖はある。

だが、それよりも、晴香を怖れさせたのは、大切な人たちとの別れだった。

死んだら、両親とはもう二度と会えなくなってしまうのだ。

お母さんと話したいことが、まだまだたくさんあるのに。お父さんの打ったおそばを食べたい。ずっと甘えてばかりで、親孝行もできていない。もう会えなくなるなんて、受け容《い》れがたかった。

会えなくなるのは、両親だけではない。地元の友だちや、大学の友人たちとも、二度と会話することができない。

それだけじゃない。後藤、石井、真琴、奈緒、敦子、英心、畠《はた》——事件を通してかかわった大切な人たちに、もう会うことができない。

そして、八雲とも——。

全ての大切な人たちとの別れが、一遍にやってくることに対する恐怖が、晴香の心を震え上がらせた。

——嫌だ。私はまだ死にたくない！

晴香は強く念じる。

みんなと話したいことが、まだまだたくさんある。やりたいことだって、まだ半分もできていない。

そうだ。あのときの答えを、まだ八雲から聞いていない。だから——。

——私はまだ死ねない。

自分の身体に戻ることを、強く強く願ったが、水を打ったような静寂が続くばかりで、何も変わらなかった。

むしろ、さっきよりも自分の身体が遠くにあるように感じられる。

もしかしたら、自分の肉体と魂を繋いでいる何かが、切れてしまったのかもしれない。これが、死ぬということなのだろうか？

ふと、脳死した一心のことが思い返された。

八雲は、まだ肉体としては生きている一心に向かって、「叔父《おじ》さんは、もうここにいないんだね」と口にした。

あのときは、その言葉の意味がよく分からなかった。

でも、今は理解できる。きっと、一心は、今の晴香と同じ状態だったに違いない。

肉体と魂が切り離され、もう二度と戻ることがない。八雲は、それが分かったからこそ、一心の死を受け容れた。

そう感じると同時に、晴香は悟ってしまった。

自分が死んだということを。

肉体は、活動しているかもしれないが、魂は世界と隔てられてしまったのだ。

——八雲君。幽霊になっても、会いに行っていい？

晴香は、諦《あきら》めとともに呟《つぶや》いた。

十

住処《すみか》としている〈映画研究同好会〉の部屋に戻った八雲は、パイプ椅子の背もたれに身体を預け、ぼんやりと天井を見上げた。

プレハブの建物で、普通の部屋より低い位置にあるはずの天井板が、やけに遠くに感じられる。

息を吐き出す度に、身体から力が抜けていくようだった。

何とか身体を起こし、正面に顔を向ける。

テーブルとパイプ椅子。それに寝袋と冷蔵庫が置いてあるだけの部屋。生活さえできればいいと思っていたので、最低限の物だけしか置いていなかった。これまで、一向に気にしていなかったのに、やけに隙間が目立つ。

こうもがらんとしていて、殺風景な部屋だっただろうか？

そう感じるのは、ここに彼女がいないからだ。

彼女の存在が、この部屋の孤独な空気を埋めてくれていたのだということに思い至り、愕然《がくぜん》とする。

今にもドアが開き、「やあ」と、挨拶《あいさつ》をしながら、部屋に入って来そうな気がする。

ドアに貼り付けてある鏡が目に留まり、自然と初めて彼女に――晴香に会ったときのことが思い返される。

晴香は、八雲に心霊現象の解決を依頼する為に、この部屋にやって来た。

これまでも、心霊現象の解決を頼んでくる人間は何人もいたが、決まって本人の身の上に起きたことだった。

だが、晴香はそうではなかった。

誰に頼まれたでもなく、幽霊に憑依《ひょうい》された友人を助けたい——その一心で、この部屋に足を運んだのだ。

損得勘定もなく、他人の為に奔走する姿を見て、偽善に満ちた女だと思った。だが、そうではなかった。

晴香は、いつでも自分のことより、他人のことを考えていた。他の誰かの為に行動し、涙を流し、代わりに傷付いた。

いい人だと思われたかったわけではない。ただ、純粋に、真っ直ぐに、誰かの為に身を粉《こ》にしていたのだ。

晴香は、そうやって八雲の心の内側に入ってきた。

最初の頃は、正直、鬱陶《うっとう》しいと思っていた。何も知らない癖に、余計なことを言うなと怒りさえ覚えた。

だが——。

今になって思えば、そうした感情は、戸惑いから生まれたのだろう。

自分のような人間は、誰かと深くかかわることなく、孤独に生きればいいと思っていたし、それができると考えていた。

孤独でいることは苦ではないし、自分の生き方に合っているとも思っていた。

それなのに――。

晴香といることで、居心地のよさを感じてしまう自分に驚いた。彼女との繋《つな》がりを消したくないと願ってしまう自分に困惑したのだ。

――駄目だ。

八雲は、首を左右に振って頭の中を巡る考えを消し去った。

あの日の一裕の顔が鮮明に浮かぶ。

金輪際、娘の前に姿を現さないで欲しい――そう言った一裕の目にあったのは、怒りや憎しみではなかった。

そうした感情をぶつけられた方が、八雲としては楽だったかもしれない。

だが、あのときの一裕は、八雲に懇願したのだ。

娘を大切に想うからこそ、これ以上、娘を危険な目に遭わせたくない。だから、自分を悪者にしてでも、八雲を遠ざけようとした。

それは、深い愛情に他ならない。

その真摯《しんし》な想いを踏みにじることなどできない。何より、八雲自身が、晴香に近付くべきではないと感じた。

だから、八雲は病院を後にした。

本当は側で、彼女の意識が回復するのを待ちたいが、それは許されないことだ。

自分とかかわりさえしなければ、晴香があんな目に遭うことはなかった。やはり、あれは自分の責任だ。

この部屋も、すぐに引き払うつもりだ。

晴香が目を覚ましたとしても、もう、顔を合わせることはないだろう。

――目覚めるのか？

これまで、考えないようにしていた疑問が、心の奥から浮き上がってきた。

血の気が引く。

会えなくても、生きてさえいてくれれば、それで満たされる。この世界のどこかに、晴香が存在していると考えるだけで、孤独に耐えることもできるだろう。

もし、晴香が死ぬようなことがあれば、どうなってしまうのか、八雲自身、想像もつかない。

孤独に押し潰《つぶ》されるのか？　自らに対する怒りで我を失うのか？　何《いず》れにせよ、まともではいられない。

八雲が、ゆらりと立ち上がったところで、携帯電話が鳴った。

後藤か石井、あるいは真琴あたりだろう。相手が誰であったとしても、電話に出る気はなかった。

八雲が断ち切ろうとしているのは、晴香との関係だけではない。

これ以上、犠牲者を出さない為にも、全ての人とのかかわりを絶つ必要がある。雲海から始まった呪われた血の宿縁に、無関係な人間を巻き込むわけにはいかない。

しばらくのコール音のあと電話が切れた。

が、またすぐに鳴る。

熱血漢の後藤たちのことだ。携帯の電源を切ってしまうと、姿を消そうとしているこちらの意図を察し、余計に捜し回ることになると考え、これまで電源は入れておいた。だが、こうも五月蠅《うるさ》いのであれば、切った方が良さそうだ。

ポケットから携帯電話を取りだした八雲は、思わず動きを止めた。

モニターには〈非通知〉と表示されていた。

非通知で電話をかけてくる人物に心当たりがあった。あのときも、そうだった——。

怒りを伴った血が、どくっと脈打ち、ざわざわと心が揺れる。

「はい」

八雲は、努めて冷静な口調を心がけながら電話に出た。

〈ずいぶんと暗い声ね。何かあったの？〉

おどけた七瀬美雪の声が、八雲の怒りを一気に増幅させた。

——ふざけるな！

そう叫びそうになったが、辛うじて堪《こら》えた。感情を露《あら》わにすれば、この女の思う壺《つぼ》だ。

「何があったかは、あなたが一番ご存じでしょ」

八雲は、口にしつつも思考を巡らせる。

七瀬美雪のことだ。おそらく、この部屋の近くから電話をしてきているのだろう。外に出て確かめたいが、それをすれば気取《けど》られることにもなる。

〈あら。駄目よ。いくら冷静なふりをしても、声から漏れ出ちゃってるわよ。私に対する怒りと憎しみが——〉

七瀬美雪の嘲《あざけ》る声が、八雲の理性を揺さぶる。

彼女は、どうすれば人が苦しむかを熟知している。他人の心をかき乱すことにかけては、天才と言ってもいい。

「隠すつもりはありません。ぼくは、あなたを憎んでいます。心の底から——」

〈まだよ。まだ足りないわ。今、あなたが抱えている憎しみなんて、口先だけの薄っぺらいものに過ぎないわ〉

「何が言いたいんです？」

〈分かってるでしょ。あの娘《こ》がまだ辛うじて生きている。そのことが、あなたを、ギリギリのところで踏み留《とど》まらせている。深淵《しんえん》に堕《お》ちてきなさい〉

「お断りします。あなたの思い通りにはならない」

八雲はきっぱりと言う。

ここで、憎しみに囚《とら》われてはいけない。そうなれば、自分も七瀬美雪と同類になる。

それだけは、あってはならない。彼女が――晴香が望んだことだから。

あのときの光景が、鮮明に脳裏に蘇《よみがえ》る。

水門で自らの命が危機に瀕《ひん》していたあの瞬間、晴香はそれでも八雲に人を殺してはならないと説いた。

あれは、晴香の切実なる願いだ。だから――。

〈そう。結構、頑固なのね。でも、あなたの道標《みちしるべ》を消したら、どうなるかしら?〉

笑みを含んだ声が、八雲の耳朶《じだ》に響く。

何とか抑え付けていた感情が、再び熱を帯び、内側から身体を突き破りそうになる。

八雲は、目を閉じて深呼吸を繰り返し、ドス黒い感情を腹の底に沈めた。

「言っておきますが、彼女に何かしたら許しません。ぼくは、迷うことなく、あなたを殺します」

〈本当? 嬉《うれ》しいわ〉

七瀬美雪の声は、悦《よろこ》びに満ちていた。

殺すと言われて歓喜するなど、やはり七瀬美雪の精神は、歪《ゆが》んでいるとしか言い様がない。

「ぼくは、必ずあなたを見つけ出します」

決意とともに口にした。

七瀬美雪は、雲海が生み出した憎しみの連鎖の申し子なのだろう。だとしたら、それを断ち切るのは自分の使命だ。

そして、それこそが唯一できる罪滅ぼしだ。

命を賭《と》してでもやるべきこと――。

〈素敵。私も、あなたとじっくり話がしたいと思っていたの。始まりの場所で、あなたを待っているわ〉

――始まりの場所？

それが、どこを指すのかはこれから考えるとして、わざわざこんなことを言うのだから、間違いなく罠《わな》なのだろう。

だが――それでも構わない。

罠に飛び込まなければ、七瀬美雪を捕らえることはできない。

「絶対に逃がしません。あなたには、必ず裁きを受けてもらいます」

〈裁き？　裁きですって？　まさか法の裁きとか言うんじゃないでしょうね？〉

七瀬美雪の声が一段高くなった。

「ぼくは、あなたとは違う。憎しみに囚われるような愚か者ではありません」

〈それ、本気で言ってるの？〉

「もちろん本気です」

〈がっかりだわ。いつから、あなたはそんないい子ちゃんになったの？　自分を偽るのは止めなさい〉

「ぼくは、何も変わっていません。これが、ぼくの信念です」

八雲が強く主張すると、七瀬美雪は深いため息を吐いた。

〈まあ、そうかもね。あなたがそういう人だってことは、分かっていたわ。だから、もっと私を憎むように、先手を打っておいたの〉

「何が言いたいんです？」

〈分からない？　じゃあ、教えてあげるわ。さっき、あなたは、彼女に何かしたら許さない――って言ってたわね〉

「………」

――聞きたくない。

その先の言葉は、聞きたくない。

七瀬美雪の優越感に満ちたこの声。彼女は、間違いなく晴香に何かをした。それが分かってしまったからこそ、余計に聞きたくなかった。

〈もう手遅れなの。私は、あなたから道標を奪ったの。とても簡単だったわ。人工呼吸器のスイッチを切っただけ。指一本で、彼女は死んだの――〉

「嘘だ！」

八雲は感情を爆発させながら叫んだ。

足許《あしもと》が揺れた。立っていることができずに、その場に膝《ひざ》を突く。ぐわんぐわんと耳鳴りがして、意識が遠のいていく。

額から流れ出た脂汗が止まらなかった。

〈嘘だと思うなら、彼女がいつも座っていた椅子を見てみなさい〉

八雲は、ゆっくりと立ち上がり、向かいのパイプ椅子の前に移動した。

その座面に、見覚えのある物が置いてあった。

革の紐《ひも》に、赤い石の付いたネックレス。

「これは……」

八雲は、ネックレスを手にしながら呟《つぶや》く。

〈これで分かったでしょ〉

「違う」

八雲は、ネックレスを強く握り締めながら頭《かぶり》を振った。

〈あら。まだ認めないの。だったら、自分の目で確かめなさい。きっと、彼女は死ん

だら、真っ先にあなたに会いに行くはずだから──〉

ブツッと通話が切れた。

──嘘だ。嘘だ。嘘だ。

八雲は、絶え間なく頭の中で同じ言葉を繰り返す。

現実を覆す力があると信じて、ひたすら七瀬美雪の言葉を否定する。

それを続けるうちに、八雲の全身を貫いていた衝動が、落ち着きを取り戻していく。

──そうだ。七瀬美雪は、動揺させる為に嘘を吐いたのだ。

そもそも、彼女は逃亡中の殺人犯だ。警察に追われているというのに、わざわざ戻って来て、病院に足を運ぶはずがない。それこそ、自分から捕まりに行くようなものだ。急所を突くような嘘で、こちらを翻弄しようというのだろう。

だが、だとしたら、どうしてここに晴香のネックレスがある？　七瀬美雪が晴香の病室に行ったという証明ではないのか？

「騙《だま》されるな」

八雲は自らを叱咤《しった》する。

ネックレスを置くことで、八雲を動揺させようとしているだけだ。まだ、晴香が死んだと決まったわけではない。

八雲は、大きく息を吸い込みながら顔を上げた。

と、次の瞬間、思いがけないものが目に飛び込んできた。

ドアの前に、人が立っていた。

晴香だった――。

とても哀しげな顔で、八雲を見ている。

――どうしてそんな顔をするんだ？

いや、問題はそこじゃない。

入院しているはずの晴香が、なぜ、ここにいるのか？

八雲は、半ば無意識のうちに、左手で自分の左眼を覆った。その途端、目の前にいた晴香の姿が、ふっと消えてしまった。

今、目の前にいる晴香は、肉体を持っていない。魂だけの存在。

つまり――幽霊なのだ。

八雲は、七瀬美雪の言葉が真実であることを思い知らされた。

七瀬美雪は、さっきの言葉の通り、晴香を殺したのだ。人工呼吸器のスイッチを切って、まだ生きている彼女の命の灯火《ともしび》を消し去った。

――いや、違う！

こんなことは、断じて認められない。自分の赤い左眼で見るものが、絶対ではないはずだ。

八雲は、願いを込めて晴香に向かって手を伸ばした。

だが、指先が触れる前に、晴香の姿は風景に溶けるように消えてしまった。

八雲は身を捩《よじ》りながら、ただ叫ぶことしかできなかった——。

十一

真琴は、石井と一緒に明政《めいせい》大学のB棟の裏手にある、プレハブ二階建ての建物に足を運んだ。

大学が学生のサークル活動の拠点として貸し出している場所だ。一階の一番奥に目指すべき〈映画研究同好会〉がある。

これまで、幾度となく足を運び、慣れているはずなのに、さっきからずっと緊張していて、掌《てのひら》にじっとりと汗が滲《にじ》んでいる。

隣に目を向けると、石井は、真琴以上に緊張しているらしく、表情が引き攣《つ》っているだけでなく、動きがぎこちない。

「やっぱり、怖いですよね」

ドアの前に立ったところで呟くと、石井が「え？」と首を傾げた。

「八雲君に会うことです。これまで、散々電話をしていたのに、いざ会うとなると、何と声をかけていいのか……」

真琴が自嘲《じちょう》気味に笑みを浮かべると、石井が「そうですね」と同意した。

晴香の事件で、一番傷付いているのは八雲だ。下手な慰めや同情は逆効果だろうし、何から話せばいいのか分からない。

ただ、真琴の懸念はそれだけではなかった。

八雲には、いつも危うさがついて回っていた。

基本的には、感情よりも思考を優先させる理性的な人ではあるが、その裏に潜む闇を感じることが何度もあった。

八雲の本質は、七瀬美雪側なのではないかと感じたこともある。

それをギリギリのところで繋《つな》ぎ留めていたのが、晴香だった。その晴香が、こんな状態に陥ってしまった今、八雲は闇に堕ちていくのではないかと不安になる。

「でも、私たちが逃げるわけにはいきません。八雲氏の協力なくして、事件の解決はあり得ませんから」

石井が覚悟を決めたように言った。

事件を重ねる度に、石井はどんどん逞《たくま》しくなっていっている。石井自身が、そうあろうと努力した結果だし、喜ばしいことだと真琴は思う。だけど、同時に寂しくもある。

何だか、石井の存在が遠く離れていくような気がしてしまうからだ。

真琴は、頭の中にある雑念を振り払って「そうですね」と応じた。

石井が気持ちを奮い立たせるように、大きく息を吸い込んだあと、コンコンとドアをノックした。

返事はなかった。

不在にしているのかとも思ったが、耳をそばだててみると、部屋の向こうに人の気配がする。

「入ってみましょう」

石井は、胸を張るようにして言うと、「失礼します」と声をかけながらドアを開けた。

「へっ!」

石井が、驚いたように飛び跳ねながら声を上げた。

——どうしたんだろう?

真琴も部屋を覗《のぞ》き込んでみる。

声こそ上げなかったものの、見るも無惨な部屋の状況に、驚きを禁じ得なかった。

テーブルや椅子は横倒しになり、床に本やら筆記用具やらが散乱している。それだけでなく、壁のあちこちに凹《へこ》みができていた。

真琴は、真っ先に強盗を疑った。そうでなければ、彼女が——七瀬美雪が、八雲の部屋から何かを持ち出す為に押し入ったということも考えられる。

——いや。違う。

めちゃくちゃになった部屋の中央に、八雲の姿があった——。

額に汗を浮かべ、肩を大きく上下させながら、荒い呼吸を繰り返している。

右の拳《こぶし》は赤く腫《は》れ、血が滲んでいた。

そして、その手には、晴香が着けていたネックレスが握られていた。

「こ、これは、八雲氏がやったんですか？」

石井が訊《たず》ねると、八雲がゆっくりこちらに顔を向けた。

その顔からは、完全に表情が消えていた。

元々、表情の乏しい人ではあったが、それとは次元が違う。

八雲は、自分たちの姿を認めたはずであるにもかかわらず、まるで見えていないかのように、無言のまま部屋を出て行こうとする。

「ちょ、ちょっと待って下さい。彼女の——七瀬美雪にかかわることで、協力して頂けないかと……」

押し留《とど》めようとする石井を、八雲が一瞥《いちべつ》した。

敵意や威圧とは違う。害虫でも見るかのような、蔑《さげす》みに満ちた視線に、真琴は思わず息を呑《の》んだ。

「邪魔だ。どけ」

八雲が端的に告げる。

口調が明らかに八雲のものではない。外見は八雲だが、その中身は全く別の誰か——真琴には、そう感じられた。

晴香の事件が、ここまで八雲を豹変《ひょうへん》させてしまったのか。懸念はしていたが、こうして目の当たりにすると愕然《がくぜん》とする。

同時に、今の八雲に何かを言っても無駄だとも思った。

八雲を突き動かしているのが、怒りなのか、憎しみなのかは分からないが、これまで彼を象《かたど》っていた理性が、完全に喪失してしまっている。

理性を失ってしまった人に、何を訴えたところで、届くことはないだろう。

それは、石井も感じたはずだ。

それなのに——石井は諦《あきら》めなかった。

「どきません。七瀬美雪を捕まえる為には、八雲氏の助けが必要なんです。だから、協力して捕まえましょう」

石井は、怖さからか、八雲の変わりように対する哀しさからか、目に涙を浮かべながらも必死に訴える。

「邪魔をするなと言っている」

「邪魔って何ですか？　これまでだって、一緒に事件を追いかけてきたじゃないですか」

「その結果どうなった？」

八雲が一際大きな声で問うと、石井がうっと息を詰まらせた。

その後悔は、全員が抱いている。だからこそ、鋭利な刃物となって心を切り裂いた。

同時に、真琴は理解した。八雲をここまで変貌《へんぼう》させてしまったのは、自分自身に対する強い憎しみなのだろう。

気持ちは分かる。だが、だからこそ――。

「八雲君が、こんな風になることを、晴香ちゃんは望んでいません」

真琴は気持ちを奮い立たせて言った。

直接本人に訊《き》いたわけではない。それでも、晴香なら、こんなことを望まないのは分かる。

晴香は、いつだって真っ直ぐだった。

自分のことより、他の誰かの為に、涙を流せる娘だった。そんな晴香だからこそ、八雲の心に触れることができたはずだ。

「どうだっていい……」

八雲が冷淡に言い放つ。

「え？」

「あいつは、もう死んだ──だから、どうだっていい」

──何を言ってるの？

晴香は、まだ死んでいない。それなのに、こうも断定的な言い方をするなんて、全く理解できない。

八雲は、誰よりも晴香が目覚めることを望んでいるのではないのか？

「いい加減なこと言わないで下さい！　晴香ちゃんは、死んでません！　絶対に目を覚まします！　八雲氏が、それを信じないで、どうするんですか！」

石井が、八雲にすがりつくようにして叫ぶ。

耐えきれなくなったのか、ボロボロと涙を零《こぼ》していた。だが、石井の必死の訴えも、八雲には届かなかった。

「邪魔だと言っている」

八雲は、石井の腕を振り払い、その胸を突き飛ばした。

バランスを崩した石井は、その場に倒れ込む。どこかに頭を打ったらしく、そのまま動かなくなった。

「石井さん」

真琴は、慌てて石井に駆け寄る。

ぐったりとしてはいるが、脈も呼吸も確かだ。脳震盪《のうしんとう》を起こしたのかもしれない。念の為、病院で検査をした方がいい。

携帯電話を手に取ったところで、凍《い》てつくような視線を感じた。

顔を上げると、八雲がこちらを見下ろしていた。

真琴は、はっきりと恐怖を感じた。

大きな勘違いをしていた。八雲が抱いているのは、怒りとか憎しみとか、そんな生易しいものではない。

明確な殺意だ――。

「もう一度、忠告しておく。邪魔をするなら、あなたたちでも容赦はしない」

「何をする気なんですか?」

「あの女を殺す――」

比喩《ひゆ》ではない。文字通り、殺すつもりだ。

「駄目です。そんなことをしたら、晴香ちゃんが悲しみます」

真琴は立ち上がり、八雲の前に立ちはだかった。

しかし――すぐにそのことを後悔した。

今、目の前にいるのは、いつもの八雲ではない。強い憎しみと喪失感によって我を失っているのだ。

いわば、狂気に囚《とら》われた怪物だ——。

十二

小高い丘の上の住宅街の一角に、その家はあった。

元々こういう構造だったのか、あるいはリフォームされてこうなったのか、和モダンな造りの瀟洒《しょうしゃ》な家だった。

ハナミズキの木が植えられた庭もあり、ゆったりとした空間が保たれている。

駅から徒歩十分で、これだけの物件は、そうそう出ないだろう。

「さて。行くか」

英心がのんびりとした調子で言う。

写真の人物が、七瀬美雪かどうかは、はっきりと判別できなかったものの、愛菜という少女の証言は、無視できないものがある。

あれこれ考えるより、実際に見た方が早いし、色々と分かることもあるだろう。

「そうだな」

後藤が応じると、英心がインターホンを押した。

だが、応答がなかった。留守にしているのだろうか？

「こっちが行くって話はしてあるんだろうな？」

後藤が訊《たず》ねると、英心は「もちろんじゃ」と応じつつ、改めてインターホンを押す。

やはり誰も応答しない。

インターホンの音は、外まで聞こえているのだから、鳴ってはいる。表札を見る限り、家を間違えたということもない。

——妙だな？

考えているうちに、ドタンッと何かが倒れるような音がした。

何かあったのか？　英心と顔を見合わせたところで、今度は「止めて！」という切羽詰まった叫び声が響いた。

後藤は、英心と門扉を抜けて玄関に駆け寄った。

「涼子さん。いるんだろ」

英心が、ドンドンと玄関のドアを叩《たた》きながら声をかける。

それでも、中から人が出て来る様子はない。バタバタと暴れるような音が断続的に聞こえてくる。

誰かが争っている物音だ。

「どいてろ」

後藤は、英心を押し退けてドアの前に立つ。

「何をする気だ？」

「蹴破《けやぶ》るんだよ」

「阿呆《あほう》が。部屋を仕切るドアならまだしも、玄関のドアが、蹴ったくらいで開くわけなかろう」

それはそうかもしれない。

室内にある一枚板のドアと、玄関のドアでは、そもそもの構造が違う。

「じゃあ、どうするんだよ」

後藤と英心の言い合いを遮るように、急にドアが開き、中から三十代半ばと思われる女性が飛び出して来た。

彼女が、依頼者の涼子だろう。

額に汗を浮かべ、今にも卒倒してしまいそうなほど顔色が悪い。何か大変なことが起きているのは明らかだ。

「何があった？」

英心が問うと、涼子は部屋の奥を指差しながら、何かを言おうとしているが、慌てているせいか、言葉になっていない。

「どいてろ」

通じないやり取りをしていても埒《らち》が明かない。後藤は、涼子を押し退けて中に入った。

玄関を入ると、広いリビングになっていた。

そこに人の姿はないし、幽霊がいるわけでもなかった。

涼子は、いったい何に怯《おび》えて飛び出して来たというのだろう？　考えを巡らせる後藤の耳に、うー、うー、という獣の唸《うな》り声のようなものが聞こえてきた。

後藤は、靴のまま廊下に上がると、声を辿《たど》りながら慎重に歩みを進める。

唸り声は、廊下の突き当たりにある部屋からだ。

ドアの前に立った後藤は、呼吸を整えてから、ドアノブに手をかけ、ゆっくりと回す。

カチャッと金属の鳴る音が、やけに大きく聞こえた。

息を殺しながらドアを少しだけ開け、そっと中を覗《のぞ》き見る。

部屋の電気は点《つ》いていなかった。カーテンも引いてあるらしく、同じ建物とは思えないほど暗かった。

小さいベッドと学習机が置かれているのが見えた。学習机の上には、赤いランドセルが置かれている。

書棚には、絵本や児童書などが綺麗《きれい》に並んでいて、壁際には女の子向けの変身ヒロインのポスターが貼ってあった。

察するに、ここは愛菜の部屋なのだろう。

だが、肝心の愛菜の姿はない。そればかりか、さっきまで聞こえていたはずの唸り声が、ピタリと止んでしまった。

何だか、とてつもなく嫌な予感がする。

とはいえ、こんなところに突っ立っていても何も始まらない。

後藤は意を決して部屋の中に足を踏み入れた。

注意深く部屋の中を見回したが、特に変わったところは見受けられなかった。唸り声を辿ってこの部屋に入ったが、間違えたのかもしれない。

部屋を出ようとしたところで、ガサッと何かが擦れるような音がした。

慌てて振り返る。

「なっ！」

ベッドの下から、細い手がぬうっと伸びて来て、後藤の足を摑《つか》もうとする。

咄嗟《とっさ》に足を引いたものの、バランスを崩して尻餅《しりもち》をついてしまった。

後藤が体勢を立て直すより早く、ベッドの下から黒い影が飛び出して来た。

それは——。

奈緒と同じくらいの歳の少女だった。

おそらく愛菜だ。

愛菜の手には、果物ナイフが握られていて、それを後藤めがけて振り下ろして来た。果物ナイフが刺さる寸前のところで、愛菜の腕を押さえた後藤は、そのまま彼女をベッドの上に放り投げた。

少女は、すぐに立ち上がろうとしたが、後藤はそれよりも早く、愛菜の手から果物ナイフを奪い取り、両手を押さえつける。

「放せ！　放せ！　放せ！」

愛菜が、甲高い声で叫びながら、首を激しく揺さぶる。

「子ども相手に、何をしておる」

騒ぎを聞き駆けつけた英心が、驚きの声を上げたかと思うと、後藤の肩を摑んで愛菜から引き剝《は》がしてしまった。

腹立たしいことだが、状況を見て、後藤が愛菜に襲いかかったのだと勘違いしたようだ。

「馬鹿野郎！　あの子を押さえろ！」

後藤が叫んだときには、もう遅かった。

愛菜は、落ちていた果物ナイフを再び手に取ると、威嚇するように唸り声を上げ始めた。

「な、何が起こっておる？」

英心が困惑した声を上げる。

「たぶん、あの少女には幽霊が憑依《ひょうい》してんだ」

後藤はそう判断した。

八雲のように、幽霊が見えるわけではないが、それでも、今の愛菜の状態を見る限り、憑依現象である可能性が高い。

「どうする？」

英心が、小声で訊ねてくる。

「何とかあのナイフを奪って、押さえ付けるしかねぇ」

さっき英心に邪魔をされなければ、何とかなっていたかもしれないが、今さらそれを言っても始まらない。

距離とタイミングを計っていると、急に愛菜の身体が硬直した。

次いで痙攣《けいれん》を始めたかと思うと、ふっと力が抜け、そのままパタリと床に倒れ込んでしまった。

「おい。しっかりしろ」

後藤は、すぐに駆け寄り愛菜の状態を確認する。

脈拍はかなり速いが、呼吸はしている。白目を剝《む》いたまま、譫言《うわごと》のように何ごとかを呟《つぶや》いていた。

耳を近付け、何とか聞き取ることができた。

──助けなきゃ。

そう繰り返していた。

愛菜は──いや、彼女に憑依している幽霊は、いったい何を助けようとしているのか？　八雲に倣って考えを巡らせてみたが、思いつくことは何一つなかった。

いや、今は余計なことを考えている場合ではない。

「早く救急車を──」

後藤が声をかけたときには、英心はすでに通話していた。

流石の対応の早さだ。

後藤が、愛菜を抱えてベッドに寝かせたところで、母親である涼子が部屋に駆け込んで来た。

「愛菜」

後藤を突き飛ばすようにして、愛菜を強く抱き締める。

詳しい原因については、まだ調査が必要だが、取り敢《あ》えず救急車が来るまでは、様子を見よう。

ふうっと息を吐いたところで、携帯電話に着信があった。

妻の敦子からだった。

「おれだ」

〈大変なの……〉

そう口にした敦子の声が震えていた。

敦子がこんな風に動揺しているのは珍しいことだ。それだけに、後藤の中に嫌な感覚が広がっていく。

「何があった？」

訊《たず》ねながら後藤は携帯電話を強く握り締めた。

十三

「石井……さん……」

誰かが名前を呼んでいる。

掠《かす》れていて、苦しそうな女性の声だった。

——誰だろう？

石井が目を開けると、天井が見えた。どうやら、自分は仰向《あおむ》けに倒れているらしい。

——どうして？

後頭部にずんずんと響くような痛みがあった。

視界の隅に、倒れた椅子やテーブルが映った。それを見て、石井は、ようやくここがどこなのかを思い出した。

ここは、〈映画研究同好会〉の部屋だ。

八雲に捜査協力を求める為に、真琴と一緒に足を運んだ。

ところが、八雲の様子がおかしかった。

目が据わっていて、言葉遣いも普段とは異なるものだった。近付く者を、手当たり次第に攻撃するような殺気を漂わせていた。

――怖い。

それが、石井の正直な感想だった。

すぐにでも、逃げ出したい衝動に駆られたが、それでも、石井は八雲を説得しようとした。

事件の解決には、八雲の協力が必要不可欠だったからだ。それに、生死の境を彷徨《さまよ》っている晴香は、八雲が、あんな風になってしまうことを望まない。

いつもの八雲に戻って欲しかった。

だが、説得も虚しく、石井は突き飛ばされてしまった。

そうか――。

あのときに、頭を打って気を失ってしまったのか。

後藤ならまだしも、八雲があんな風に乱暴に、石井を突き飛ばすなど、想像だにしていなかった。

「石井さん……」

また声がした。

今度は、はっきりと聞き取れた。真琴の声だ。

「す、すみません。気を失ってしまったようです」

石井は、申し訳ないという風に、頭を掻《か》きながら上体を起こし、真琴の姿を探した。

すぐに見つかった。

しかし――様子がおかしい。

どういうわけか、真琴は、床に這《は》いつくばるように倒れていた。

「ま、真琴さん。どうしたんですか？」

石井は、痛む頭を押さえつつも、真琴の肩を揺さぶる。

だが、真琴は立ち上がろうとはしなかった。「石井さん……」と譫言のように口にしながら、苦しそうに呼吸をしている。

――これは、ただごとではない。

頭にあった痛みは一気に吹き飛び、ぼやけていた意識も瞬く間に覚醒《かくせい》した。

「真琴さん。しっかりして下さい」

改めて、肩を揺さぶるが、やはり真琴は動かない。

よく見ると、真琴の腹部の辺りから赤い液体が流れ出ていた。

これは——血だ。

石井は、慎重に真琴の体勢を仰向けに変える。

真琴の脇腹の辺りが、血で真っ赤に染まっていた。

——何ということだ。

血を見たことと、あまりに想定外の状況に、パニックに陥りかけたが、何とか踏み留《とど》まった。

今は、我を失っている場合ではない。真琴を助けなければならない。

「し、失礼します」

石井は、真琴のシャツの前を開《はだ》け、傷口を確認する。

以前、石井を庇《かば》って七瀬美雪に刺されたのと、同じ箇所に傷があった。

深さまでは分からないが、幅は三センチほどで、それほど大きい傷ではないが、出血量が多い。

このままでは、失血死ということも充分にあり得る。

石井は、ハンカチを取り出し、傷口に宛《あて》がうと強く圧迫した。

「うっ」

痛みからか、真琴が短い呻《うめ》き声を上げる。

「痛かったですね。すみません。でも、我慢して下さい。今、救急車を呼びますから
――」

石井は左手でハンカチを押さえつつ、右手で携帯電話を取り出す。血で滑り落ちそうになりながらも、何とか一一九に連絡を入れることができた。

電話に出たオペレーターに、現在の居場所と状況を簡潔に告げてから、電話を切った。

「あと少しの辛抱です。もうすぐ救急車が到着しますから」

真琴に声をかけながらも、じわっと悔しさがこみ上げてくる。

彼女が、必死に名を呼んでくれていたのに、ぼんやりしていた自分が腹立たしい。もっと早く状況に気付けたはずだ。

何より、気を失っていたとはいえ、真琴が傷を負うのを止められなかったことが許せない。

もし、真琴が命を落とすようなことになったら、正気を保っている自信がない。それほどまでに、彼女の存在は石井の中で大きくなっていた。

ふと、さっきの八雲の顔が脳裏を過《よ》ぎる。

彼も今の石井と同じだったのかもしれない。大切なものを失うかもしれないという怖れが、八雲から正気を奪った──。

「石井さん……」

再び真琴が声を上げた。

薄《うっす》らとではあるが、瞼《まぶた》が開いていた。

「喋《しゃべ》らないで下さい。傷に障ります」

石井はそう呼びかける。

救急隊員が来るまで、じっとしているべきだ。下手に喋ったりすれば、傷を悪化させることにもなりかねない。

だが、真琴は嫌々という風に、首を左右に振った。

こんな状況になりながらも、真琴は石井に何かを伝えようとしているようだ。

「早く止めないと……」

真琴が、痛みに顔を歪《ゆが》めながらも口にする。

──止める？

「何のことですか？」

「八雲君が……」

「え？」

「八雲君……」

真琴の呼吸が荒くなる。

言わんこっちゃない。無理に喋ったのが傷口に響いたのだ。

「いいから、喋らないで下さい」

石井は、強く言う。

それでも、真琴は喋ることを止めなかった。

「早く……八雲君を……大変なことに……」

こんな状況であるにもかかわらず、どうして真琴は、こうも八雲のことを気にしているのだろう？

大変なこととは、いったい何を指しているのだろうか？

石井の頭に、一つの考えが浮かんだ。

真琴の傷の状態からして、鋭利な刃物で刺されたものであることが推察される。問題は、誰が刺したのか——だ。

石井たちが訪れたとき、部屋の中にいたのは八雲だけだった。

気を失っていたのが、どれくらいだったのかは分からないが、それほど長い時間ではないはずだ。

状況証拠に過ぎないが、そうなると容疑者は一人に絞られる。

「もしかして、八雲氏が真琴さんのことを……」

信じたくないが、他に考えられなかった。以前の八雲なら、誰かを刺すような真似は絶対にしなかった。だが──。

さっき見た八雲はどうだろう？

まるで別人のように殺気を孕《はら》み、暗い目をしていた。口調さえ変わってしまっていたのだ。

今の八雲なら、真琴を刺すということも充分に考えられる。

もし、八雲が我を失い、自分たちの敵に回ったのだとしたら、それを止めることができるだろうか？

石井は、近付いてくる救急車のサイレンの音を聞きながら、恐怖を覚えていた。

第二章 彼岸

FILE: 02

一

丘の上に立った八雲は、眼下を見渡した。

町全体を望める見事な眺望で、まるで支配者になったかのような気になるが、そんなものは錯覚に過ぎない。

かつて、ここには家が建っていた。

この地域の地主だった七瀬一家が住んでいた家だ。一家惨殺という凄惨《せいさん》な事件のあと、長い間放置されていたが、昨年に起きた火災で焼失した。

今は煤《すす》けた幾本かの柱と、瓦礫《がれき》を残すだけになっている。

この家の焼失を招いた事件のことが、鮮明に頭の中に蘇《よみがえ》ってきた。

あの事件のとき、八雲は七瀬美雪に拉致《らち》され、長野にある山荘に監禁されることになった。

七瀬美雪は、八雲を椅子に縛り付け、憂さ晴らしをするように執拗《しつよう》に暴行を加えた。

朦朧《もうろう》とする意識の中で、八雲は自らの死を覚悟した。

だが、そんな八雲を救いに来たのは、誰あろう晴香だった——。

晴香は、少ない手掛かりをつなぎ合わせ、八雲の居場所を突き止めたのだ。彼女にそれほどまでの行動力があることに驚かされた。

それだけでなく、晴香は雲海と対峙《たいじ》して尚《なお》、八雲を守ろうとしてくれた。

あの事件をきっかけに、八雲の中で、晴香に対する印象が、大きく変わったような気がする。

「君は見かけによらず、強い信念を持った女性だった……」

言うつもりはなかったのに、思わず口から漏れ出た。

女性だった——と既に過去形にしてしまっている自分に嫌悪感を抱いたが、それが変えようのない現実だ。

八雲は、自らの左の手首に目を向ける。

晴香がいつも身に着けていたネックレスが巻き付けてある。

ゆらゆらと揺れる赤い石を見ているだけで、晴香との想い出が溢《あふ》れてくる。

もう彼女に会うことはできないという現実が、八雲の心を容赦なく破壊しようとする。

でも、だからこそ——。

「行かなければならない」

八雲は、右手をコートのポケットに突っ込み、その中にあるナイフの冷たい質感に触れることで、感傷を断ち切る。

このナイフは、七瀬美雪を殺す為に用意した。

今の八雲にとって、七瀬美雪の命を奪うことが、たった一つの目的だ。生きる意味と言ってもいい。

——始まりの場所で、あなたを待っているわ。

七瀬美雪は、そう言っていた。

八雲が、真っ先に思いついたのがこの場所だった。

七瀬美雪が生まれ、十歳まで育ったこの家こそ、始まりの場所というワードに相応《ふさわ》しい。

てっきり、この場所に七瀬美雪がいると思っていたのだが、どこを見回しても、その姿はなかった。

拍子抜けしたものの、七瀬美雪のことだ。いきなり対峙するのではなく、存分に八雲を振り回すつもりに違いない。

彼女は、劇場型の犯罪者だ。相手を挑発し、自らの犯罪を過剰に演出するだけでなく、まるで謎解きゲームのように、わざとヒントを残し、それによって右往左往する人たちを見て愉《たの》しむ傾向がある。

つまり、この瓦礫のどこかに、何かしらのヒントが隠されている可能性が高い。

八雲はゆっくりと瓦礫の中に足を踏み出す。

パキッとガラス片のようなものが割れる音がした。

七瀬美雪は十六年前、この場所で自らの祖父と両親を殺害した。彼女が、僅《わず》か十歳のときだ。

資料によると、七瀬美雪は、長い間、戸籍上の父親である勝明から、虐待を受け続けていた。彼女が祖父である寛治と母冬美の間に生まれた不義の子だったからだ。

生まれた瞬間から、その存在が疎まれることが定められていた。

唯一の味方だった祖母の死をきっかけに、鬱積《うっせき》した彼女の憎しみが殺意となり、家族を惨殺したのだ。

自らの血縁者を容赦なく殺害するなど、まさに悪魔の所業だ。

だが、だからこそ、考えてしまう。七瀬美雪は、生まれながらの悪魔だったのか？

或《あ》るいは、環境が彼女をそうさせたのか？

彼女の置かれた状況が、過酷であったことは間違いない。

家の中では、常に諍《いさか》いが絶えず、暴力が蔓延《まんえん》していた。そうした環境で育った子は、暴力性が高くなるとも言われている。

日常的に暴力を見て育ったせいで、誰かを攻撃することに対するハードルが低くなるのがその一因だそうだ。

七瀬美雪の示す凶暴性は、虐待された中で培われたものであるのは間違いない。

つまり、七瀬美雪は生まれながらに悪魔だったわけではないということだ。環境が異なれば、もっと別の人生もあったのかもしれない。裏を返せば、誰であっても、七瀬美雪と同じになる可能性を秘めているということでもある。

しかし——。

七瀬美雪がやったことを、正当化する理由にはならない。

過酷な家庭環境に育った子が、全て犯罪を起こすわけではない。様々な要因はあるだろうが、それでも、多くの者がギリギリのところで踏み留《とど》まる。

家族を殺すという選択をしたのは、七瀬美雪自身なのだ——。

かつてリビングがあった場所まで足を運んだ八雲は、ふと足を止めた。

焼け跡の中に、ブリキの箱が置かれていた。

煤を被《かぶ》ってはいるが、火災のときに中にあったとは考え難《にく》い。ブリキは熱に弱い金属だ。もっと変形していて然《しか》るべきだ。

八雲は、屈《かが》み込んでその箱を手に取った。

煤でよく見えないが、蓋《ふた》の部分に何か書かれている。八雲は、掌《てのひら》で煤を払う。

そこには、次のような文章が書かれていた。

怪物と闘う者は、その中で自らも怪物にならないよう、気をつけなくてはならない。

深淵《しんえん》を覗《のぞ》くとき、深淵もまたこちらを覗いている――。


油性ペンなどではなく、鋭利な道具を使い、ブリキを直接削って書いたものだ。

ドイツの哲学者ニーチェの言葉だ。わざわざ、こんな引用を使ってくるところが七瀬美雪の自己陶酔の表れだ。

そっと蓋を開けてみる。

中には、古ぼけたノートが何冊も入っていた。表紙には〈えにっきちょう〉と印字されていて、下の部分には〈みゆき〉と手書きで名前が書かれていた。

ページを開いてみる。

そこには、拙《つたな》い絵が描かれていた。

部屋のような場所で、大粒の涙を流して泣いている女の子の絵だった――。

おそらく、これは幼い頃の七瀬美雪が描いた、自分自身の姿なのだろう。

絵の下には、次のような文章が綴《つづ》られていた。


やくそくをやぶって、ごめんなさい。

ぶたれるのは、わたしがわるいからです。
ごめんなさい。もうしません。

次のページには、木に縛り付けられている少女の姿が描かれていた。

ママのきげんをそこねてゴメンなさい。
もう、口ごたえしません。
ゴメンなさい。ゴメンなさい。ゴメンなさい。

その、次のページには、倒れている少女と、それを蹴《け》っている大人の男の姿が描かれていた。

言いつけをまもらなくて、ゴメンなさい。
わるいのはわたしです。
もうしないので、けったりしないでください。
言われたとおりにします。

どれも、目を覆いたくなる内容ばかりだった。

一緒に遊んだり、旅行に行ったりといった、普通の家族なら、当たり前に行われるであろう出来事が、一つも書かれていない。

これは少女の絵日記であり、七瀬家で行われていた虐待の記録だ。

だが、意外にも、文章を読む限り、当時の七瀬美雪は憎しみを募らせていたわけではなかった。ただ、ひたすらに謝罪の言葉を連ねている。

七瀬美雪は、愛情を強く欲していたような気がする。

もう悪いことはしないいから愛して下さい——そう叫んでいるように思えてならない。

——そんなことはどうでもいい。

八雲は、感傷に引っ張られる自分の気持ちを断ち切った。

七瀬美雪が、不幸な子ども時代をアピールする為だけに、この絵日記を残したとは考え難い。

この中に、何かしらのヒントが隠されているはずだ。

八雲は、一旦《いったん》絵日記を箱の中に仕舞い、それを持って歩き出した。

後藤が病院のエントランスに駆け込むと、敦子と奈緒が俯《うつむ》いてベンチに座っているのが見えた。

二

消沈した二人の姿が、事態の深刻さを告げている。

いや。決めつけるのはまだ早い。

「それで、何があった？」

後藤は息を切らしながらも敦子に訊《たず》ねる。

「恵子さんと話しているときに、晴香ちゃんの容態が急変したの」

「急変だと？」

後藤が訊ねると、敦子の視線が足許《あしもと》に落ちた。

どんなときでも気丈に振る舞う敦子が、ここまで沈んだ表情を浮かべるのは、珍しいことだ。

それ故に、不安が掻《か》き立てられる。

「悪化してしまったの。一応、心臓は動いているけど、ここ二、三日が山だって……」

しばらくの沈黙のあと、敦子が言った。

囁《ささや》くような小さい声だったにもかかわらず、後藤の心を激しく揺さぶった。

「どうして急に……」

さっき恵子に会ったときは、容態は快方に向かっていると言っていたはずだ。それを聞いて、胸を撫《な》で下ろしたばかりだったのに――。

「まだ、詳しいことは分かっていないけど……」

敦子が途中で言葉を切り、言い難そうに辺りを見回した。

「何だ？」

「人工呼吸器のスイッチが、切れてしまっていたらしいの」

敦子が声のトーンを低くして答えた。

「どうして、そんなミスが起こるんだ！　あり得ないだろ！」

敦子が悪いわけではないことは分かっている。それでも、昂《たか》ぶる感情を抑えることができずに、叱責《しっせき》するような言い方になってしまった。

だが、敦子は臆《おく》することも、咎《とが》めることもなく、淡々と話を続ける。

「ミスではないかもしれない……」

「何？」

「看護師さんに聞いた話だと、誰かが意図的にやった可能性があるって……」

「意図的に――だと？」

「機械の故障とか、電源コードの断線とかじゃなくて、スイッチだけが切られていたらしいの」

「誰かが、間違えて切ったんじゃねぇのか？」

「私も、実際に確認したわけじゃないけど、ああいう機械って、うっかり触ったくらいで、スイッチが切れるような構造にはなっていないと思う」

敦子の言い分はもっともだ。

命を司《つかさど》る機械が、ちょっと触ったくらいで電源が切れるような仕様になっているとしたら問題だ。

「だが、意図的に切ったのだとしたら、いったい誰が？　集中治療室に入れるのは、肉親と医師と看護師だけだろ」

外部の人間が自由に出入りはできない。

医療に携わる人たちが、人工呼吸器のスイッチを切る理由はない。晴香の両親は、言わずもがなだ。

やはり、誰かが誤ってスイッチを切ってしまった――というのが、一番筋が通る気がする。

「さっき、別の看護師さんから、妙なことを聞いたの」

「妙なこと？」

聞き返す後藤を見つめる敦子の目は、何かに怯《おび》えているようだった。

「ロッカールームのロッカーがこじ開けられていて、看護師の制服と、セキュリティーカードが盗まれていたらしいの――」

敦子の話に愕然《がくぜん》とした。

もし、それが事実だとすると、何者かが看護師に扮装《ふんそう》して、集中治療室に侵入し、人工呼吸器のスイッチを切ったという可能性が出てくる。

――いったい誰が？

そうじゃない。誰なのかは、もう分かっている。そんなことをやる人物は、一人しかいない。

七瀬美雪だ――。

てっきり逃亡したと思っていたが、まだ都内に潜伏していたということか。

その上で、病院に侵入し、人工呼吸器のスイッチを切るという方法で、晴香に止《とど》めを刺す――あの女なら、充分にあり得る。

「警察には？」

「病院側から、盗難事件として連絡が行ってるみたい。さっき、警察官が来てたわ」

できれば、防犯カメラの映像などを確認したいところだが、警察を辞めた身である後藤が、のこのこと出て行ったところで、話が混乱するだけだ。

面倒だが、石井を経由して話を通した方がいいだろう。

「クソッ」

後藤は、吐き捨てるように言うと、天井を仰ぐ。

蛍光灯の光が、やけに眩《まぶ》しく感じられた。

――そうだ。

八雲に、このことを連絡しなければ。そう思い立った後藤は、携帯電話を手に取り、八雲に電話をかけた。

すぐに自動音声のメッセージに切り替わってしまった。

どうやら電源が切れているらしい。これまでは、電話に出ないまでも、電源は入っていたが、それすら切ってしまったようだ。

舌打ちをしたところで、俯いている奈緒の姿が目に入った。

敦子に寄り添い、声を押し殺して泣いていた。

後藤自身が混乱していたせいで、奈緒を気遣っていなかった。

「大丈夫だ」

後藤は、奈緒の前に屈《かが》み込み、語りかけるように言った。

耳に障害を抱える奈緒に、後藤の声は届いていないだろうが、想いは伝わったはずだ。

「大丈夫。晴香ちゃんは、きっと良くなる」

後藤は、自らの願望を込めながらもう一度言うと、奈緒の頭を撫でた。

だが、奈緒は拒むように首を左右に振る。

悲観しているのとは違う。奈緒は、独自の感性で、何かを感じ取っているようだった。一心のときと同じように――。

――いや、そんなはずはない。晴香ちゃんは、絶対に大丈夫だ。

自らの心の内に強く念じたところで、携帯電話に着信があった。八雲かもしれない。

すぐに電話に出る。

「誰だ?」

〈上司に向かって、その口の利き方はなんだ!〉

電話の向こうから、宮川の怒声が飛んできた。

「もう、上司じゃないでしょうが」

〈うるせぇ! 誰のせいで、おれが処分を受けたと思ってやがる!〉

それについては、本当に申し訳ないと思っている。宮川は、後藤が起こした不祥事の責任を取るかたちで降格の上、〈未解決事件特別捜査室〉に左遷させられたのだ。

ただ、今さらそれについて詫《わ》びを入れるような間柄でもない。

「それより、わざわざ電話してくるなんて、何の用です?」

後藤が訊ねると、宮川は〈そうだった――〉と咳払《せきばら》いをしてから話を続ける。

〈大変なことになってるぞ〉

「こっちもですよ」

後藤は、ため息交じりに言う。

〈あん？〉

「何でもありません。何が大変なんですか？」

〈ブン屋の姉ちゃんが刺されて、救急搬送されたそうだ〉

「は？」

あまりに想定外の話に、後藤は面喰《めんく》らってしまう。

どうして真琴が刺される。しかも、晴香の容態が悪化したこのタイミングに――そこに、作意を感じずにはいられない。

やはりあの女――七瀬美雪か？

〈石井が現場にいたらしいんだが、それによると、刺したのは、どうもあのガキらしいんだ〉

「あのガキ？」

――いったい、誰のことを言っているんだ？

〈お前らがつるんでる、八雲ってガキだよ〉

宮川の放った言葉で、後藤はハンマーで殴られたような衝撃を受けた。

そんなバカな――。

八雲が、真琴を刺すなんてあり得ない。何かの間違いだ。

三

石井は、病院の待合室のベンチに腰掛け、項垂《うなだ》れていた――。

今の石井にできるのは、真琴の無事を祈ることだけだ。

両手を組み合わせ、「お願いします！」と強く心の内で念じる。誰に向けて願っているのか、自分でもよく分からないが、そうすることしかできなかった。

これでは一週間前と同じだ。

晴香の無事を信じて、ただ待っていたあのときと――。

自分の無力さがつくづく嫌になる。少なからず成長したつもりでいたが、それはただの錯覚で、実際は何一つ変わっていない。

いや、自分のことなどどうでもいい。

真琴が、無事に戻ってきてさえくれれば、他には何も望まない。

「石井！」

響き渡る大声に、石井ははっと顔を上げる。

後藤だった。血相を変え、足早にこちらに向かって来る。

「ご、後藤刑事」

「ブン屋の姉ちゃんが刺されたってのは、本当なのか？」

後藤が、今にも殴りかからんばかりの勢いで詰め寄って来た。その迫力に圧《お》されつつも、石井は「はい」と頷《うなず》いて答えた。

「いったい何があった？」

後藤が、石井をぎろりと睨《にら》んでくる。

これでは、まるで石井が責められているようだが、断じて自分は真琴に危害を加えたりはしない。

「真琴さんから、ある心霊写真についての相談を持ちかけられたんです」

「心霊写真？」

「はい。ただ、私たちだけで対処するのが難しいと考えて、八雲氏に会う為に、〈映画研究同好会〉の部屋に足を運んだんです」

「八雲はいたのか？」

「はい。でも……何だか様子がおかしくて……」

「様子がおかしい？」

意味が分からないという風に、後藤が首を傾げる。

「確かに、そこにいたのは八雲氏だったんですが、まるで別人のようでした」

改めて思い返してみても、あのときの八雲は普通ではなかった。

「それじゃ分からねぇだろ。もっと具体的に説明しろ」

後藤に頭を引っぱたかれた。

指摘された通り、今の説明では、どういう状況だったのか、イメージが湧かないだろう。石井は、気持ちを落ち着けてから、改めて口を開く。

「部屋の中が、めちゃくちゃに荒らされていました。あれは、たぶん、八雲氏自身がやったんだと思います」

推測でしかないが、石井たちが訪れる直前に、何かがあったのだ。

そして、我を失った八雲が、感情を爆発させるように、周辺の物に当たり散らしたと石井は考えている。

「部屋の状況はいい。おれは、八雲のことを訊《き》いてんだ」

また、引っぱたかれた。

後藤も、相当に気が立っているようだ。

気持ちは分かるが、順序立てて説明しなければ、正確に状況を伝えることはできない。

「口調が全然違っていました。いつもは、敬語で話していたのに、後藤刑事のような乱暴な言葉遣いに……」

今度は拳骨《げんこつ》が落ちた。

「誰が乱暴だ！」

充分に乱暴だと思うが、敢《あ》えて指摘することなく「すみません」と詫びた。

ただ、八雲の言葉遣いは石井にとって衝撃だった。

これまでの八雲の喋《しゃべ》り方は、理知的で、感情を抑制した品のあるものだった。

それが、相手を威嚇するような、粗野な言葉遣いになっていた。まるで、生の感情を剝《む》き出しにしているかのように――。

「それで？」

後藤が先を促す。

「とても攻撃的な態度で私たちに接しただけでなく、目つきが、違ったんです」

言葉で表現するのは難しいが、思い出しただけで悪寒がするほど、怖ろしい目をしていた――。

「八雲が、ブン屋の姉ちゃんを刺したって聞いたが、それは本当なのか？」

これまでと違い、後藤が声のトーンを落としてから訊《たず》ねてくる。

「おそらく……」

石井は下唇を噛《か》む。

「おそらくってのは、どういうことだ？」

後藤が石井の胸倉を摑《つか》み上げた。

勢いに押されて、石井は壁に背中をぶつける。

「直接は見ていないんです」

息が詰まりながらも、何とか答える。

「何？」

「わ、私は、八雲氏に突き飛ばされて、意識を失ってしまっていたんです。目を覚ましたら、真琴さんが血を流していて……」

石井が早口に言うと、後藤がふっと手を放した。

「直接見てねぇんだったら、違うだろうが」

直接見ていないから、定かではないというならまだ分かるが、見ていないから、違うという理論は成り立たない。

後藤は八雲を信じたいと思うあまり、冷静さを失っているようだ。

「しかし、状況から勘案して、そうとしか考えられません」

「ふざけんな！」

後藤が、石井を突き飛ばすようにして吠《ほ》える。

あの瞬間の八雲の姿を見ていないから、後藤はこうした主張ができるのだ。

石井だって、そんなことはあり得ないと思いたい。だが、あの目を見てしまったら、八雲を信じ切ることができない。

あれは、そういう目だった——。

「ふざけてなどいません。あのときの八雲氏は、もはや私たちの知っている八雲氏ではありませんでした……」

言い終わらないうちに、後藤に再び胸倉を摑まれたかと思うと、ぐるんっと天地が一回転した。

背中に強烈な痛みが走る。

どうやら、投げ飛ばされたらしい。

「それが、ふざけてるって言ってんだ！」

後藤が怒りに満ちた顔で、仰向《あおむ》けに倒れている石井を見下ろした。

いつもなら、ここまでされたら臆《おく》して黙ってしまうのだが、今は腹の底から湧き上がる熱を押し留《とど》めることができなかった。

「でも、他に考えられないんです。今の八雲氏が、普通の状態でないことは、後藤刑事も分かっているはずです。きっと、彼を変えてしまう決定的な何かが起きたんです。だから……」

——どうして、こんなことになった？

喋りながらもその疑問が浮かび、悲しく、虚しい気分になった。

今は、こんな風に仲間内で争っている場合ではないはずなのに、自分たちは、いったい何をしているんだ？

石井だって八雲を信じたい。

八雲は、何があっても、己の信念を曲げなかったはずだ。石井は、それを間近で見ていて、何度も羨《うらや》ましいと思った。

自信が持てずに、ことある毎に感情が揺れ動き、決断できなくなってしまう石井からしてみれば、八雲は憧《あこが》れに他ならなかった。

そういう八雲だからこそ、晴香は惹《ひ》かれていったのだろう。

だから、石井は敵《かな》わないとも思った。

何だろう。感情が自分でも制御不能なほどごちゃごちゃになって、自然と目から涙が溢《あふ》れた。

「くそっ……」

後藤は、舌打ち交じりに吐き出すと、脱力するように倒れている石井の脇に座り込んでしまった。

「後藤刑事……」

石井は、上体を起こして声をかける。

ぐったりと頭《こうべ》を垂れる後藤の姿は、見るからに弱々しかった。

「そんなわけねぇだろ。八雲が、人を傷付けたりするはずがねぇ……」

後藤が呟《つぶや》くように言った。

「後藤刑事……」

八雲を信じたい気持ちはあるが、信じ切ることができないでいるのだろう。

「どうして、こんなことになった……」

「分かりません」

石井は、首を左右に振った。

一週間前の事件が、引き金であったことは間違いない。だが、問題はそこだけではない気がする。

もっと前の段階で、自分たちは道を誤っていたのかもしれない。

知らず知らずのうちに、取り返しのつかない過ちを犯し、その結果として今があるような気がしてならない。

「晴香ちゃんの容態が悪化した」

長い沈黙のあと、後藤が絞り出すように言った。

「え？」

「人工呼吸器のスイッチが切れていたらしい。ここ二、三日が山だそうだ……」

——後藤刑事は、いったい何の話をしているんだ？

あまりに信じ難い話に、石井はしばらくその意味を受け容《い》れることができなかった。

「う、嘘ですよね。そんなの嘘だ。そうですよね。後藤刑事」

じわじわと広がっていく絶望感を振り払うように、石井は後藤にすがりついた。

後藤が「嘘に決まってるだろ」と小突いてくれることを期待したが、それは叶《かな》わなかった。

「本当だ——」

後藤の残酷な答えが、石井の心を打ち砕いた。

「もしかしたら、八雲は、そのことを感じ取ったのかもしれない。だから……」

後藤とは思えないほどの弱々しい声が、石井に現実の残酷さを突きつけた——。

四

八雲は、線路沿いの道を歩いていた——。

緩やかな坂になっているこの道は、以前にも足を運んだことがあった。

ふと、記憶が呼び覚まされる。

一昨年《おととし》の夏だった。

八雲は、この道沿いで晴香を待っていた。

ある心霊事件にかかわったことで、性的暴行を受けた女性の家族に、話を聞きに行く必要があった。

事件が事件だけに、女性である晴香の方が、話を聞き出し易いだろうと、代わりに足を運んでもらうことになった。

話を聞き終え、戻って来る晴香を待っていると、彼女は今にも泣き出しそうな顔で、とぼとぼと歩いて来た。

八雲の姿を見たあと、晴香は実際に泣いた。

被害者に、そしてその家族に、感情移入してしまったのだ。

八雲の胸に顔を埋《うず》め、肩を震わせながら泣く晴香を見て、それが安い同情でないことがひしひしと伝わってきた。

同じ目線で正面から事件を受け止め、心を痛め、苦悩し、悲しんだのだ。

その感受性の強さは、見ていて危うかったが、同時に、八雲にとって救いでもあった。

左手首で、ネックレスの赤い石が揺れる。

もし、あのとき、胸に顔を埋めて泣く晴香を抱き締めていたら、何か変わったのだろうか？

時間を巻き戻すことはできないので、確かめる術《すべ》はない。だけど、だからこそ、どうしても考えてしまう。もしもの話を――。

「止めよう」

八雲は言葉にして、強引に記憶を心の底に沈めた。

七瀬美雪を見つけることが最優先だ。感傷に浸れば迷いが生じる。彼女を殺すという決意が揺らぐ。

八雲は、七瀬美雪が幼少期に書いた絵日記の内容を思い返す。

あのあと、他の絵日記にも全て目を通した。二冊目以降から、描かれる内容に変化があった。


友だちができました。

さっちゃんです。

プールの時間。さっちゃんは、わたしと同じところをケガしていました。

同じだね。とさっちゃんが言ってきました。

そして、わたしたちは友だちになりました。

当時の七瀬美雪に、友人と呼べる人物がいたらしい。

きっかけは、傷を見せ合ったこと。推測でしかないが、七瀬美雪の傷は、虐待を受けて負ったものだろう。

プールの時間ということなので、服を着ていたら分からない箇所だったはずだ。そして、さっちゃんと呼ばれる人物も、虐待を受けていた節がある。

次のページに、その推測を裏付ける文章が記載されていた。


さっちゃんも、パパにぶたれてケガをした。

でも、さっちゃんのパパは、本当のパパじゃない。

同じだ。わたしと同じ。

本当のパパじゃない。

さっちゃんは、ニセモノのパパがキライだって言っていた。

だから、わたしも言ってみた。

パパのことがキライ。


七瀬美雪が、家族に対して憎悪を抱いた瞬間かもしれない。

同じ苦しみを分かち合う友人との出会いで、七瀬美雪は自らの境遇の歪《ゆが》みに気付いてしまったのだろう。

怒り、憎しみ——このとき、七瀬美雪は自らの家族を初めて嫌悪した。

最初は、小さな種だった。だが、それは次第に大きくなり、やがては自分でも制御できないほどに肥大していったに違いない。

それから、絵日記の中には、さっちゃんと呼ばれる人物が頻繁に登場するようになった。


さっちゃんと、花をつんだ。

さっちゃんと、お人形であそんだ。

さっちゃんは、わたしにお人形をくれた。

さっちゃんのたん生日に、お手がみを書いた。


そこに書かれている内容は、多少の歪みはあるものの、普通の小学生が綴《つづ》る楽しい日常であり、自らの家族を殺害することになる少女のそれとは、大きくかけ離れたものだった。

七瀬美雪にも、こんなひとときがあったのかと驚きすら感じる。
さっちゃんが家に遊びに来てと言った。
パパが出て行ったから、遊びに来てもだいじょうぶだって教えてくれた。
さっちゃんのママは、とてもやさしかった。
クッキーを作ってくれた。
わたしのママは、クッキーを作ってくれない。いつも、何かにおこってる。

七瀬美雪が、さっちゃんの家に遊びに行った日を境に、日記の内容にさらなる変化が生まれた。
一旦《いったん》は、鳴りを潜めていた家庭での虐待の話が、再び書かれるようになった。それだけではない。さっちゃんに対して、羨望《せんぼう》や嫉妬《しっと》の感情が芽生え始めたのだ。

さっちゃんがうらやましい。
さっちゃんの家に生まれれば良かった。

さっちゃんになれたらいいのに。


人が幸せであるかどうかは、絶対評価ではなく、相対評価であることが多い。つまり、身近にいる誰かとの比較だ。

不幸な境遇にあっても、外の世界を知らなければ、そこに疑問は生まれず、現実を甘受してしまう。

だが、比較対象が発生することで、当たり前が当たり前でなくなる。

自分が不幸であるということを自覚してしまうのだ。

あまりにかけ離れた環境であった場合、現実味が生まれず、羨望や嫉妬にまでは至らなかっただろう。

だが、さっちゃんと七瀬美雪の境遇は似ていた。

ところが、日記の内容からして、さっちゃんを虐待していた義父、あるいは母の恋人と思《おぼ》しき男は、ある日、家を出て行ったらしい。

そのことにより、さっちゃんは、平穏を取り戻した。一方の自分は、今も尚《なお》、虐待が続いている。

共感していたはずのさっちゃんの存在は、自分の環境の歪みをより際立たせるものへと変貌《へんぼう》してしまったのだ。

七瀬美雪は、さっちゃんに嫉妬するのと同時に、自らの家族に対しての憎悪を増幅させていく。

どうして、ぶたれなきゃいけないの？

何もしてないのに、どうしてけられるの？

パパにさわられるのは気持ち悪い。

キライだ。パパもママも。

みんないなくなればいい。

おそらく、この感情の流れこそが、七瀬美雪を殺人に走らせた動機の一因だろう。

心安まるはずの友だちの存在が、歪みを自覚させ、殺意を生み出させてしまったのだとしたら、それは皮肉としか言い様がない。

ただ、七瀬美雪がこの日記を残したのは、同情を買う為ではない。絵日記の中に、何かしらのヒントが隠されているはずだ。

それを明らかにする為にも、さっちゃんという人物が誰なのかを知る必要がある。

八雲が辿《たど》り着いたのは、小学校の前だった。

今日は休日ということもあって、校内は閑散としていた。職員の姿もない。

七瀬美雪が通っていた小学校だ。彼女は、十六年前の事件の後、行方不明になっているので、この小学校を卒業していないが、さっちゃんは卒業しているはずだ。

学校に保管してある、卒業アルバム等を確認すれば、さっちゃんが誰なのかを割り出すことができる。

八雲は門扉を乗り越え、学校の中に侵入した。

——以前にも、こんな風に校門を乗り越えて小学校に侵入したことがあった。

既視感とともに、記憶が鮮明に脳裏に蘇《よみがえ》ってきた。

教育実習に行った晴香が、受け持ったクラスで、孤立していた真人《まさと》という少年とかかわったことで、大きな事件に巻き込まれた。

晴香は、悲しい目をした真人を放っておけなかった。

おそらく、晴香を突き動かしていたのは、教師としての使命感というよりは、生来のお節介な性格だったのだろう。

晴香は、自分の身が危険に晒《さら》されながらも、決して真人を見捨てようとはしなかった。

その強い優しさが、真人の心を大きく動かした。

あの事件で、大変な経験をしたはずなのに、懲りもせず晴香は教職を目指した。口に出すことはなかったが、そうした晴香の強い信念に、感心させられ、また呆《あき》れもした。

晴香は、無事に採用試験をパスして、この春から新任教師として、新しい生活をスタートさせる予定だった。

――彼女なら、いい教師になったはずだ。

どんな生徒に対しても、逃げることなく、真摯《しんし》に向き合ったことだろう。そのお節介に、救われる生徒もたくさんいたはずだ。

だが、晴香が教師になる機会は失われた。

八雲が奪ったようなものだ。

自分と出会わなければ、晴香は明るい未来に向かって歩んでいたはずなのに――。

八雲は、後悔を背負いながらも歩みを進める。

晴香との記憶を思い出す度に、後悔は重さを増していき、心を折ろうとする。

それでも、八雲は歩き続けた。七瀬美雪を殺すまでは、どんなに重くとも、背負ったまま進まなければならない。

五

処置を終えた真琴は、そのまま病室に運ばれた。

傷はそれほど深くないが、まだ縫合したばかりだし、痛みも残っているので、すぐに動き回るというわけにはいかない。

数日入院することになりそうだが、黙って静養しているつもりはない。

歩き回ることはできなくても、意識はしっかりしている。事件について調べることはできる。

「真琴さん！」

勢いよく病室のドアが開いたかと思うと、石井が駆け込んで来た。

が、すぐに何かに躓《つまず》いたらしく、転んだ――。

手を突かずに鼻からいっている。相当に痛いはずだ。

「だ、大丈夫ですか？」

真琴が上体を起こしつつ声をかけると、石井がむくっと起き上がった。

「全然大丈夫です！」

意気揚々と答える石井だったが、とてもそうは思えない。

「鼻血出てますよ」

真琴の指摘で、石井はようやく自分が鼻血を流していることに気付いたらしく、「ぎゃぁ」と悲鳴を上げる。

真琴は、ベッド脇に置いてあるティッシュの箱を差し出した。

「あ、ありがとうございます」

石井が、ティッシュを鼻に詰め込んでいるところに、後藤も顔を出した。「おう」といつもの調子で手を挙げる。

「すみません。後藤さんまで。ご心配をおかけしました」

真琴は頭を下げる。

「いいって。そんなことより、傷の具合はどうなんだ？」

「出血が多くて、貧血気味になり意識を失ってしまいましたが、傷はそれほど深くはありません。安静にしていれば、すぐに回復します」

真琴が答えると、石井が「良かった」と心底ほっとした顔をしながら、その場にへたり込んだ。

鼻にティッシュを詰めているせいか、その姿が何だか滑稽《こっけい》に見えて、思わず笑ってしまった。

「何、座ってんだ」

後藤が、石井の頭に拳骨《げんこつ》を落とす。

「す、すみません……」

石井がしゃきっと立ち上がった。

やはり、後藤と石井はいいコンビだと思う。

「それより、話を聞かせてくれ。いったい誰に刺されたんだ？」

後藤の表情が、急激に深刻なものに変わった。

「やはり、八雲氏が……」

石井が頼りなげに眉《まゆ》を下げる。

「どういうことですか？」

真琴が聞き返すと、石井は意を決したように顔を上げ、真っ直ぐな視線を向けてきた。

「真琴さんを刺したのは、八雲氏なんですよね」

こうも断定的に、見当違いのことを言われると、どう返答していいのか分からなくなってしまう。

「石井さん。何を言ってるんですか？」

「何って、八雲氏が、真琴さんを刺して逃亡したんですよね？」

――ああ。そういうことか。

あのとき、石井は意識を失っていた。その間に、何が起きたのかを知らない。部屋の中にいたのは、三人だけだった。消去法で考え、八雲が犯人であるという結論に至ったのだろう。

「違います。私を刺したのは、八雲君じゃありません」

真琴がきっぱりと言うと、石井が目を瞠《みは》った。

「ち、違うんですか？」

「違います。幾らなんでも、八雲君が私を刺すなんて……」

確かに、あのときの八雲の様子は普通ではなかった。強い殺意を抱え、攻撃的になっていたのは間違いない。

それでも、八雲は仲間を刺すようなことはしない。もし、それができる人間なら、一週間前のあの日、迷うことなく少女を殺していたはずだ。

「石井！　てめぇ！　やっぱり違ったじゃねぇか！」

後藤が凄《すさ》まじい怒声を上げながら、石井の胸倉を摑《つか》み上げた。

止めに入りたいが、傷が痛んで動くに動けない。

ひたすら「すみません」と謝り続ける石井の脳天に、拳骨を三発ほど叩《たた》き落とし、後藤はようやく怒りを鎮めてくれた。

たぶん、石井は八雲が犯人だと早とちりした上に、それを後藤に伝えてしまっていたのだろう。

　いつも通り振る舞ってはいたが、そんなことを聞かされ、後藤は相当に気を揉《も》んでいたに違いない。

「で、いったい誰に刺されたんだ？」

　落ち着いたところで、後藤が改めて訊《たず》ねてきた。

「彼女——七瀬美雪です。八雲君が部屋を出たあと、彼女が姿を現したんです。それで私を……」

「何ですって！」

　石井が仰《の》け反《ぞ》るようにして驚きの声を上げる。

　そういう反応になるのも当然だろう。真琴自身、〈映画研究同好会〉の部屋に、突然、七瀬美雪が現れたときは心底驚いた。

　状況から考えて、八雲と話をしているとき、近くに身を潜めていたのだろう。そして、タイミングを見計らって姿を現したに違いない。

「やっぱり、あの女か——」

　後藤は、石井のように驚くことなく、苦虫を噛《か》み潰《つぶ》したような顔で言う。

　こういう反応をするということは——。

「後藤さんは、彼女が都内にいると知っていたんですか？」

真琴が訊ねると、後藤は「いや」と首を左右に振った。

「ただ、さっき、妙な話を聞いたんだ――」

そう前置きをしてから、病院のロッカールームから、看護師の制服が盗まれたことと、人工呼吸器が停止したことにより、晴香が重篤な状態にあることを説明してくれた。

あまりのことに、愕然《がくぜん》とした。

昏睡《こんすい》状態にある晴香に、わざわざ止《とど》めを刺しに来るなんて、あまりに酷《ひど》すぎる。

だが、七瀬美雪とは、そういう人間だ。完璧《かんぺき》主義者で、目的の為なら、どこまでも容赦なく、相手を徹底的に痛めつける。

再び晴香を狙うことは、推測できたはずだ。

対策を練らなかった自分たちのミスだと言わざるを得ない。事件が起きてから、ひたすらに後悔ばかりしている気がする。

「それで、七瀬美雪は、どうしてあんたを狙ったんだ？」

後藤が話を戻すように訊ねてきた。

「彼女は、私たちが邪魔だと言っていました。計画の邪魔だから、少し大人しくしていなさい――と言いながら、私を刺したんです」

「計画の邪魔ってのは、どういうことだ？」

後藤が首を傾げる。

真琴も、あの瞬間は、意味が分からなかった。だが、考えを巡らせていくうちに、一つの答えに行き着いた。

「たぶん、私たちが、あのまま心霊現象の調査を続けることが、彼女にとって都合が悪かったんだと思います」

それしか考えられない。だからこそ、真琴を刺すことで行動不能にしようとした。殺さなかったのは、その方が、後藤や石井を足止めするのに、都合がいいと判断したからだろう。

「ということはつまり、今の調査を継続していけば、やがては七瀬美雪に行き当たるということですね」

石井が、納得したようにポンと手を打った。

「私もそう思います」

真琴は大きく頷《うなず》いた。

七瀬美雪が真琴を刺した目的が、妨害工作とするなら、それだけ自分たちは真実に近付いているということになる。

「では、早速、調査に取りかかりましょう」

石井が意気揚々と口にする。

だが、真琴には、その前にどうしても確認しておきたいことがあった。

「あの——八雲君とは、まだ連絡が取れていないんでしょうか？」

真琴の問い掛けに、石井と後藤が同時に視線を逸《そ》らした。

「ダメだ。今は、携帯の電源を切っちまってる」

後藤が答えた。

これまではコール音はしていたので、電源は入っていた。だが、それすらなくなったということは、八雲は明確な意図を持って、連絡を絶ったのだろう。

真琴が抱いていた悪い予感が、現実味を帯びる。

「かなり拙《まず》いかもしれないです」

「拙い？」

「ええ。八雲君は、おそらく七瀬美雪を殺そうとしています——」

真琴が言うのと同時に、水を打ったような静寂が訪れた。

六

「八雲が、七瀬美雪を殺そうとしているってのは、どういうことだ？」

後藤は慎重に訊ねた。

さっき真琴は、「おそらく」と表現していたが、表情や口調から判断して、その考えに自信を持っているようだった。

「八雲君が、自分で言っていたんです。あの女を殺す——と」

真琴が苦い顔をしながら口にする。

「殺したいほど、憎んでいるって意味だろ？」

「そうではありません。あれは——明確な殺意です」

真琴が首を左右に振る。

「だが……」

「本当は、後藤さんも分かっているはずですよね。今回の一件で、八雲君が彼女に殺意を抱くことは、むしろ自然なことではありませんか？」

「それは……」

反論する言葉が見つからなかった。

一週間前の事件のとき、八雲は七瀬美雪の要求通りに、少女を殺すことができなかった。その結果として、晴香は川に転落させられた。

あのときの決断を、八雲が悔いていることは間違いない。一線を越えられなかった自分の甘さだと捉《とら》えていたとしたら、次は迷うことはない。容赦なく七瀬美雪を殺したとしても、何ら不思議ではない。

「それと同じように、七瀬美雪も、おそらく八雲君を殺そうとしています——」

真琴は、より一層険しい顔をする。

「し、しかし、八雲氏に死んでもらっては、困るのではないのですか？」

口を挟んだのは石井だった。

それを聞き、後藤も改めて七瀬美雪と雲海が、八雲を付け狙っていた目的を思い出した。

「そうだ。あいつらは、八雲の肉体を欲していたはずだ」

八雲の父親である雲海は、すでに死んで幽霊となったあとも、生に執着し、自分の魂を容《い》れる器を求めていた。

それが、八雲だった――。

血縁関係にある八雲が、精神的に自分と同調することができれば、その肉体を完全に支配することができると考えていた。

だから、これまで八雲に揺さぶりをかけても、殺すことはなかった。

「それについては、だった――と過去形にした方がいいと思います」

「どうしてだ？」

「奈緒ちゃんが拉致《らち》された事件のことは、覚えていますよね？」

後藤は頷いて応《こた》えた。

忘れるはずがない。雲海が、奈緒に憑依《ひょうい》して連れ去った忌まわしき事件だ。

奈緒を失うかもしれないと思ったときには、それこそ生きた心地がしなかった。まあ、実際、車に撥《は》ねられて生死の境を彷徨《さまよ》っていたわけだが——。

「あの事件のとき、八雲君が雲海に向かって言っていたんです。存在が薄らいでいる——と」

本当に、そんなことを言っていたのか？　後藤は、聞いた覚えがない。困惑していると、石井が「確かに言ってました」と声を上げた。

後藤が忘れていただけのようだ。

「で、それがどうしたんだ？」

「あくまで私見ですが、あのとき、雲海は、他人の肉体を乗っ取ることが不可能であると悟ったのではないでしょうか？　生き返ることはできないと諦《あきら》めたからこそ、存在が薄くなってしまったのではないかと——」

「言われてみればそうですね」

真琴の説明に、石井が納得の声を上げる。

確かに筋は通っているように聞こえるが、後藤にはそれを受け容れられない理由があった。

「そんなはずはねぇ。まだ八雲のことを諦めてねぇから、一週間前の事件が起きたんだろ」

後藤が主張すると、真琴は「違います」と即座に否定した。

——いったい何が違うというのか？

「先日の事件に、雲海は関与していません」

「な、何？」

「事件を通して、彼が死んだ経緯を知ることになりましたが、それは結果に過ぎません。あの事件は、七瀬美雪が単独で引き起こしたものです」

その通りだ。

一週間前の事件に、雲海は関与していない。それが証拠に、後藤は一度もその姿を見ていない。

危うく見当違いな方向に進むところだった。

いつも、自分たちの陣頭指揮を執っていた八雲がいない今、真琴の存在がこの上なく頼もしい。

「雲海が、生き返れないと分かった今、七瀬美雪にとって、八雲君を生かしておく理由は一つもないんです」

真琴の声が、病室に重く響いた。

「そいつは、かなりヤバい状況だな」

「ええ。八雲君と七瀬美雪は、お互いに対して、強い殺意をもってぶつかり合おうとしています。そんなことをして、生まれるものなど一つもありません」

　真琴の言う通りだ。

　どんな結末だろうが、殺意と殺意がぶつかれば、それは悲劇にしかなり得ない。そんなことは、断じてあってはならない。

　八雲の為にも、そして、今、生死の境を彷徨っている晴香の為にも――。

「何としても、八雲を見つけるぞ」

「そうですね」

　後藤の言葉に、石井が同調する。

「まず、それぞれが持っている情報を整理しましょう」

　真琴の提案で、お互いが追っている事件に関して、情報交換が行われた。

　英心から持ち込まれた心霊現象について、少女が突然、七瀬美雪の名前を出したこと。

　そして、部屋の中で発見された、見覚えのない写真についても、後藤は現物を提示しつつ説明した。

　また、後藤自身が、憑依されたらしい少女に襲われた件についても、言い添えておいた。

　一方の石井と真琴は、ある廃墟《はいきょ》で撮影された心霊写真について、調べを進めていたらしい。

心霊写真自体、怖ろしいものだった。

床に這《は》いつくばっているその姿からは、強い情念を感じた。まるで、地獄の底から這い上がってきたような暗い影――。

ただ、やはりもっとも目を引いたのは、背景に写り込んでいた七瀬美雪の姿だ。

自分が写り込んでいることを自覚しているのか、薄《うっす》らと笑みを浮かべているように見える。

「どうする？　今のところ、廃墟の一件の方が関係がありそうだ。そっちを重点的に調べた方がいいかもしれん」

後藤は提案してみたが、真琴の反応は芳しいものではなかった。

「現段階で、決めつけてしまうのは危険だと思います」

「どうしてだ？」

「焦るあまりに、読みを誤ったのが、前回の事件の失敗でした」

真琴が苦しそうに言った。

後藤の中にも、嫌な感覚が蘇《よみがえ》ってくる。

まさに、そうだった。晴香を救いたい一心で焦り、まんまと七瀬美雪に踊らされ、進むべき方向を誤った。

「そうですね。現段階では、後藤刑事の一件と、廃墟の一件を同時に調査した方がいいかもしれません」

石井が、気障《きざ》ったらしく指先で、シルバーフレームのメガネの位置を直す。

態度は気に入らないが、石井の言う通りだ。もう少し状況が分かるまで、調査は継続した方が良さそうだ。

「効率を考えて、役割分担をして動きましょう」

話が一段落ついたところで、真琴が提案をしてきた。

「あんたに任せる」

後藤は、判断を真琴に委《ゆだ》ねた。

面倒だったわけではない。後藤や石井が役割を決めるより、真琴に判断してもらった方が的確だと考えたからだ。

「分かりました。まずは、後藤さんと石井さんで、心霊現象の起きた家について、改めて調べて下さい。私は、廃墟について色々と情報を集めてみます。それなら、ベッドの上からでもできますから」

異論はない。これまで八雲の陰に隠れていたが、真琴は参謀として優秀なのかもしれない。

「石井。行くぞ」

後藤は、声をかけつつ病室を出た。

すぐに後を追いかけて来るかと思ったが、石井は真琴のベッドの脇で、何やら話をしている。

――いちゃいちゃしやがって。

内心で舌打ちをしたところで、ふっと誰かの気配を感じた。

振り返ってみたが、そこに人の姿はない。ただ、真っ直ぐに廊下が延びているだけだった。

――気のせいか。

そう思った矢先、耳許《みみもと》で囁《ささや》くような声がした。

――八雲君を助けて下さい。

聞き覚えのある、柔らかい響きをもった声。

これは――晴香の声だ。

「幻聴だ」

後藤は、口にすることで、頭に浮かんだ考えを打ち消した。

「後藤刑事。どうしたんですか？」

いつの間にか、病室を出て来ていた石井が、声をかけてきた。

「何でもねぇ。行くぞ」

強い口調で言うと、後藤は真っ直ぐに歩き出した。

さっきの声が、晴香のものだと認めてしまうのは、即ち彼女の死を認めることのようなものだ。

八雲と七瀬美雪は必ず見つけ出す。そして、晴香も必ず意識を回復する。

呪文《じゅもん》のように心の内で繰り返しながら、後藤は歩みを進めた——。

七

石井は、後藤と一緒に、商店街の外れにある不動産会社を訪れた。

後藤が心霊現象を体験した家の元の所有者を捜し出すことが、その目的だった。

心霊現象が起きているということは、過去にその場所で死んだ人間がいる可能性が高い——というのは、常々、八雲が口にしてきた理論だ。

それを、なぞるかたちで調査することになった。

事前にアポイントを取っていたので、受付で「世田町署の石井です」と名乗ると、すぐに奥にあるブースに通された。

五分と待たずに、三十代と思《おぼ》しきスーツの男性が入って来た。

「担当の山岡《やまおか》と申します」

丁寧に差し出された名刺を受け取りつつ、石井は改めて自己紹介する。後藤は、警察とは名乗らず、ただ「後藤だ」と告げた。

山岡は、特に不審がることはなかった。後藤のことも刑事と解釈してくれたようだ。

「確か、三丁目の物件のことでしたよね？」

山岡の方から切り出してくれた。

「はい。あの物件は、いわゆる事故物件ということはないのでしょうか？」

石井は、単刀直入に訊《たず》ねる。

殺人のような事件が起きたのかについては、ここに来る前に、宮川に調査を依頼してある。

それ以外に、病死や自殺、不審死などの情報があれば知りたい。

「いえ。調べてみましたが、そういうことはありませんね」

即答だった。

「本当ですか？」

「ええ。最近は、そういうのうるさいですからね。うちも、ちゃんと確認してます」

山岡の感じからして、嘘を吐いているわけではなさそうだ。

さっき山岡が言った通り、最近は、過去に住人が自殺や殺人などで亡くなった物件は、心理的瑕疵《かし》物件として告知義務があり、事前に通知しておかないと色々と厄介なことになる。

不動産会社側は、その辺りはしっかりとチェックしているはずなので、見落としということもないだろう。

賃貸物件の中には、一時的に人を住まわせて、先住者の履歴を消し物件をクリーンな状態にしてしまう方法を採っている業者もあるようだが、購入物件では考え難《にく》い。

後藤が、ふうっとため息を吐いた。

無駄足だったと落胆しているようだ。かつての石井なら、同じように「そうですか――」と退《ひ》き下がっていたかもしれない。

だが、今回の一番の目的は、あの物件の前の所有者を見つけ出し、話を聞くことだ。

以前の所有者も、同じように心霊現象を体験していて、それが怖ろしくなって売りに出したということも考えられる。

その辺の事情を、詳しく聞き出しておく必要がある。

「あの物件は、最近売りに出されたということですが、元の所有者はご存じですか？」

「ええ。もちろんです。室井《むろい》さんという方です」

「売りに出された理由は、何か聞いていらっしゃいますか？」

「その辺の事情は、私もあまり詳しくは知りませんが、金銭的なものだったんじゃないんですかね」

「金銭？」

「ええ。室井さんは、あの辺りの地主なんですよ。早くにご両親が亡くなって、一人娘の秋恵《あきえ》さんが相続したんです。まあ、元々畑だった場所で、二束三文にしかならない土地だったんですけど、二十年くらい前に駅ができて、再開発が始まって地価が一気に高騰しました」

「そうなんですか」

地図で確認しただけだが、問題の場所は、山岡が言う通り、新しい駅ができて、急速に開発が進み、宅地化された地域だった。

詳しい金額は定かではないが、そうして高騰した土地の値段は、かなりの額になるはずだ。

「秋恵さんは、自分の住んでいる家の他に、マンションやアパートを建てて、その家賃収入で生活していたんです」

「今も、その物件はあるんですか？」

「七、八年前だったと思うんですけど、ほとんど売りに出されちゃいましたね」

「そのまま維持していれば、生活には困らなかったんですよね？」

「そうだったと思いますよ。でも、まあ、色々とありますから」

「その色々というのは何ですか？」

「詳しいことまでは分かりませんが、まとまったお金が必要だったみたいですよ」

「何に、そんなにお金が必要だったんでしょうか？」

土地を売ってまでお金を捻出《ねんしゅつ》するとなると、十万や二十万といった金額ではない。単に生活費ということでもないだろう。

「何でも、治療費が必要だったらしいですね」

「治療費？」

「ええ。秋恵さんが病に倒れたらしいんです。で、秋恵さんの娘さんが、土地の権利を引き継いだんです。売りに出されたのは、その後なので、治療費が嵩《かさ》んだんじゃないかって話です」

母親の治療費ということであれば、土地を売ってでも工面しようとする心理は分かる。ただ、土地建物を幾つも売ったとなると、相当な金額になる。

「どういった病気かは、ご存じですか？」

「いや、さすがに、そこまでは聞いていません。やり取りも、ほとんどメールだけでしたからね」

山岡が首を振った。

ここまでの話を聞く限り、物件自体に問題があるということではなさそうだ。

「他の物件を売り払うのは分かるが、自分たちの住んでいる家まで売ってしまった理由は何だ？」

　これまで黙っていた後藤が訊ねた。

　言われてみれば、そこは引っかかる部分だ。自分の家くらいは残しそうなものだ。やはり、件《くだん》の家では、何らかの心霊現象が起きていて、それが売却の一因になっているのかもしれない。

「まあ、それは人それぞれじゃないですか？　秋恵さんの娘さんも若かったですし、母娘《おやこ》の二人暮らしなら、一軒家に住むより、マンションとかに引っ越した方が、楽だって人も多いですからね」

　一軒家は、建物や庭の手入れや維持などに手間がかかる。山岡の言うように、考え方によっては、マンションの方が都合がいい場合もあるだろう。

「室井さんの娘さんと連絡を取ることはできますか？」

　石井は、話だけでも、聞いてみる必要があるかもしれないと思い訊ねた。

「契約書に書かれているもので良ければ」

　山岡は、そう言うとメモに連絡先を書いて渡してくれた。

「色々と参考になりました。ありがとうございました」

　石井が礼を言って立ち上がると、後藤もそれに倣った。

「本当に、その家で、心霊現象は起きているんでしょうか？」

不動産会社を出たところで、呟《つぶや》くように言うと、後藤に頭を引っぱたかれた。

「疑ってんのか？」

「い、いえ。そういうわけではありません」

石井は、慌てて否定する。

心霊現象を体験したのは、後藤自身だった。これまで、数多《あまた》の心霊現象を体験してきた後藤だ。単純な勘違いということはない。

「で、この後はどうする？」

後藤が訊ねてきた。

「時間もありませんし、手分けして調査するというのはどうでしょう」

「あん？」

「私は、室井さんの娘さんにコンタクトを取ってみます。後藤刑事は、家の周辺情報を集めてもらえないでしょうか？」

「家の周辺情報？」

「はい。心霊現象が起きていたとしたら、近隣の住人も何か知っているかもしれません」

「分かった」

後藤が素直に応じた。

「では、後ほど合流しましょう」

後藤と別れて歩き始めた石井だったが、足取りが重かった。

本当に、こんな捜査を続けていて、七瀬美雪に辿《たど》り着くことができるのだろうか？

その不安が、頭を離れなかった。

八

校舎の裏手にある非常口は、鉄製の扉で、古いシリンダータイプの錠が付いていた。

窓ガラスを割って侵入することも考えたが、それだと騒ぎが大きくなる。できるだけ、目立たないようにする必要がある。

八雲は、針金を取り出すと、鍵穴に差し込み、ピッキングで扉を解錠する。

扉を開け、慎重に校舎の中に入った。

もし、警報装置が付けられていたら、それでアウトだったが、そういう類《たぐ》いのものは見当たらなかった。

ほっと胸を撫《な》で下ろしつつ、昇降口に歩みを進めた八雲は、壁に貼ってある校内の案内板に目を向ける。

二階に職員室があり、その隣が資料保管庫になっていた。

卒業アルバムや住所録などは、保存文書に分類されているので、間違いなく保管されているはずだ。

八雲は、二階に上がると、資料保管庫の前で足を止めた。

鍵がかかっていたが、非常口と同様に、古いシリンダータイプだ。これなら、開けることができる。

扉を解錠した八雲は、部屋の中に足を踏み入れた。

遮光カーテンがかかり、昼の時間であるにもかかわらず、かなり暗かった。カーテンを開けたり、電気を点《つ》けたりすれば、外から侵入を気取《けど》られる可能性がある。

八雲は、ペンライトを取り出し、その明かりを頼りに、部屋の中を見て回る。

スチール製のキャビネットが整然と並んでいて、卒業アルバムや住所録の類いが年代順に収納されていた。

「あった」

七瀬美雪と同年代の卒業アルバムを見つけた八雲は、それを抜き出し、丹念にページを捲《めく》っていく。

すぐに、見つかると思っていたが、そう簡単にはいかなかった。

さっちゃんと呼称されるであろう名前や苗字《みょうじ》の人物は、相当数いた。絞り込む為には、もっと情報が必要だが、現状では出尽くしている。

──何か見落としはあるか？

考えを巡らせていた八雲の中に、一つの閃《ひらめ》きがあった。

早速、別のキャビネットを探してみる。だが、それらしきものは見つからない。キャビネットではなく、部屋の隅に積み重ねられた段ボール箱の方に目を向ける。

段ボール箱には、西暦で年度が記されていた。

中を開けてみると、そこには成績表や文集などが纏《まと》めて詰め込まれていた。

「これだ──」

八雲は、七瀬美雪が小学三年生当時の年度の文集を見つけ、それを段ボール箱から引っ張り出した。

表紙には、校庭の隅に植えられている、ハナミズキの絵が印刷されていて、「夢、希望、友だち」というタイトルと、三年四組文集という文字が印字されていた。

中身は、印字された文字ではなく、生徒たちが、各々手書きで記した文章が並んでいる。表紙のタイトルにあるように、「夢、希望、友だち」のテーマに沿って書かれた作文だ。

ページを捲っていくと、すぐに七瀬美雪の文章を見つけることができた。

タイトルは「夢」と書かれていた。

わたしの夢は、お医者さんになることです。

さっちゃんは、ぜんそくなので、あまり外で遊ぶことができません。

わたしがお医者さんになって、さっちゃんをなおしてあげたいと思います。

そうすれば、もっと、もっと、さっちゃんといっぱい遊ぶことができます。

さっちゃんだけではなくて、おばあちゃんもなおしてあげたいです。

おばあちゃんは、病気で何度も手じゅつをしています。

かわいそうなので、なおしてあげたいです。

パパとママは、なおしません。おじいちゃんも、なおしません。


その文章を読んで、八雲は息を詰まらせた。

七瀬美雪は、友だちであるさっちゃんの病気を治してやりたいと考えていた。その為に、医者になりたいと願ってさえいた。

文字だけなので、真意は分からない。

いや——。

そうではない。これは、当時の七瀬美雪の本心だ。

純粋に、心の底から、友だちを救いたいという切実な願い。

多くの人の命を奪った今の彼女からは、想像もつかないが、医者になって友だちを救いたいという願いは、当時の彼女にとっては、紛れもない本心だった。

もしかしたら七瀬美雪は、とても純粋な少女だったのかもしれない。他の子どもたちと同じように、ただ普通に暮らしたかった。

友だちと遊び、勉強に勤《いそ》しみ、親に愛され、誰かに必要とされながら生きていたかった。

だが、彼女の置かれた環境が、それを許さなかった。抑圧され、虐げられ、純粋だった心は、みるみる穢《けが》れ、歪《ゆが》んでいった。

最初は本人も気付かなかったのだろう。

池の中に、墨汁を一滴垂らしただけでは、水の色は変わらない。透明なままだ。しかし、毎日、一滴ずつ落とし続ければ、やがては黒く染まっていく。

歪んだ家族構成の中で繰り返される虐待の日々が、七瀬美雪にとって一滴の墨汁だったのだろう。

毎日、一滴ずつ垂らされた墨汁は、七瀬美雪の心を黒く染め上げた。

ふっと、八雲の脳裏に自らの過去の記憶が蘇《よみがえ》った。

赤い左眼のせいで、気味悪がられ、心ない言葉を浴びせられてきた。母親に殺されかけた経験から、自らの存在を否定しながら生きてきた。

どうして、自分だけこんな目に遭うのか——と苦しみに悶《もだ》えたことは、数え切れないほどある。

だからこそ、彼女の――七瀬美雪の苦しみの一端は理解できる。できてしまう。彼女が歪んだ理由が分かってしまう。

――感情に囚《とら》われるな。

八雲は、内心で呟《つぶや》く。

感情で事件を追いかけたのでは、そこにバイアスがかかり真実を見失うことになる。あくまで客観的に、事実をただ事実として受け止めなければならない。

それに――。

七瀬美雪に、同情すべき点があるのは事実だが、だからといって、彼女の行いが赦《ゆる》されるはずがない。

八雲自身、彼女の行いによって全てを奪われた。

奪われたのは八雲だけではない。七瀬美雪の手によりあまりに多くの人が、大切なものを失った。それは、不遇の幼少期を過ごしたからという理由で、納得できるものではない。

誰かが彼女を止めなければ、これからも奪われ続ける。だから――。

気持ちを切り替え、改めて文集に目を向け、ページを捲っていく。やがて、さっちゃんのものと思われる文章を発見した。

タイトルは「友だち」だった。

わたしの一番の友だちは、美雪ちゃんです。
美雪ちゃんは、とっても優しいです。
私の病気をなおしてくれると、やくそくしてくれました。
二番目の友だちは、ハルカちゃんです。
すごく面白くて、いつもわたしをわらわせてくれます。
でも、ハルカちゃんは、美雪ちゃんのことが、あまり好きじゃないみたいです。
わたしに、美雪ちゃんとばかり遊ばないほうがいいよと言ってきます。
わたしは、二人に仲良くなってほしいです。

間違いない。この文章の主こそが、七瀬美雪の絵日記に登場した、さっちゃんだろう。

文章の内容からして、七瀬美雪はさっちゃんを独占しようとしていたのだろう。だから、もう一人の友だちとの折り合いが悪かった。

さっちゃんのもう一人の友だちが、ハルカという名前なのは偶々《たまたま》なのだろうが、七瀬美雪が晴香に対して執拗《しつよう》に憎悪を募らせた一因だったのかもしれない。

何《いず》れにせよ、文集にさっちゃんのフルネームが記載されている。その名前と卒業アルバムの住所を照らし合わせれば、居場所を掴《つか》むことができる。

八雲は、再び卒業アルバムを手に取り、さっちゃんを探した。

しかし――。

見つからなかった。

さっちゃんは、何らかの理由で学校を卒業しなかった。

考えられる理由の一つは、引っ越しだ。或《ある》いは、喘息《ぜんそく》が悪化して、命を落としたということも、考えられなくもない。

とにかく、これからどうするかが問題だ。

真に知りたいのは、小学校時代の七瀬美雪のことではない。今現在の彼女の居場所だ。

苛立《いらだ》ちから、髪をガリガリと掻《か》いた八雲は、改めて文集にくまなく目を通していく。

だが、新しい発見をすることはできなかった。

文集を床に置き、ため息を吐いたところで、左手首に巻いたネックレスの赤い石が、ペンライトの光を受け、裏表紙のある一部分を照らした。

そこには、小さい文字で次のように記されていた。

私は、それを墓標にした。

小さすぎて見落としていた。印字されたものではない。誰かが手書きしたものだ。

墓標という言葉は、小学生の文集に書き込むには、あまりに不釣り合いだ。

ハナミズキ――。

墓標――。

「そういうことか」

八雲は呟くのと同時に立ち上がると、文集を元の場所に戻し、資料保管庫を後にした。

そのまま階段を下り、校舎の外に出る。

校舎の裏手に、ハナミズキの木が植えられていた。

文集の表紙に使われていた、ハナミズキは、おそらくはこの木だろう。

ゆっくりと木に歩み寄り、ぐるりと木の周りを歩きながら、つぶさに観察する。

すぐに異変に気付いた。

ハナミズキの根元に、木の枝で作ったと思われる小さな十字架が立てられていた。

――やはりそうか。

西洋では、キリストを磔《はりつけ》にするのに使われたのが、太く大きな幹のハナミズキの木だという言い伝えがある。

その後、復活したキリストは、そのことを嘆き、もう二度と十字架にされないように、細く曲がった木に変えたのだという。

この言い伝えは、キリストの博愛を示し、ハナミズキはキリスト教を象徴する花になっている。

ただ、聖書に十字架に使用された木材の記載はなく、キリストがいた時代のナザレ地方にハナミズキが無かったことから、後世に創作された話だとも言われている。

何れにしろ、文集の墓標という言葉からしても、その根元にこれみよがしに十字架が立てられていることからしても、これが七瀬美雪のやったことだということは明らかだろう。

ニーチェの引用に、キリストの伝承――そうした仰々しさが七瀬美雪らしい。それが、分かってしまう自分に少し苛立つ。

八雲は舌打ちをしつつ、根元に刺さった十字架を引き抜き、それを使って地面を掘り始めた。

感触が柔らかい。

ごく最近、この下に何かを埋めたことは明らかだ。

八雲は黙々と掘り進めていく。

やがて――。

硬いものが十字架に触れた。

そこからは、手で丁寧に土を掻き分けていく。

露《あら》わになったのは、一体の人形だった。

十五センチほどの大きさのビニール人形で、黒い髪がカールしていた。肌の色はところどころ剝《は》げていて、かなり古いものであることが分かる。

八雲は、土から人形を取り出した。

おそらく、これはさっちゃんの持ち物だろう。それが証拠に、人形の足の裏の部分に、油性ペンで名前が書かれていた。

七瀬美雪の絵日記の中に、「さっちゃんは、わたしにお人形をくれた」という一文が出てくる。この人形は、そのとき譲り受けたものかもしれない。

どうして、こんなところにわざわざ人形を埋めたのか？　墓標という言葉から推測して、これはさっちゃんの墓の代わりなのかもしれない。

さっちゃんが何かしらの理由で命を落とし、七瀬美雪はこの人形を親友に見立てて埋葬した。

人形を観察していた八雲は、その背中に、何かが貼り付けてあることに気付いた。

小さな紙切れだった。

そこには住所が記されていた。

九

真琴は、ベッドの上でノートパソコンを開き、インターネットで件《くだん》の廃墟《はいきょ》について検索をかけていた。

以前は、病院内で携帯電話での通話はもちろん、インターネット通信も様々な医療機器に影響を与える可能性があることから、使用が禁止されていたが、今は緩和の傾向にある。

真琴が入院している病院も、個室の病室内であれば、Ｗｉ－Ｆｉの使用が許可されている。

インターネットで検索を続け、色々と分かったことがある。

あの廃墟は、所謂《いわゆる》マニアの間で有名だったらしい。単に廃墟マニアだけでなく、心霊マニアの間でも、知られた存在だった。

あそこで撮影された心霊写真が山ほどアップされていた。

但し、中には、木目を人の顔だと言い張っているような胡散《うさん》臭いものや、明らかに合成した画像も交じっていて、実際に心霊スポットであったのか判別するのは難しい。

体験談なども、めぼしいものは一通り読んでみたが、血塗《まみ》れの女の幽霊が追いかけて来たとか、子どもの幽霊が声をかけてきたとか、いやいや、あの場所で焼死した男の怨念《おんねん》が……といった具合に、人によって内容がバラバラだ。

あの廃墟が、かつて何だったかについても調べてみたが、病院だったという者もいれば、ホテルだったとか、大富豪の別荘だったと主張する者もいる。

酷《ひど》いのになると、政府の極秘研究所で、人体実験が行われていたと、まことしやかに書いている人までいる始末だ。

何が本当なのか、分からなくなってくる。

インターネットの情報は、利便性が高いが、信憑性《しんぴょう》に問題がある。誰でも情報を発信できるという気軽さがあるが、紙の書籍のように校閲を通し、事実関係を確認しているわけではないので、幾らでも嘘が書けてしまう。

悪意を持った嘘でなくても、うろ覚えや憶測で好き放題書いてしまうので、信憑性が著しく低い。

正しい情報を掴む為には、やはり現地に赴くべきなのだろうが、それができないのがもどかしい。

石井たちには、大丈夫だと強がってみせたが、薬を飲んでも疼《うず》くような痛みが残っている。

下手に動き回れば、再び傷口が開いてしまうだろう。

それでも、自分がやらなければ——と思う。

何でも一人でやろうとするところは、昔からの悪い癖だなと自嘲《じちょう》する。

父親が警察署長だったことで、思春期の頃は、周囲に煙たがられることが多かった。

署長の娘だからって調子に乗って——と陰口を叩《たた》かれたことは、一度や二度ではない。

真琴にそんなつもりがなくても、言うこと為すこと、父親と関連付けられることが、本当に嫌だった。

その反動なのか、何でも自分でやらないと気が済まない頑固さが身についてしまった。

だが、石井たちに出会い、そうではないと教えられた。

人には得手不得手がある。全部、自分で抱えるのではなく、足りない者同士が、お互いに寄り添うように結束する。

そうやって、これまで様々な事件を解決に導いてきた。

八雲が陣頭指揮を執り、石井は地道な捜査を担い、後藤は猪突猛進に犯人に突撃する。真琴は別角度から調査をする遊撃部隊といったところだ。

そして、晴香は疲弊した面々を癒《い》やす、補給役を担っていたような気がする。

今は、その晴香がいない。

それ故に、こんな風に焦燥感が募っているのかもしれない。

もし、このまま晴香が戻って来なかったら、自分たちはこれまでのように、繋《つな》がりを保っていられるだろうか？

「ダメだ」

真琴は、声に出すことで頭に浮かんだ最悪の事態を打ち消した。

今は、余計なことを考えずに調査に集中すべきだ。再び、パソコンのモニターに向かったところで、お腹の傷の痛みが増した。痛み止めの薬が切れてきたのかもしれない。

熱を持った痛みが増すのに合わせて、網膜に七瀬美雪の顔が浮かんだ。

〈映画研究同好会〉の部屋で遭遇したときの七瀬美雪は、これまでと、雰囲気が違っていたような気がする。

七瀬美雪の存在は、真琴の中で圧倒的な恐怖だった。

彼女の価値観は、自分たちとかけ離れていて、決して相容《あいい》れることがない。人を痛めつけて愉《たの》しむ嗜虐《しぎやく》性に満ちた、残忍な怪物のような存在だった。

だが――。

あのときの七瀬美雪の目には、悲しみが滲《にじ》んでいたような気がする。

このところ、七瀬美雪のことをひたすらに調べ続けていたせいで、彼女の育った家庭環境に同情している部分もあるが、それとは異なる感覚だった。

もし、真琴の感覚が正しいのだとしたら、七瀬美雪は、どうして、悲しみの感情を抱いているのだろう？

考えられる可能性は一つだけある。

両眼の赤い男——雲海だ。

十六年前、幼い七瀬美雪を連れ去ったのは雲海だった。それから、二人がどんな生活をしていたのか、想像も付かない。

しかし、七瀬美雪にとって、雲海は父も同然だったはずだ。

両親から愛情を受けずに育った彼女が、唯一、家族と呼べる存在が彼だったとしたら、悲しみの理由も頷《うなず》ける。

このままいけば、七瀬美雪は唯一無二の存在である雲海を失うことになる。

それは、耐え難い悲しみであるに違いない。

もし、真琴が同じ立場なら、全てを擲《なげう》って、愛する人の側にいたいと思う。できるだけ長く、その人との時間を共有することを望むだろう。

ところが、七瀬美雪は、この期に及んで、まだ何かをしようとしている。

——それは何か？

その心の内を解明することこそが、七瀬美雪の行方を見つける重要な手掛かりになるはずだ。

真琴は、はっと我に返る。

七瀬美雪について考えを巡らせるほどに、心に影が差し、そのままずぶずぶと深いところに引き摺《ず》り込まれていくような気がする。

踏み込んではいけない、禁忌の領域に達したような感覚だ。

真琴は、気持ちを切り替える意味を込めて、痛み止めの薬を手に取り、一錠だけ口に含んだ。

――真琴さん。

ベッドに横になろうとしたとき、名前を呼ばれた。

春風のように、温かくて優しい響き。聞き覚えのある声だった――。

「晴香ちゃん？」

真琴は、視線を巡らせたが、病室には誰もいなかった。

狭い病室の中だ。見落とすはずもないし、隠れる場所があるわけでもない。そもそも、昏睡《こんすい》状態の晴香の声が聞こえるはずがないのだ。

空耳に違いない――そう思おうとしたが、なぜかそれができなかった。

確かに晴香の声が聞こえたのだ。

――八雲君を助けて下さい。

また聞こえた。

「どこ？　どこにいるの？」

真琴の呼びかけに応《こた》えるように、戸口のところに、薄《うつす》らと人の姿が浮かび上がった。

それは、紛れもなく晴香だった。

知覚すると同時に、真琴の心臓がドクッと大きく脈打った。

あれは、実体を持った晴香の姿ではない。彼女の魂——幽霊だ。もし、そうだとするなら、呼びかけるべきではなかったかもしれない。

——このままじゃ、八雲君は……。

晴香は、話している途中で、すうっと風景に溶けるように姿を消してしまった。

しばらくの間、真琴は晴香が姿を現した戸口を見つめていた。

やがて、じわじわと何が起きていたのかを理解する。それは、受け容《い》れ難い現実だった。

「晴香ちゃん……」

口にするのと同時に、真琴の目から涙が零《こぼ》れ落ちた。

十

後藤がインターホンを押すと、〈はい〉と女性の声が返ってきた。

「こんにちは」

後藤は、インターホンのカメラを覗《のぞ》き込むようにして声をかける。

返答はなかった。

訪問営業の類《たぐ》いだと思われているのだろう。或《ある》いは、詐欺的なものと勘違いされたのかもしれない。

まあ、こういう反応になるのは仕方のないことだ。

話を聞いて歩くのは、この家でもう五軒目だが、どの家も、似たり寄ったりの反応だった。

おまけに、新興住宅地ということもあり、近隣の住人に対して無関心で、不動産会社の山岡から得た以上の情報は出てきていない。

本当に、こんなことを続けていて、七瀬美雪を見つけることができるのかと、疑問に思う気持ちはあったが、後藤はそれを振り払った。

うだうだ考えるのは似合わない。今は、やれることをやるだけだ。

「すみません。少し話を聞かせて欲しいんですが……」

〈うちは大丈夫です〉

完全に拒絶を示す反応だった。

ただ、ここで退《ひ》き下がるわけにはいかない。

「元、世田町署の後藤といいます。ある事件の捜査で、少しお話を聞かせて頂けないかと思いまして――」

後藤は、最初の「元」を一際小さな声にしつつ、胸のポケットから手帳をチラリと覗かせた。

もちろん、警察手帳ではなく、ただの黒革の手帳だ。

自分でも姑息《こそく》な手段だと思うが、効果覿面《てきめん》だったらしく、しばらくして玄関のドアが開き、中年の女性が顔を出した。

「何か事件があったんですか？」

女性は、興味津々といった感じで訊《たず》ねてくる。

こうして出て来てくれたのはいいが、正直、事件らしい事件は起きていない。

「事件の詳細については、捜査上の秘密で話すことはできない。おれが訊《き》きたいのは、三軒隣の家に住んでいた、室井さんのことについてなんだが……」

後藤が、慎重にその名前を出すと、女性は、ああと納得したような顔をする。

「室井さんも、可哀相にね」

この口ぶりからして、何か知っていそうだ。

「何かあったのか？」

「ご存じないんですか？」

「だから、何がだ？」

「室井さん。自殺なさったのよ」

――自殺？

ここにきて、ようやく新しい情報を耳にすることができた。

「それは、本当か？」

「ええ」

「いつだ？」

「いつだったかしら？　私が、ここに引っ越してそれ程経っていない頃だから、七年か八年くらい前だったと思うわよ。その先に、公園があるでしょ。そこで、首を吊《つ》ったんですって」

女性が、北の方角を指差しながら言う。

――なるほど。

かつての家主であった室井は死んでいた。ただ、その場所は家ではなく、公園だった。死んだあと、自分の家に戻り、幽霊になって現れたのだとしたら辻褄《つじつま》が合う。

あの家に現れる幽霊の正体は、かつての家主であった室井秋恵で間違いないだろう。

そうなると、どうして自殺したのかがポイントになる。それこそが、秋恵が死して尚《なお》、彷徨《さまよ》い歩いている原因ということになる。

「自殺の理由に、何か心当たりは？」

「どうかしら。私も、ほとんど話をしたことがなかったから……。体調を崩して入院もしていたみたいですし……」

「何の病気かは聞いているか？」

「そこまでは、分かりませんね。ただ、女手一つで、娘さんを育てて、かなり苦労したみたいですし、そういうのが祟《たた》ったんじゃないですか？」

女性が、しみじみといった感じで言う。

「旦那《だんな》はいなかったんだよな」

「ええ。そうらしいですけど、でも、まあ、色々と噂はありましたよ」

「噂？」

「出入りしている男の人がいた——とか。私も、本人から聞いたわけじゃありませんよ。ただ、そういう噂があっただけです」

「相手に心当たりは？」

「近所ってだけで、そんな立ち入った話はしませんよ。それに、私の家も、元々は室井さんの土地だったわけですから、あんまり、そういう話もね」

「まあ、そうだな。室井秋恵の娘と顔を合わせたことはあるか？」

後藤は、別の質問をぶつけてみた。

「ええ。とっても綺麗《きれい》な娘さんでしたね。でも、何か暗いというか……。挨拶《あいさつ》はするんですけど、話しかけても、あまり喋《しゃべ》らないタイプでしたね」

「その娘は、この人物か？」

後藤は、件《くだん》の家で見つかったという写真を女性に差し出した。

部屋の中から出てきたのであれば、前の住人が残していったという可能性が高い。

「ちょっと写りが悪いですね。でも、この娘《こ》だったと思いますよ」

女性が言う。

できれば断定して欲しかったが、これだけピンボケした写真では仕方ない。

「娘について、他に何か覚えていることはあるか？」

「正直、あまり分かりません。私が知っているのは、引っ越してきてすぐくらいに、秋恵さんが病気で入院して、で、その次は自殺してしまったってことくらいです――」

女性は、困ったように眉《まゆ》を顰《ひそ》めた。

まだまだ情報は欲しいところだが、この女性から引き出せることは、もうなさそうだ。

「色々と参考になった」

後藤は、話を打ち切り、その場を立ち去った。

そこから、三軒ほど家を回ってみたが、得られた情報は、ほぼ同じものばかりで、新しい発見はなかった。

聞き込み捜査とは、そういうものだ。同じ話だと思いながらも、丹念に一つ一つ潰《つぶ》していく地味な作業だ。

警察という大きな組織ならいいが、個人ということになると、時間ばかり浪費して、効率が悪く思えてしまう。

このままでは、周辺の聞き込みだけで何日もかかってしまう。もっと別の捜査方法を考えた方がいいかもしれない。

考えながら歩いているところで、どんっと背中を叩《たた》かれた。

「何しやがんだ！」

反射的に怒声を上げながら振り返ると、そこには英心の姿があった。

何がおかしいのか、ニヤニヤと笑っている。

「熊の癖に、ずいぶんと頼りなさそうに歩いておるな」

この非常時だというのに、英心は相も変わらずだ。むしろ、楽しそうにしているくらいなのが腹立たしい。

「うるせぇ。それより、どうだったんだ？」

後藤は、舌打ちをしつつも訊ねる。

さすがに一人では効率が悪いということで、英心を呼び出し、二手に分かれて聞き込みをしていた。

後で合流するはずだったが、ばったり顔を合わせてしまったというわけだ。

「他人にものを訊ねるときは、まずは自分からだ。森の学校で教わらなかったか？」

英心が小バカにしたように笑う。

「森の学校？」

「熊は、森の学校に通うんじゃなかったのか？」

——熊、熊ってうるせぇ！

腹は立つが、英心に何かを言ったところで無駄だ。八雲に負けないくらい口が達者なので、何倍にもなって返ってくるだけだ。

後藤は、ため息を吐きつつも、聞き込みで得た情報を英心に語って聞かせた。

「なるほどな」

話を聞き終えた英心は、納得したように頷《うなず》くが、どうも他人事《ひとごと》と考えているように感じられる。

「そっちはどうなんだ？」

後藤が問うと、英心はニタッと笑みを浮かべた。

「まあ、だいたいはお前さんと同じだが、幾つか違う情報も得た」

「何だ？」

「秋恵さんという人は、どうも男に依存するタイプだったらしい」

「依存……」

「ああ。最初の旦那と離婚して、そのあと、何人も男を家に引き入れるようなことがあったようだが、どれも二年と続かなかったらしい」

「気性の荒い女だったのか？」

「逆じゃよ」

「逆？」

「尽くすタイプだ。尽くし過ぎるくらいにな。幸いにして、親から受け継いだ遺産のお陰で、生活には困らない。家事だけではなく、男の金銭の面倒まで見てしまうところがあったらしい」

「そういうタイプか……」

尽くし過ぎるタイプの女は、ダメな男とくっつくことが多い。母性本能をくすぐられるのかもしれない。

或《あ》いは、尽くし過ぎるが故に、男が堕落していくとも考えられる。

「ただ、そういう悪癖も、娘が小学校に入ったあとに、一度収まったらしい」

「きっかけがあったのか？」

「何でも、娘が大きなケガをして、半年ほど入院したらしい。顔に、包帯を巻いている姿を見たことがあるそうだ」

「なるほど――」

娘の入院を機に、心を入れ替えたということか。

色々と納得したが、逆に引っかかる部分もあった。

同じように聞き込みをしたはずなのに、どうして英心は、後藤より多くの情報を得られたのかが分からない。

そのことを疑問に思って訊《たず》ねてみた。

「だから、お前さんは熊なんじゃよ」

「は？」

質問の答えになっていない。

「普通に考えれば分かるじゃろ。この辺は新興住宅地だ。手当たり次第に話を聞きに行ったところで、住人は新しく移り住んで来た人ばかりだ。だから、場所は離れていても、古い家を狙って話を聞いた方がいいんだよ」

――なるほど。

まさか、元刑事が僧侶《そうりょ》に聞き込みの手ほどきを受けるとは、思ってもみなかった。

何《いず》れにせよ、今の情報が、事件にどう繫《つな》がるかだが、いくら頭を働かせても、皆目見当がつかなかった。

一旦《いったん》、石井と合流した方がいいかもしれない。

十一

石井は、病室のドアをノックした。

すぐに中から「どうぞ」という声が返ってきた。

石井は、「失礼します」と声を上げながら、おずおずと病室に足を踏み入れた。

「石井さん。どうしたんですか？」

真琴が、驚いたように目を丸くしながら訊ねてくる。

つい数時間前に、調査に行くと出ていったはずが、こうして舞い戻って来たのだ。

そういう反応になるのは当然だ。

「実はその、調査に関して、真琴さんの意見をお聞きしたいと思いまして……」

「私で良ければ、何でも言って下さい」

真琴が、いつもと変わらぬ優しい笑みを浮かべてくれた。

お言葉に甘えて、ベッド脇の椅子に座ろうとした石井だったが、はっと動きを止める。

真琴の目が充血していることに気付いたからだ。

「どうかしたんですか？」

「え？」

「目が赤いようですが……」

石井が指摘すると、真琴は目頭を押さえるようにしつつ、顔を背けた。

「何でもないです。ただ、ちょっと……」

「ちょっと何です？」

「いえ。やっぱり止めておきます。口に出せば、現実になってしまう気がして……」

真琴が遠くを見るように、すっと目を細めた。

そういう言われ方をすると、益々気になってしまうが、これ以上、追及してはいけないように思えた。

「それで、どんなことで意見が聞きたいんですか？」

「あっ、そうでした」

危うく本題を忘れるところだった。

石井は、後藤が体験した心霊現象の正体を突き止める為に、まずは不動産会社に足を運び、あの家に関する話を聞き出した。

その後、後藤には周辺の情報を集めるように依頼し、石井は室井秋恵の娘と連絡を取る為に、別行動をすることになった。

だが、そこからが厄介だった。

不動産会社の山岡から聞いた連絡先に、電話を入れてみたが、〈現在、使用されていません〉というアナウンスが流れてきた。念の為にと、記されていた住所の場所に足を運んでみたが、その部屋に住んでいたのは、全くの別人だった。

すでに別の場所に引っ越したのではないか——と考え、マンションを管理している不動産会社に連絡してみたが、最初から室井秋恵の娘は、その物件を契約していないことが分かった。

そこで手詰まりになり、足を運んだマンションが、この病院の近くだったこともあり、真琴の意見を聞きに来たというわけだ。

「確かに、手詰まりという感じですね」

真琴が石井の考えに同調するように言った。

「ええ。不動産会社に教えた電話番号や住所を偽っていたのだとすると、秋恵さんの娘さんは、意図的に行方をくらました節があります」

行方が分からない人間を捜す手段がないわけではない。

ただ、意図的に姿を消した人間を捜すのは、かなり難易度が高い。何より、人員が必要になってくる。

このまま、室井秋恵の娘を追いかけ続けると、見つけるだけで数週間、下手をすると数ヶ月かかってしまうことにもなりかねない。

「このままでは、あまりに効率が悪いです。ただ、そうなると、どうやって心霊現象の謎を解けばいいのか、分からなくなってしまって……」

石井は、がっくりと肩を落とした。

真琴に相談しようと思ったのは、まさにそのことだった。

後藤が近隣住民に聞き込みを行っているが、この状況では、あまり成果も望めない。気持ちばかりが焦ってしまい、まったくいい考えが浮かばなかった。

普通に考えれば、現職の警察官が、新聞記者に相談を持ちかけるなど、愚の骨頂ではあるのだが、八雲がいない今、頼れるのは真琴だけだ。

「確かに、そうなると、元の所有者に辿《たど》り着くのには、時間がかかりそうですね」

真琴が思案するように腕組みをした。

「心霊現象の謎を解く為に、何か他のアプローチはないものでしょうか？」

「そうですね……やはり、石井さん自身が、その家に行ってみるしかないと思います」

「へ？」

「後藤刑事は、心霊現象を目撃していますが、石井さんは見ていないわけですよね？」

「ええ。まあ……」

「実際、心霊現象を目にすれば、何か摑《つか》めるかもしれません」

真琴の言わんとしていることは分かる。だが、それは、石井が意図的に避けていたことでもある。

理由は単純明快。怖いからだ。

「いや、しかし……」

石井は、言いかけた言葉を呑《の》み込んだ。

ここで「怖い」と口にしたら、真琴に軽蔑《けいべつ》されてしまうかもしれない。もちろん、真琴は石井が臆病《おくびょう》なことなど、とうの昔に気付いているだろう。

だが、それでも、真琴の前で、あまりそういう一面を出したくないと思ってしまった。

「冗談ですよ」

真琴は、ポンッと石井の肩を叩《たた》くと笑みを浮かべた。

「冗談？」

「心霊現象が起きている場所に、のこのこ行って、憑依《ひょうい》でもされたら大変です。八雲君がいないんですから――」

「そ、そうですね」

どうやら、からかわれたらしい。

ただ、そのお陰で、少しだけ焦る気持ちが和らいだ気がする。

「何にしても、まだ焦る段階ではないと思いますよ」

「そうでしょうか？」

「考え方を変えましょう。前の家の所有者が、意図的に姿を消した——ということが分かっただけでも、収穫だと思いますよ」

「そ、そうですか？」

「そうですよ。行方をくらましているということは、何か理由があるからだと思います。そして、それは、心霊現象に関係しているかもしれません」

「そうですね」

「焦る気持ちは、私も一緒です。でも、全体像が見えないうちに、闇雲に方針を変えれば、判断を誤ることにもなります」

真琴の言葉が身に染みた。

明言こそしていないが、一週間前の事件のことを言っているのは、明らかだった。

あのとき、晴香の救出を焦るあまり、自分たちは多くの過ちを犯した。真琴の言う通り、こういうときだからこそ、地道に歩むべきなのかもしれない。

「そうですね。私は、少し焦り過ぎていたかもしれません」

「まずは、後藤さんと合流して、一旦《いったん》、情報を整理するというのはどうでしょう」

「それがいいですね」

石井が返事をしたところで、タイミング良く後藤から電話がかかってきた。

「後藤刑事からです。また、来ます」

石井は、早口に真琴に別れを告げ、病室を出てから電話に出た。

「はい。石井雄太郎であります」

〈いちいち名乗るな。分かっててかけてんだよ〉

いきなりどやされたが、口癖のようなものなので、そう簡単には直せない。とはいえ、反論できるわけもなく、「すみません」と小声で詫《わ》びた。

〈で、そっちの状況はどうだ?〉

「はい。色々と分かったことはあります。一度、情報交換をしておきたいのですが……」

〈ああ。おれもそのつもりだ〉

「宮川さんに依頼していた案件もありますし、〈未解決事件特別捜査室〉に集合ということにしましょう」

〈分かった〉

携帯電話をポケットに仕舞った石井は、ふうっと息を吐いてから歩き出した。

が、不意に誰かの気配を感じた。

真琴が追って来たのだろうか? 振り返ってみたが、そこには真琴はもちろん、人の姿はなかった。

——気のせいか。

再び前を向いて歩き出したところで、ふっと耳許《みみもと》を風が抜けていった。

それと同時に、囁《ささや》くような声がした。

——石井さん。八雲君を助けてあげて下さい。

温かくて、柔らかくて、耳触りのいい声。

これは——。

「晴香ちゃん」

振り返ってみたが、やはりそこには誰もいなかった。

十二

石井を送り出した真琴は、ふと窓の外に目を向けた。

病室に差し込む夕陽は、とても柔らかかった。

だが、現実は優しくない。晴香のことを思うと、縫合されたはずの傷口が、再び口を開けたような痛みを覚える。

石井には敢《あ》えて言わなかったが、さっき、耳にした声が頭から離れなかった。

声だけではない。真琴は、病室のベッドから晴香の姿を見たのだ。

すぐに風景に溶けるように消えてしまった。幻覚の類《たぐ》いだと思いたいが、もし、そうでなかったら——という考えが真琴を不安にさせる。

今は、考えるのを止めよう。

真琴は、自らに言い聞かせると、ベッドの上でノートパソコンを開いた。

元同僚の滝沢《たきざわ》から、〈頼まれた件について〉というタイトルでメールが届いていた。

滝沢は、かつて同じ新聞社に勤務していた記者で、遠慮ない物言いをすることから、周囲から煙たがられる存在だったが、真琴は彼に苦手意識を持っていなかった。

以前、ある事件のときに協力してもらってから、持ちつ持たれつの関係である。

幸いなことに、今、滝沢は山梨県の系列の新聞社に出向している。件《くだん》の廃墟《はいきょ》が、山梨県であることは分かっていたので、調査を依頼していたというわけだ。

口では、「厄介なことを押しつけやがって」と文句を並べていたが、早々に調べてくれたようだ。

真琴は、早速メールを開きつつ、携帯電話を手に取り、滝沢に連絡を入れる。

〈おう。メール見たか？〉

すぐに、滝沢の眠そうな声が返ってきた。

「面倒なことを頼んでしまって、申し訳ありません」

〈悪いと思ってんなら、頼むんじゃねぇよ〉

真琴の謝罪に、滝沢が不機嫌に答えた。相変わらず口が悪い。が、その分、裏表がなく信頼がおける。

「すみません。私が動けないもので……」

〈また、刺されたらしいな。そういう趣味か？〉

「まさか。ただ、刺すのが趣味の知り合いがいるんです」

〈見かけによらず、とんでもねぇ男と付き合ってるな。早く別れねぇと、今度こそ殺されちまうぞ〉

滝沢の言い様に、真琴は思わず笑ってしまった。

「さすがに、そんなヤバい人とは付き合いませんよ」

〈分かってるよ。例の殺人鬼の女に刺されたんだろ。あんな女にかかわってたら、命が幾つあっても足りねぇぞ〉

滝沢が声を低くしながら言う。

確かにその通りだと思う。だが、ここで退《ひ》き下がるわけにはいかない。記者としての意地というのもあるが、最早《もはや》それだけではない。

晴香のこともあるが、七瀬美雪とは、特別な因縁があるような気がする。

「そうですね」

〈そうですね――じゃねぇよ。おれも、あの女のことを調べてみたが普通じゃねぇ。人間としての根っこが歪《ゆが》んでいるんだ。ああいう奴は理屈が通じない。手当たり次第に殺して歩いてるんだ〉

「私は、そうは思いません」

〈は？〉

「七瀬美雪が歪んでいるのは確かです。でも、彼女は手当たり次第に殺しているわけではありません。彼女なりの理屈があるんです」

〈本気で言ってんのか？〉

「本気です。今は、まだその理屈は分かりません。でも、彼女の思考に近付ければ、その居場所が摑《つか》めるはずです」

真琴が言うと、滝沢が聞こえよがしにため息を吐いた。

〈引き返す気はなしか……〉

「私たちが、やらなければならないことなんです」

気持ちはありがたい。真琴が、滝沢と同じ立場だったら、やはり止めただろう。

だが――。

今、立ち止まるわけにはいかない。

七瀬美雪が、危険な人物であることは承知しているが、今、彼女を止めることができるのは、自分たちだけだと思う。

——晴香のような犠牲者を出さない為にも。

〈まあ、あんたは大人しくしている玉じゃねぇな〉

「バカにしてます？」

〈褒めてんだよ〉

「そうは聞こえませんけど……」

〈まあどっちでもいい。とにかく充分に気を付けろよ〉

「分かりました」

真琴は、そう応じながらも滝沢が送ってくれたメールに目を通す。

小言を言いつつも、こうやって情報を纏《まと》めてメールしてくれているのだから、滝沢は最初から真琴が引き返す気がないことを分かっていたのだろう。

滝沢のメールによると、あの場所は、かつて精神疾患を抱えた患者の療養施設として建てられたものだったらしい。

正式名称は〈森野《もりの》ホスピタル〉。

こういった施設は、ストレスを避ける為に、自然豊かな場所にあることが多い。

山奥のあの立地は、そういうことだったのか——と納得する。

ただ、五年ほど前に閉鎖され、取り壊されることなく、廃墟として放置されているということだった。

「この建物は、精神疾患の患者の療養施設だったんですね」

〈ああ〉

「治療をメインにしていたのでしょうか？　それとも、リハビリの方でしょうか？」

療養施設と一口に言っても様々だ。

統合失調症やパニック障害のように、投薬を始めとした治療が必要な精神疾患を抱えた患者を治療することを目的としている場合もあるし、鬱《うつ》病などで一時的に不調を来《きた》した人たちが、社会復帰する為のリハビリを行っているところもある。

〈後で送ってやるが、当時の病院のパンフレットを見る限り、リハビリの方をメインにしていたようだな〉

ストレス社会と呼ばれる昨今、こうした療養施設を望む人は、相当数いるだろう。

それなのに――。

「どうして閉鎖されてしまったんですか？」

〈残念ながら、そこまでは、まだ分かっていない。ただ、当時、その施設で働いていた人間を一人見つけた。甲府《こうふ》で心療内科を開業している医師だ。詳しい事情が聞けるかもしれない〉

「その人の連絡先を教えて頂けるとありがたいんですが……」

〈そう言うと思って、先方にすでにあんたのことを伝えてある。今から連絡先を言うぞ〉

さすが、仕事が速い上に、真琴が自分で話を聞きたがるタイプだということも、分かってくれているらしい。

真琴は、滝沢から聞いた連絡先を、ノートパソコンにテキストデータとして書き込む。礼を言って、電話を切った。

滝沢から聞いた、当時〈森野ホスピタル〉に勤務していた医師は、仲川《なかがわ》という名前だった。

早速、教えてもらった番号に電話をする。

〈はい。仲川クリニックです〉

はきはきとした女性の声が返ってきた。

「北東《ほくとう》新聞の土方と申します。仲川院長はいらっしゃいますでしょうか？」

〈えっと……〉

女性が困惑の声を上げる。

いきなり新聞社を名乗る人物から、電話がかかってくれば、そうなるのも当然だ。

「仲川先生に、お伺いしたい件があります。取り次ぎをお願いします」

〈少々お待ち下さい〉

女性が言ったあと、保留音が流れた。

それを聞きつつ、何から訊《たず》ねるべきか、頭の中を整理する。七瀬美雪が写真に写り込んでいたというだけで、それが何を意味するのか分かっていない。しっかりと状況を整理しておく必要がある。

〈はい。仲川です〉

考えが纏まらないうちに、相手が電話に出てしまった。

「北東新聞の土方と申します」

〈ああ。滝沢さんって人から、話は聞いてます。森野ホスピタルの件でしたよね？〉

「はい。そうです」

〈もしかして、森野さんが見つかったんですか？〉

逆に質問され、思わず「え？」と声を上げてしまった。

〈あれ？　違ったんですか？　てっきり、その件かと思ってました〉

「あの――どういうことでしょう？」

もう少し、調べてから電話すべきだったかもしれないと、後悔しつつも訊ねた。

〈当時の院長だった森野さんが、五年くらい前に、急に行方不明になっちゃったんですよ。それで、病院も閉鎖することになったんです〉

真琴は、何かが大きく動いた手応《てごた》えとともに、仲川の話を聞いた。

十三

家の前に立った八雲は、庭に立つハナミズキの木を見上げた。

ここにもハナミズキ――。

表札の名前を確認してみる。さっちゃんとは異なる名字が記されていた。

だが、引き返すという選択はなかった。ハナミズキの下に埋められた人形には、この家の住所が記されていた。

七瀬美雪が八雲をこの家に導こうとしていることは確かだ。

おそらく、以前、さっちゃんがこの家に住んでいたが、今は引っ越したということなのだろう。

それを確認する為にも、中に入るしかなさそうだ。

ただ、問題は、どういう口実を並べるか――だ。別人が住んでいるのであれば、事情を説明しても理解されないだろう。

考えていても始まらない。まずは接触してみて、あとは出たとこ勝負――。

インターホンを押そうとした八雲だったが、そこでピタッと動きを止めた。視界の隅に、妙なものが映ったからだ。

ちょうど、ハナミズキの袂《たもと》に、少女が裸足《はだし》のまま立っていた。

年齢は七歳くらいだろうか。

彼女は一人ではなかった。その少女に、重なるように、大人の女性が立っているのが見えた。

八雲は、掌《てのひら》で左眼を塞《ふさ》いでみる。

重なるように立っていた女性の姿が、ふっと消えた。

――やはりそうだ。

目の前にいる少女に、女性の幽霊が憑依《ひょうい》している。

八雲は、インターホンを押すことなく庭に入ると、ゆっくりと少女に歩み寄って行く。

こちらに気付いたのか、少女と憑依している女性が顔を向けてきた。

憑依している女性の顔は、酷《ひど》く憔悴《しょうすい》していた。細められた目は、とても哀しげで、彼女が抱える想いを体現しているようだった。

「そこで、何をしているんですか？」

八雲は少女ではなく、憑依している女性に向かって訊ねた。

「ばぼらなざいどぉ……ごべんだざいぃ……」

少女が口にした。

いや、憑依している女性に、喋《しゃべ》らされたと言った方がいいだろう。

憑依状態で言葉を発すると、身体がコントロールできていないせいで、酷く聞き取り難《にく》い。

少女の身体を離れてくれた方が、まだ言葉を理解し易いが、贅沢《ぜいたく》も言っていられない。

何とかして、言葉の意味を理解しようと足を踏み出した。

「愛菜！」

叫び声とともに、玄関のドアが開き、三十代と思《おぼ》しき女性が血相を変えて外に駆け出して来た。

「な、何をしているんですか！　警察を呼びますよ！」

女性が、声を震わせながらも、八雲に向かって叫ぶ。

たぶん、この少女の母親なのだろう。

部屋からいなくなった娘を捜していたら、見ず知らずの男と庭に立っていた――といったところだろう。

「危害を加えるつもりはありません。信じられないかもしれませんが、あなたの娘さんには、幽霊が憑依しています」

八雲が鋭く言い放つと、女性は口に手を当てて驚愕《きょうがく》の表情を浮かべた。

どうやら、心当たりがあるらしい。ならば話は早い。

「少しだけ、ぼくに時間を下さい。憑依している幽霊を、祓《はら》うことができるかもしれません」

女性から返答はなかった。だが、止める素振りを見せないことから、すぐに警察に通報したりすることはなさそうだ。

八雲は、改めて目の前にいる少女と、憑依している女性の霊に向き合った。

何と哀しい目をしているのだろう。

それでいて、強い意志も感じる。単に、自分が死んだことを悲観して、彷徨《さまよ》っているのとは違う。

何か明確な目的があって、この場所にいるに違いない。

「教えて下さい。あなたは、何を訴えようとしているんですか？」

八雲は、改めて女性の幽霊に問う。

「あがぎどぉ……」

――ダメだ。

やはり、何を言っているのか判然としない。

毎度のことだが、こういうとき、どうしていいのか分からなくなる。

できれば、死者の魂の想いを正確に汲《く》んでやりたいが、八雲の能力は、あまりに中途半端だ。そのせいで、酷く遠回りをしなければならなくなる。

「ぎぃぃ」

突然、少女が奇声を発しながら八雲に飛びかかって来た。

回避することはできた。だが、八雲は少女の——幽霊の突進を避けることなく、正面から受け止めた。

少女に憑依している幽霊は、パニック状態に陥っているようだった。こちらに敵意がないことを示す必要があると感じたからだ。

「大丈夫です。もう、誰もあなたに危害を加えたりしません。安心して下さい」

八雲は、少女の身体を抱き留めながら、耳許《みみもと》でそっと囁《ささや》く。

——守らなければ。あの娘《こ》を。

声が聞こえた。

鼓膜に届いたのではない。幽霊の意志を、感じ取った。同時に、そういうことか——と納得する。

「大丈夫です。あなたの娘さんは無事です。安心して下さい」

女性が言う「あの娘」とは、誰のことなのか？　そして、何から守ろうとしているのか？　分からないことだらけだ。

本来なら、無責任なことを口にすべきではないのだが、応急の処置だ。

八雲の言葉を信じたか、否かは定かではないが、少女の身体からふっと力が抜けるのが分かった。

同時に、さっきまで憑依していた女性の姿も見えなくなった。

「あの――娘さんを」

八雲が告げると、母親と思しき女性が駆け寄って来て、少女を抱きかかえ、大慌てで家の中に戻って行った。

それを見送りつつ、八雲は考える。

七瀬美雪が見せたかったのは、さっきの女性の幽霊だろうか？　いや、それだけではないはずだ。

もっと重要な何かがあるはずだ。

「ハナミズキ――」

八雲は、木を見上げながら呟《つぶや》いた。

学校にあったハナミズキの根元には、十字架が刺さっていて、その下に、ビニール人形が埋まっていた。

――なるほど。

「あの。娘は、大丈夫なんでしょうか？」

納得したところで声をかけられた。

母親が、娘を家の中に入れたあと、戻って来たようだ。

「ええ。今は、もう幽霊に憑依されてはいません。安心して大丈夫だと思います」

八雲が告げると、母親はふぅっと安堵《あんど》のため息を漏らした。

「本当に大丈夫なんですね……ありがとうございます……」

母親は、目に涙を浮かべながら深々と頭を下げる。

これまで、娘の異変に胸を痛めてきたのだろう。だが、世の中の母親全てが、子どもに対して無償の愛を注ぐわけではない。

「すみませんが、スコップはありますか？」

八雲が感傷を断ち切りつつ訊《たず》ねると、母親は困惑した顔で首を傾げた。

十四

「邪魔するぜ」

後藤は、声をかけながら〈未解決事件特別捜査室〉のドアを開けた。

窓がなく、デスクとキャビネットがあるだけの殺風景で、息苦しい部屋のはずなのに、こうして久しぶりに訪れると、懐かしいと感じるから不思議だ。

「おいおい。辞めた人間が、何しに来やがった」

かつて後藤が座っていたデスクにいた宮川が、これみよがしにため息を吐いた。が、それが本心からでないことは、空気感で分かる。

「宮川さんたちが、モタモタしてるから、仕方なく手伝ってるんですよ」

後藤が言うと、宮川は今度は舌打ちをした。

「お前のような熊が一頭増えたところで、何の足しにもならん」

「それは、お互い様でしょ」

「何だと！」

宮川が席を立ち、後藤の胸倉を摑《つか》み上げる。

「ちょっ、落ち着いて下さい」

後から部屋に入って来た石井が、慌てて止めに入ったが、別に本気で喧嘩《けんか》をしようというわけではない。軽い挨拶《あいさつ》みたいなものだ。

「いちいち慌てるな」

後藤は、石井を引っぱたいてから、近くにある椅子に腰を下ろした。

「お前らに頼まれた件は、調べておいたぞ」

宮川が、腕組みをしつつ煙草に火を点《つ》けた。

「署内は禁煙でしょ」

後藤はすかさず突っ込みを入れる。

警察に限らず、昨今はどこも禁煙だ。喫煙スペースですら、電子煙草オンリーというところが増えているというのに、堂々と紙巻き煙草を吸おうとするとは――。

「うるせぇ。お前だって気持ちは分かるだろ」

宮川が舌打ちをしてくる。

確かに、元喫煙者としては、苛立《いらだ》っているときに、煙草が吸いたくなる気持ちは理解できるが、逆に後藤まで吸いたくなるので止めて欲しい。

そのことを主張すると、宮川は携帯灰皿で、しぶしぶ煙草を消した。

「で、調査の結果だが……」

「問題の家では、殺人も事故も起きていなかったんですよね」

後藤は、宮川の説明を遮るように言う。

「分かってんだったら、調べさせるんじゃねぇよ」

宮川は憤慨したが、意味が無かったわけではない。山岡の言っていることが、間違いないという裏付けができた。

「それで、石井の方はどうだったんだ？」

後藤が問うと、石井は露骨に苦い顔をした。

「それが——少々、厄介なことになっていまして」

「厄介？」

石井は「はい」と応じつつ、指先でシルバーフレームのメガネの位置を修正してから説明を始める。

それによると、山岡から聞いた電話番号は、デタラメで、住所は存在こそしたものの、室井秋恵の娘が住んでいたという事実はないらしい。

「これらの状況から考えて、意図的に姿をくらましたものと推察できます」

石井は、そう締め括《くく》ったが、後藤は別の可能性を見出《みいだ》していた。

「山岡が嘘を吐いているって可能性はないのか？」

「ど、どうしてそうなるんですか？」

石井が目を丸くして驚いた顔をする。

別に、それほど突拍子もないことを言ったつもりはない。

「山岡もグルで、その娘の消息を摑ませない為に、おれたちに嘘の情報を教えたってこともあり得るだろう」

「いや、さすがに、それは飛躍し過ぎですよ」

ニヤニヤと笑う石井の顔に腹が立ち、「文句あんのか？」と食ってかかったが、すぐに宮川に止められた。

「そんなことより、お前の方はどうだったんだ？」

落ち着いたところで、宮川が訊ねてきた。

「まあ、色々と分かったことはあります」

後藤は、これまでに集めた情報を語って聞かせる。

山岡が言っていたように、秋恵が体調を崩し、入院していたことは間違いない。だが、その後、自殺したらしいこと。

さらには、英心が聞き出した、娘が小学生のときのケガのこと。秋恵の男性遍歴なども言い添えた。

その上で、あの家で起きている心霊現象の主は、秋恵ではないかという意見も付け加えた。

あの家では死んだ者はいなかったが、秋恵が死後、自分の家に戻り、彷徨《さまよ》っているとすれば筋が通る。

後藤が説明を終えると、石井が難しい顔で俯《うつむ》き、「うーん」と唸《うな》った。

何か納得がいっていないといった感じだ。

「どうした？」

後藤が問い質《ただ》すと、石井が顔を上げた。

「色々と分かったことはあるんですが、本当にこの捜査を続けていて大丈夫なんでしょうか？」

「どういう意味だ？」

「あの家で起きている心霊現象が、七瀬美雪に関係するかもしれないと考え、調査を進めていますが、どうも見当違いな方向に走っている気がして……」

石井は、今にも泣き出しそうな声だった。

情けないと思いはするが、正直、後藤も引っかかりを覚えているのは確かだ。

今、追いかけているこの線は、本当に七瀬美雪に繋《つな》がっているのか？　その疑問が常について回っている。

追いかけているはずの、七瀬美雪の影が、一向に見えてこないのだ。

気持ちが沈み込んだところで、ゴンッと脳天に衝撃が走った。

はっと顔を上げると、宮川が睨《にら》み付けるような視線を後藤に向けていた。どうやら、宮川に拳骨《げんこつ》をお見舞いされたらしい。

「柄にもなく、悩むんじゃねぇよ」

宮川が、吐き捨てるように言う。

「悩みもするでしょう」

「それが、無駄だって言ってんだよ。お前なんかが、いくら考えたところで、答えなんか出るはずがねぇ」

「じゃあ、どうしろって言うんです？」

「突っ走るしかねぇだろ。石井、お前もだ。思うように、情報が集まらねぇからって、結論も出てねぇうちに、諦《あきら》めるんじゃねぇ」

熱い叱責《しっせき》に、後藤は心を揺さぶられた。

最近、歳のせいか、すっかり丸くなったと思っていたが、それは間違いだったようだ。宮川は、いつだって刑事の本懐を忘れてはいない。

「そうですね」

後藤は、そう応じつつ立ち上がった。

曖昧《あいまい》な情報から始まってはいるが、今は、心霊現象が七瀬美雪に関係していると信じて動くしかない。

気持ちは固まったが、次は何を調べるかが問題だ。

「取り敢《あ》えず……」

言いかけた後藤の言葉を遮るように、石井の携帯電話が鳴った。

「はい。石井雄太郎であります」

相変わらずの調子で、石井が電話に出る。

電話の相手は、真琴だろうと思っていたが、どうも様子がおかしい。

石井は、電話に向かって「落ち着いて下さい。何があったんですか？」としきりに呼びかけている。

石井の緊張が、伝播《でんぱ》してきて、部屋の中が張り詰めた空気で満たされていく。

「分かりました。大至急向かいますので、その場でお待ち下さい――」

石井は、硬い口調で言うと電話を切った。

「何があった？」

後藤が詰め寄ると、石井が真っ青な顔を向けた。が、なかなか口を開こうとしない。

じりじりと嫌な感覚が広がっていく。

「例の家で、死体が発見されたそうです——」

長い沈黙のあと、石井が告げた。

「し、死体だと？」

どうして、あの場所から死体が出る？

そもそも、その死体は、いったい誰のものだ？

次々と疑問が浮かび上がり、頭の中がぐちゃぐちゃになっていく。

何にせよ、あの家の幽霊の正体は、自殺した室井秋恵だと思っていたが、その考えを改めなければならないかもしれない。

「それだけではないんです」

石井がポツリと言った。

「何だ？」

「話を聞く限り、発見したのは、八雲氏のようなんです——」

「八雲が……」

後藤は、驚きのあまり、それ以上、言葉を続けることができなかった。

第三章

怪物

FILE:

03

一

仕事が一段落したところで、畠秀吉《ひでよし》は自席に座り、冷め切ったお茶を啜《すす》った。

今日は、やけに身体が重い。

衰えのせいか、或《ある》いは病のせいか——どちらにしても、以前ほど力を発揮できないのは事実だ。

一通り、仕事も片付いているし、今日は帰って休もう。

畠が腰を上げたところで、内線電話が鳴った。

また、新しい死体が見つかったのだろう。聞かなかったことにして、帰ってしまうこともできたが、どうもそれができない性質《たち》らしい。

「はいはい」

畠は、ため息交じりに受話器を取り上げた。

〈勤務時間を過ぎているのに、申し訳ありません〉

内線電話を寄越したのは、総合受付を担当する医療事務の女性だった。

「いいよ。また、新しい死体かな？」

〈いえ。斉藤様という方から、お電話が入っていますが――〉

「斉藤、斉藤……」

――誰だったかな？

記憶を辿《たど》る。知り合いの刑事に、斉藤という名前の人物はいなかった。個人的な知人を思い浮かべたが、やはり該当する人物はいない。

知らない人物からの電話なら、別に無理して対応することもない。

緊急の用件でなければ、改めてもらおうと思ったところで、急速に誰のことなのか理解した。彼の方から連絡してくるとは、よほどのことなのだろう。

「繋いでもらえるかな」

畠が告げると、受付は、〈かしこまりました〉と口にして、電話を繋いでくれた。

〈八雲です。突然、電話してしまい、申し訳ありません〉

八雲の声が聞こえてきた。

普段から、あまり感情を表に出すタイプではないが、いつにも増して無機質な声だ。まるで、一昔前に機械で造った合成音のようだ。

「斉藤などと名乗るから、誰のことだか分からんかった」

〈失礼しました〉

やはり、声が沈んでいる。

一週間前の事件のことは、後藤たちから聞き及んでいる。おそらく、それが原因で、彼は苦しんでいるのだろう。

己の無力さを感じ、自分の選択を後悔しているに違いない。

七瀬美雪によって引き起こされた特殊な事件ではあるが、大切な人を失う悲しみは、誰にとっても同じだ。

畠にも経験がある。

妻が亡くなったときのことが、ふっと頭を過《よ》ぎる。

慰めの言葉をかけるべきなのかもしれないが、畠はそれを呑《の》み込んだ。

他人がとやかく言ったところで、何の意味もない。言われるほどに、自分が惨めになるだけだ。

畠が、そうであったように──。

「それで、お前さんがこうやって連絡してくるなんて、ずいぶん珍しいな。あの熊男がついに死んだか？」

畠は、いつもと変わりない口調で軽口を叩《たた》く。

〈残念ながら健在です〉

そう返した八雲に、いつものような歯切れの良さはないが、それを指摘するようなことはしなかった。

「で、本題はなんじゃ？」

〈幾つか、畠さんの所見をお伺いしたいと思いまして――〉

「わしは、死体のことしか分からんぞ」

〈その死体のことです〉

「現物がなきゃ、何とも言い様がない」

〈現物は、間もなくそちらに届くと思います〉

「ほう。だったら、それを診たあとに、改めて来てくれれば……」

〈口頭で分かる範囲で結構です〉

八雲は、きっぱりと言う。

いつもなら、死体についての所見を求めるときは、後藤なり石井を通すところだが、それをしないということは、八雲は一人で動いているのだろう。

事件の責任を感じ、全てを一人で背負い込もうとしているに違いない。それは、とても危うい。

八雲を諭すことも考えたが、今の彼に、畠の言葉が届くとは思えない。それに、気が済むまで、自由にやらせてやりたいという気持ちもあった。

「何が訊《き》きたいんじゃ？」

畠が問うと、八雲は死体の状況の詳細を語り始めた。さすがに慣れているだけあって、整理され、的確な内容だった。

最近の頭でっかちな研修医たちに、見倣って欲しいものだ——と思いつつ、答えられる範囲で畠の見解を伝えた。

〈ありがとうございます。大変、参考になりました。あと、もう一つお訊きしたいんですが……〉

「なんじゃ？」

〈古いICレコーダーを修理したいのですが、どこか心当たりはありませんか？〉

「ICレコーダーねぇ……機械のことはさっぱりだ。メーカーに問い合わせた方がいいんじゃないのか？」

〈そうですね。お手間を取らせました。では——〉

そう言って、八雲が電話を切ろうとしたが、畠はそれを呼び止めた。

特別に話したいことがあったわけではない。半ば無意識のうちに、声をかけたのだ。

自分で呼び止めておいて、すぐに言葉が出てこずに、微妙な間が生まれてしまったが、それでも畠は口を開いた。

「お前さんは、人間が死んだあと、どうなるんだと思う？」

どうして、急にこんな質問をぶつけたのか、自分でもよく分からなかった。

ただ、兼ねてから、幽霊が見える八雲が、その辺りをどう認識しているのかは気になっていた。

何より、畠が長年に亘《わた》って抱え続けてきた疑問でもある。

もし、人間に魂が存在するのだとしたら、肉体が滅ぶことは死ではない。魂が消滅して、初めて人は死ぬということになる。

そうなると、魂は肉体を離れたあと、いったいどうなるのか？

意識の塊として悠久のときを過ごすのだろうか？

或いは、周囲に溶け込み、消えていくのか？

畠が、そこに強く興味を惹《ひ》かれるようになったきっかけは、妻の死だった。

親しい者が、ただの肉塊になったのを見たとき、まるでこれまでのことが、全て嘘だったと言われた気がした。

死んだあと、全てが無に帰すのだとしたら、自分たちの生きている意味とは何なのか？

自分という存在が、何なのか分からなくなった。

だから死体に執着した。いや、畠が執着したのは、死体というより、死そのものについてなのだろう。

今、訊いておかなければ、もう二度と八雲の見解を耳にすることはない――そんな漠然とした予感のようなものがあった。

根拠のない感覚ではあるが、得てしてこういうものは当たる。

〈死んだあと——ですか？〉

「お前さんなら分かると思ってな。人はいつか死ぬ。肉体と魂が乖離《かいり》し、現世を彷徨《さまよ》う。そこまでは分かる。だが、問題はそのあとだ」

これまで八雲は幾度となく、彷徨う魂を祓《はら》ってきた。現世を彷徨うことを止めた魂は、姿を消していったが、その後、いったいどこに行き、どうなったのか？

〈残念ながら、それはぼくにも分かりません〉

「そうか」

落胆はなかった。

おそらく、そういう答えが返ってくるだろうことは、想像できていた。

八雲に見えているのは、生と死の狭間《はざま》の世界だ。その先のことは、やはり実際に、死ななければ分からないのだろう。

〈今は分かりませんが、きっと近いうちに、その答えが分かるはずです〉

取り繕ったのではなく、明確な意図をもった言葉であるように畠には聞こえた。

「もし、分かったら、教えて欲しいもんだ」

〈可能であれば、そうします。——では〉

今度こそ、八雲が電話を切った。

――死ぬつもりだな。

畠は、八雲の言葉から、そう感じ取っていた。

後藤であれば、必死になってそれを止めるのだろう。だが、畠はそうしなかった。

八雲を説得して、死ぬことを止めさせたところで、それは一時的なものに過ぎず、根本的な解決にはならない。

彼自身が、己の意志で生きることを強く望まない限り、同じことが繰り返されるだけだ。

畠は、受話器を置いてから、大きくため息を吐いた。

二

石井が、後藤、宮川と一緒に現場である家に駆けつけると、道路に通報者である涼子が立っていた。

しきりに辺りを見回し、落ち着かない様子だ。

「あの。さっき連絡を頂いた世田町署の石井です」

石井が声をかけると、涼子はビクッと飛び跳ねたあと、必死の形相で駆け寄って来た。

「早く何とかして下さい。死体が、死体が……」

電話のときもそうだったが、まだ興奮が収まっていないようだ。

「大丈夫ですから、まずは何があったのか教えて下さい」

石井が宥《なだ》めるように言う。

電話で聞き出せたのは、死体があるという話と、八雲に石井の電話番号を教えられ、ここに通報するように——と指示されたということだけだった。

どうして、家に死体があったのか？ そして、なぜ八雲が絡んでくるのか？ 詳しい状況がまるで分かっていない。

「一度、深呼吸をして、気持ちを落ち着けた方がいい」

宮川が、涼子の許《もと》に歩み寄り、ポンポンと肩を叩《たた》いた。

涼子は言われた通り、何度か深呼吸を繰り返してから、改めてこちらに顔を向けた。

さっきまでより、幾分、冷静さを取り戻したようだ。

「それで、何があったんですか？」

石井が改めて問うと、涼子が訥々《とつとつ》と語り出した。

それによると、家にいきなり八雲がやって来たらしい。そして、愛菜に憑依《ひょうい》している幽霊を祓う——と告げたそうだ。

八雲と何かを話したあと、愛菜は意識を失ってしまったのだという。

その後、八雲は涼子にスコップを持って来るように告げ、庭にあるハナミズキの根元を掘り始めた。

そして、死体が発見された。

涼子は、八雲に指示された通り、石井に通報をした——ということだった。

「八雲は今どこにいる？」

後藤が、ずいっと涼子に詰め寄りながら訊《たず》ねる。

涼子はすぐに首を左右に振った。

「分かりません。気付いたら、いなくなっていて……」

「クソッ！」

後藤が苛立《いらだ》ちを吐き出すと、涼子がビクッと肩を震わせた。

せっかく落ち着いたというのに、再び涼子の顔が引き攣《つ》ってしまった。

「あの。それで、死体はまだ同じ場所に？」

石井が問うと、涼子はコクリと頷《うなず》いた。

宮川が、「行くぞ」という風に目で合図してくる。石井は、頷いて応《こた》えたものの、一歩が踏み出せなかった。

これから死体と対面すると思うと、どうしても怖さが先に立つ。

そんな石井の心情などお構いなしに、宮川は、ずんずん歩いて行ってしまう。

「ビビってねぇで、さっさと行け」

後藤にドンッと背中を押された。

踏ん張りが利かず、石井はふらふらと歩みを進めることになった。綿の上を歩いているように、足許がふわふわとした。

「こりゃ酷《ひど》いな……」

宮川が声を上げる。

石井は、おそるおそるではあるが、宮川の背中越しに目を向けた。

涼子が証言した通り、ハナミズキの脇に、穴が掘られていて、その穴の中に、白骨化した死体が横たわっていた。

――ひっ！

悲鳴を上げそうになったが、石井は自らの口を押さえて辛うじて耐えた。

「だいぶ経ってるな」

宮川が、穴の脇に屈《かが》み込み、死体をつぶさに観察しながら言う。

「そ、そうですね……」

臭いがかなり強烈だ。

白骨化した死体を埋葬したのではなく、死体が土の中で白骨化したのだろう。

ハナミズキは、この死体を養分に生長を続けたのかもしれない。そう思うと、とんでもなく禍々《まがまが》しい存在感を放っているような気がした。

「いったい、誰の死体だ？」

後からやって来た後藤が、誰にともなく訊ねた。

「分かりません」

現段階では、そうとしか答えようがない。

白骨化してしまった状態では、年齢はおろか、性別すら判別が難しい。全ては、検死結果を待って――ということになる。

「ちょっと妙だな」

宮川がポツリと言った。

「何がです？」

「骨が多い気がする」

宮川は、そう言って穴の中を指差した。

怖さを呑《の》み込みつつ、石井は視線を向ける。ぱっと見た感じでは骨の数まで分からなかった。

「ありゃ何だ？」

後藤が、何かを発見したらしく、穴を掘ったときにできた土の山を指差した。

「何かありましたか？」

石井が問うと、説明するのが面倒になったのか、後藤が舌打ちをする。

「手袋は持ってるか？」

「あ、はい」

「貸せ」

石井が、現場で使用する用の手袋をポケットから取り出すと、後藤はひったくるようにそれを奪い取る。

手袋を嵌《は》めた後藤は、土の山を崩し、中から何かを取りだした。

それは一枚のカードだった。

運転免許証のようだ。

状況からして、土の中に死体と一緒に埋められていたが、掘り起こすときに、気付かれず紛れたのだろう。

「被害者のものですかね？」

石井が訊ねると、後藤は「さあな」と答えつつ、免許証に付着した泥を、丁寧に拭《ぬぐ》っていった。

免許証に貼り付けてあった写真は、若い男のものだった。

人の好《よ》さそうな顔立ちをしてはいるが、目だけがやけに冷たく感じられた。

三

闇に包まれた処置室は、凍えるような寒さだった——。

壁に寄りかかるようにして座ると、そのまま身体が凍り付き、硬直してしまいそうだ。

この産婦人科医院が閉鎖されて、二年以上の歳月が経つというのに、未《いま》だに消毒液の匂いが残っている。

皮肉なものだと思う。

自分が生を受けたこの場所で、人生最大の選択ミスをした。

あのとき、少女を殺していれば——過去は変えられないと分かっているのに、どうしても考えがそこに行ってしまう。

これまで散々、後悔を抱えている人たちに、過去は変えられないのだから、未来に向かって生きるべきだと説いてきた。

それなのに、いざ自分が同じ立場に置かれるとこの様だ——。

かくも自分が弱かったのかと愕然《がくぜん》とする。

いや、そうではない。きっと、後悔の本当の意味を理解していなかったのだろう。

七瀬美雪は、八雲にそれを教えようとしたのかもしれない。

あなたは、何も分かっていない――と。

まさにその通りだった。

自分で体験したことでなければ、人はそれを自分のこととして受け容《い》れられない。

他人事《ひとごと》だからこそ、綺麗《きれい》事を並べることができるのだ。

彼女を失うことの苦しみが、どれほどのものかを知っていれば、あのとき、八雲は別の選択をしたのかもしれない。

かつて、この病院の院長だった木下が起こした事件も、まさにそういうものだった。

彼は、娘を失った。

その悲しみと苦しみを知ったからこそ、自分とは無関係な人の命に対して、冷酷になったのだろう。

心のどこかで、晴香は助かるという根拠のない自信があった。

自分だけは大丈夫という、誰もが抱くであろう慢心。

不幸や悲劇は、誰にでも平等にやってくる。そのことに気付いたときは、もう手遅れだった。

左手首に巻き付けたネックレスの赤い石を見つめていると、ふと一人の女性の顔が脳裏に浮かんだ。

それは、このネックレスの最初の持ち主。

忘れかけていた母の顔だった。

——どうして、あなたはぼくを産んだんだ？

心の内で問い掛ける。

八雲の母、梓は、望まぬかたちで八雲を身籠《みご》もった。雲海により拉致《らち》監禁された結果だった。

自分を拉致した忌むべき男の子なら、堕胎するという選択もあったはずだ。

それなのに——梓は痛みに耐えて八雲を産んだ。

この病院で——。

おそらく、七瀬美雪も、同じ疑問を抱いたはずだ。

望んでいないのだとしたら、なぜ、自分をこの世に産んだのか——と。

そういう意味では、八雲と七瀬美雪は境遇が似ている。

但し、似ているというだけで、まったくの同一だったわけではない。梓は、八雲を虐待するようなこともなかったし、愛情を注いでくれていた。

だが、同時に、彼女の目には常に怯《おび》えがあったのも事実だ。

八雲の赤い左眼を見る度に、梓は拉致されたときの記憶を思い返し、恐怖と闘っていたはずだ。

愛してはいたのだろうが、梓にとって、八雲は忌むべき男を想起させる存在でもあった。

そんな梓を支えてくれる人もいた。

彼女の弟の一心と、恋人であった武田俊介だ。

二人の存在により、梓の精神は、辛うじて平静さを保っていたと言っていいだろう。

だが——。

雲海は、それを好ましいとは思わなかった。

十六年前に起きた七瀬邸の一家惨殺事件の濡《ぬ》れ衣《ぎぬ》を、武田俊介に着せたのだ。彼を逃亡犯に仕立て上げただけではなく、その命すら奪った。

そのことをきっかけに、梓は完全に精神を病んでしまった。

八雲が、雲海と同じようになる——という強迫観念に駆られた。或《あ》いは、雲海がそう吹き込んだのかもしれない。

そして——。

八雲を殺そうとした。

きっと梓は、その後、自らの命も絶とうとしたに違いない。

そうすることで、全てを終わらせようとしたのだ。

あれは、単に子どもを殺害するという行為ではなく心中だった。

交番勤務だった後藤が駆けつけたことで、未遂に終わったが、あのとき八雲が死んでいればまた違った結果になっただろう。

そもそも、雲海が梓を拉致監禁したのには理由がある。

梓と雲海は、腹違いの兄妹《きょうだい》だった。

同じ父親の血を受けながら、梓と雲海の二人はあまりに異なる人生を歩むことになった。

雲海は、両眼が赤いことで迫害を受けただけでなく、目の前で母親を殺害された。親を殺された怒りや哀しみもあるだろうが、その後の彼の行動からして、人間の醜さが鮮烈に刻まれたような気がする。

幼くして天涯孤独になった雲海は保護され、児童養護施設で生活することになった。一度は安らぎを覚えたが、その養護施設は放火により焼失し、雲海の親代わりだった人物は自殺に見せかけて殺されることになった。

またしても、雲海は人の醜さを目の当たりにすることになった。

その後、雲海は別の児童養護施設に入ることになったのだが、そこでは激しい虐待が待ち構えていた。

己の鬱憤《うっぷん》を晴らす道具にされた雲海は、人間の本質を闇であると捉《とら》えるようになっていったに違いない。

そうして鬱屈《うっくつ》していった雲海は、復讐《ふくしゅう》の矛先を既に亡くなっていた父ではなく、腹違いの妹に向けたのだ。

つまり、八雲の存在は復讐の副産物に過ぎなかった。

だが、皮肉なことに、復讐の副産物として生を受けた自分の存在が、新たな負の連鎖を生み出す要因となってしまった。

死んだ雲海が、生に執着し、自らの魂の器として、血の繫《つな》がりのある八雲に目を付けたのだ。

もし、自分が存在していなければ、晴香も一心も、死ぬことはなかった——どうしても、そこに考えが至ってしまう。

自分が、いかに呪われた存在であるのかを、改めて思い知らされた気がした。

——それは違う。

どこからともなく声がした。

瞼《まぶた》を開き、顔を上げてみたが、人の姿はなかった。もちろん、幽霊の姿も——。

「何が違う？　ぼくは、死ぬべきだった」

八雲は、虚空に向かって声を上げる。

返答はなかった。

あるはずがない。今の声は、おそらくは自分自身の中に、僅《わず》かに残っている生に対する未練のようなものだ。

――この期に及んで、まだ生にしがみつこうというのか？

あり得ない。

負の連鎖を止める為には、生け贄《にえ》が必要だ。

それは、八雲自身の命でなければならないのだ――。

四

「何がどうなってやがる……」

後藤は、思わず呟《つぶや》いた。

さっきまで、静かだった家の周りは、青いビニールシートで囲われている。警察官でごった返し、上を下への大騒ぎになっている。

後藤もブルーシートの内側で、捜査に参加したいところだが、辞めた警察官がウロウロすれば、それだけで問題になる。

こうして、離れた場所で待つことしかできないのが、もどかしい。

「いや。本当に大変なことになりました……」

石井が、頼りなげな顔をしながら駆け寄って来た。

「何か分かったか？」

「すみません。まだ、あまり情報がない状態です……」

力なく石井が首を振る。

責めるつもりはない。ついさっき、死体が発見されたばかりなのだ。しかも、白骨化している状態だ。

色々なことが判明するまでには、まだまだ時間がかかるだろう。

「宮川さんは？」

「それが……、ちょっとトラブルというか、何というか」

石井が苦い顔をする。

「トラブル？」

「捜査一課が、我々を締め出そうとしたんです。それで、宮川さんが激怒して暴れているというか……」

「ああ」

宮川が憤慨して、捜査一課の連中に、食ってかかっている姿が目に浮かぶ。

在職中、後藤が散々やってきたことでもある。

「捜査一課は、死体の身許《みもと》の特定を最優先に考えているようです」

「免許証が見つかってるんだ。その線から動けば、身許の特定はそれほど難しくはないだろう」

「そうですね」

「それより、死因の目星はついているのか？」

それが一番の問題だ。

現状では死体遺棄事件だが、死因の如何《いかん》によっては、殺人事件ということになる。その差は大きい。

「それは、まだです。畠さんの検死結果待ちです。しかし、古い死体ですし、死因が特定できるかどうか……」

石井が、自信なさそうに俯《うつむ》く。

死体が古いほどに、死因の特定が困難になるのは、致し方ないことだ。

「それで、あの親子の様子はどうだ？」

気持ちを切り替え、涼子と愛菜のことを訊《たず》ねた。

後藤たちが駆けつけたとき、涼子はかなり動揺していた。自分の家の庭から、死体が発見されたのだから無理もない。

「涼子さんは、だいぶ落ち着いたと思います」

「娘の方は？」

後藤にとっては、そちらの方が気がかりだった。

以前に愛菜と会ったときは、憑依《ひょうい》され、正気を失っている状態だった。涼子の話では、八雲が来て除霊をしたということだったが、実際に、霊が祓《はら》われたのか、気にかかるところだ。

「かなり落ち着いているみたいです。むしろ、お母さんより、元気ですよ」

「そりゃ良かった」

心底ほっとする。

「愛菜ちゃんに憑依していた幽霊の正体は、あの死体の人物なのでしょうか?」

「かもしれんな……」

後藤は、曖昧《あいまい》に答えた。

状況から考えれば、石井が指摘した通り、埋まっていた死体が、幽霊の正体——という可能性も高い。

だが、後藤の中では、何かが違うという感覚が残っていた。

「八雲氏が、愛菜ちゃんに憑依していた幽霊を除霊したんですよね?」

「まあ、そうなるな」

「どうして、八雲氏は、この家で心霊現象が起きていると分かったのでしょうか?」

石井が投げかけてきた疑問は、後藤も持っていた。

偶々《たまたま》、通りかかったなどという都合のいい話はない。

「おそらく八雲は、おれたちとは違うルートで、この家に辿《たど》り着いたんだろうよ」

そうとしか考えられない。

「いったいどんなルートなんでしょうか？」

「それは、おれにも分からん。だが、あいつが追っているのが、七瀬美雪であることは間違いない」

「つまり、この家の心霊現象は、やはり七瀬美雪に関係している——」

石井の言葉に、後藤は大きく頷《うなず》いた。

調査に行き詰まっていたこともあり、この家の心霊現象は無関係なのではないか——と疑問を抱《いだ》いたりもしたが、そうではなかった。八雲が、この家に姿を現したことが、何よりの証拠だ。

後藤の中に、強い確信が生まれた。

「問題は、これから、どう捜査を進めるか——ですね」

「そうだな……」

頷きはしたものの、どうすればいいのか分からないというのが本音だ。

正直、考えることは苦手だ。こういうときこそ、八雲の意見を聞きたいところだが、それができない。

「一旦《いったん》、真琴さんの意見を聞いてみるというのは、どうでしょう？」

石井が、ポンッと手を打ちながら提案してくる。

やけに嬉《うれ》しそうなのが引っかかるが、現状、捜査方針を固める為には、それが最適かもしれない。

「行ってみるか」

後藤が歩き出すと、石井もついて来た。

ここで、ふと気になった。

「おい。石井」

「何でしょう？」

「お前、ブン屋の姉ちゃんとは、いつからだ？」

「何がです？」

「惚《とぼ》けるんじゃねぇよ。いつから付き合ってんだ？」

最近の二人の親密ぶりは、かなりのものだ。誰の目にも、交際を始めたばかりのカップルにしか見えない。

「な、な、何を仰《おっしゃ》るんですか。わ、私と真琴さんは、そ、そ、そういう仲ではありません」

石井は、今にも泣き出しそうな顔だった。

恥ずかしがって、交際を秘密にするような歳でもない。どうやら、友だち以上、恋人未満という微妙な関係らしい。

「そんなこと言ってると、逃げられちまうぞ」

口にした途端、胸にチクリと痛みが走った。

そう言えば、以前にも同じことを言ったことがある。石井にではなく、八雲に対して。

もし、八雲と晴香がお互いの気持ちに素直になっていたら、状況は少しは変わったのだろうか？

――今は考えるのは止《よ》そう。

後藤は、湧き上がる感傷をぐっと胸の奥に押し込んだ。

五

「お母さん――」

晴香は、ベッド脇で祈りを捧《ささ》げる母の恵子に向かって呼びかけた。

だが、その声は届いていないらしく、ベッドに横たわった晴香の肉体に目を向けたままだった。

後藤や石井、それに真琴に声をかけたときは、はっきりと会話をすることはなかったが、振り向くなど、反応はしてくれた。

だから、今度こそ恵子に声が届くかもしれないと思ったのにダメだった。

もしかしたら、ベッドに横になっている晴香の姿があるせいで、こちらを知覚できないのかもしれない。

ゆっくりと手を伸ばし、恵子の肩に触れてみたが、何の感触もなかった。

透り抜けるのとは少し違う気がする。

映像として見えているが、自分のいる世界と、恵子のいる世界は、全く別のものであるような気がする。

次元を隔てていて、同じ空間に存在していないという感じだ。

ベッドに横たわったままの自分の身体をじっと見つめているうちに、じわじわと実感が湧いてきた。

きっと、人間には、肉体と魂を繋《つな》ぐ糸のようなものがあるのだろう。

目には見えないけれど、神経のように、お互いを結びつけ、一つの個体として存在させる為の糸。

でも、今の晴香はそれが切れてしまっている——。

機械の助けを借りて呼吸をしている。心臓も動いているが、魂が抜けてしまえば、それは生きていることにならない。

一心のことが、脳裏を過《よ》ぎる。

脳死状態になった一心は、今の晴香と同じだったのかもしれない。

魂だけの存在となり、辺りを彷徨《さまよ》いながら、自分たちを見守ってくれていたような気がする。

八雲は、葬儀のときに「逝ってしまった——」と呟《つぶや》いた。

晴香はその言葉を、一心が成仏したと受け止めていた。だが、成仏とはいったい何だろう？

天国や地獄はあるのだろうか？

もし、そうした世界があるとしたら、いったいどんな場所なのだろう？

考えを巡らせるほどに、頭がぼうっとしてくるような気がした。それは、考えてはいけない禁忌の領域だからだろうか？

いや、違う——。

自分の存在が、少しずつではあるが、薄くなっていることに気付いた。

魂が溶けていくような感覚——。

水に落としたインクが、希釈され、色を失っていくように、じわじわと自分の存在を維持できなくなっている。

肉体という外殻を持たないが故に、自分という形を維持できずに、周囲と同化していっているのが分かる。

もしかしたら、これが死ぬということなのかもしれない。

そう考えると急に怖くなった。

これまで育《はぐく》んできた自分という存在が、完全に無になってしまうというのは、とてつもなく怖ろしい。

大切な想い出や、胸に生まれた大切な感情。そうしたものが、最初から存在しなかったかのように、全部なくなってしまうなんて、あまりに悲し過ぎる。

——晴香。

耳に優しい声が届いた。

心の底まで温め、包み込んでくれるような、慈しみに満ちた声——。

いつの間にか、すぐ目の前に姉の綾香の姿があった。死んだときと変わらない、七歳の少女のままの姿だった。

——お姉ちゃん。

晴香は、飛びつくようにして綾香に抱きついた。だが、綾香を抱き締めることはできなかった。

お互いに肉体を持たない身だ。肌を触れ合わせることが叶《かな》わないのは当然だ。

それでも——。

綾香の温《ぬく》もりが伝わってくるような気がした。

思い返すと、綾香が生きていた頃、悲しいことや、辛《つら》いことがあると、抱き締めて慰めてもらっていた。

同じ日に生まれた双子なのに、綾香は常に晴香の姉でいてくれた。そして、晴香はそれに甘えていたように思う。

――晴香。よく頑張ったね。

綾香の優しい声が響く。

嬉しかった。綾香に、そう言ってもらえるのは、何より嬉しかった。

――私、頑張ったよ。お姉ちゃんの分まで、ちゃんと生きようって思って、ずっと頑張ってきたよ。

やっと言えた。

これまで、ずっと抱えてきたが、言葉にすることができなかった想い。

自分のせいで、綾香は交通事故に遭って命を落とした。そのことに、ずっと負い目を感じながら生きてきた。

困ったとき、迷ったときは、常に綾香の顔が浮かんだ。

晴香が、幼い嫉妬《しっと》心から、綾香を困らせようと遠くにボールを投げた。それを取りに行って、車に撥《は》ねられたのだ。

自分の命は綾香の犠牲の上に立っている。

だから、綾香に恥じないように生きようと、ただがむしゃらに走って来た気がする。

罪の意識から、楽しいことがあっても、本気で笑えなかった。好きな人ができても、近付いてはいけないという思いが働いた。

綾香のことを考えると、必死に生きなければならないが、同時に幸せになってはいけないと思っていた。

ただ真っ直ぐ生きることでしか、綾香に贖罪《しょくざい》する道はないと。

だからこそ、綾香に「よく頑張ったね」と声をかけられたことが嬉《うれ》しかった。やっと認められた。赦《ゆる》しを得た。そんな気がした。

——うん。晴香は、本当によく頑張ったよ。

——ゴメンね。もっと生きようと思ったのに、こんなことになってゴメンね。

——謝ることじゃないよ。これは、私の人生じゃない。

——え？

——言ったでしょ。私は、晴香のことを恨んでなんかない。私は、晴香にもっと自由に生きて欲しかった。これは、晴香の人生なの。晴香の物語なの。

——お姉ちゃん。

綾香は、晴香を見つめながら、穏やかに笑っていた。

いつもそうだった。綾香は、双子なのに、晴香よりもずっと大人びていて、常に道を示してくれた。

——晴香は、とても頑張ったよ。でも、まだ終わってないでしょ。

綾香が、そう語りかけてくる。

——終わってない？

——うん。晴香には、助けたい人がいるでしょ。

八雲の顔が浮かんだ。

ぶっきらぼうで、偏屈で、斜に構えていて、文句ばかり言う嫌な奴。だけど、晴香が大好きな人。

想像の中の八雲の顔は、次第に歪《ゆが》んでいき、黒い影となって消える。

——八雲君。

口にするのと同時に、晴香の頭の中に眠っていた記憶が、鮮明に蘇《よみがえ》ってきた。

霞《かす》んだ視界の向こうに、彼女——七瀬美雪がいた。

七瀬美雪は、晴香に向かって語りかけてきた。それは、一方的に、晴香に抱《いだ》いていた感情を押しつけるものだったが、最後に、彼女はとても重要なことを言った。

それは——七瀬美雪が、今まさに目論《もくろ》んでいること。

彼女の本当の目的だった。

それを思い出すのと同時に、背筋がゾッとした。彼女の怖ろしい目論みを止めなければならない。

――そうだね。私には、まだやらなきゃいけないことがある。

――うん。ちゃんと伝えないと。それは、晴香にしかできないことだから。

綾香の声が、晴香に勇気を与えてくれた。

死んでしまうのは悲しいし、苦しい。本当は、もっと生きたかった。まだまだやりたいこともたくさんあった。

でも、それはもう叶わない。

だとしたら、最後に何ができるのか。いや、何をすべきなのか、晴香には明確に分かった。

急がなければ――。

自分の魂が溶けて消えてしまう前に、伝えなければならないことがある。

六

「死体ですか……」

真琴は、驚きとともに後藤と石井の報告を聞いた。

まさか死体が発見される事態になるとは、思いも寄らなかった。いや、そうではない。心霊現象が起きていたのだから、そこに死体があることは想定できた。

「八雲も絡んでいるし、七瀬美雪に関係あることは間違いないが、どう関係してくるのかが分からん」

ベッド脇の丸椅子に座った後藤は、難しい顔で腕組みをする。

確かに、そこが要《かなめ》になるだろう。

「完全に、捜査に行き詰まってしまったので、真琴さんの意見を伺おうと思ったというわけです」

石井が言う。

こうして頼ってくれるのは嬉しいが、残念なことに、真琴もどうしたらいいのか皆目見当がつかない。

ただ――。

「やはり、消息が摑《つか》めない、娘さんを追ってみるしかないかもしれませんね」

「いや、しかし、捜すのはかなり困難です」

石井が、がっくりと肩を落とす。

「それなんですけど、私も、色々と考えてみたんですが、まずは、学生時代とかの友人たちに話を聞いてみるのはどうでしょう？　何か知っているかもしれません」

「ああ。確かにそうですね。書類だけを頼りに、消息を追っていた節があります。そもそも、彼女の顔や人となりも分かっていない状態でした」

石井が反省したように、ポリポリと頭を掻《か》く。

仕方ないことだと思う。まだ、調査を始めて一日も経っていない。おまけに、動ける人数も少ない。

それぞれがキャパオーバーになっているのだ。

「それで、死体の身許《みもと》は、分かっているんですか？」

真琴が訊《たず》ねると、「まだだ」と後藤が答える。

「だが、現場で免許証が見つかった。その人物である可能性が高い。おそらく、警察は、この線を追うだろうな」

後藤の言う通り、死体と一緒に埋まっていたのなら、それが被害者の遺留品と考えられる。

「死因はどうなんですか？」

「それもまだだ。このあと、畠の爺《じじい》のところに、顔を出そうと思っている」

「地道な作業になると思いますけど、それぞれの情報を集めていけば、きっと何か糸口が見つかるはずです」

真琴は、大きく頷《うなず》きながら言った。

強がったわけではない。これまでは、何をすればいいのか定まらない中での調査だったが、死体が発見されたことにより、目指すべき方向が定まったように思う。

「そうですね。やるべきことが分かっていれば、動きようがあるというものです」

石井が、意気揚々と胸を張る。

「こういう時だけ、格好つけんじゃねぇ」

後藤が、すかさず石井の頭を引っぱたいた。

いつものやり取りに、思わず笑ってしまった真琴だが、同時に傷が痛んで顔をしかめた。

「大丈夫ですか？」

すぐに石井が心配して声をかけてくる。

「平気です」

真琴は、笑みを浮かべて答えた。

優しさ故なのだろうが、石井は心配性なところがある。

「本当ですか？」

「本当です。ちょっと痛んだだけですから」

「し、しかし……」

「いちゃつくんなら、おれは席を外すぜ」

後藤が、呆《あき》れたようにため息を吐きつつ、口を挟んできた。

そういう見られ方をしていると思うと、急に恥ずかしくなり、顔が熱くなった。

石井は石井で、「いや、あの、その……」と、上擦った声を上げながら、おたおたしている。

妙な空気になってしまった。

「それで、そっちの調査はどうなんだ？」

一区切り付いたところで、後藤が訊ねてきた。

真琴は、今度は別の意味で顔をしかめることになった。

「色々と分かったことはあります。でも、こちらは、七瀬美雪に繋《つな》がる線が、全く見えていない状態です」

真琴は、力なく首を左右に振った。

「分かっていることだけでいいから、教えてくれ」

後藤に促され、真琴は、これまでに明らかになっている情報を簡潔に伝えた。

あの廃墟《はいきょ》が、〈森野ホスピタル〉という、精神疾患を抱えた患者の療養施設だったこと。そして、院長だった森野が五年ほど前に失踪《しっそう》し、閉鎖に追い込まれたこと。

森野は、精神医学界では、それなりに名の知れた人だったが、二十年ほど前に、都内の大学病院を辞めて、山梨県に〈森野ホスピタル〉を開業した。

森野の失踪については、何か裏がありそうだが、今のところめぼしい情報を得られていない。

何か手掛かりになればと、森野の書いた論文などに目を通している最中だが、今のところ手掛かりになりそうなことはない。

七瀬美雪が写真に写り込んでいたのは、偶々《たまたま》あの場所が廃墟であったので、隠れ場所にしていただけかもしれない——そう思い始めてもいた。

真琴が説明を終えると、石井は「そうですか……」と口にする。その声には、落胆の色が滲《にじ》んでいた。

「おれは、継続して追うべきだと思うぜ」

後藤の声は、石井とは違って自信に満ちたものだった。

「どうして、そう思うんですか？」

「根拠なんかねぇよ。ただの直感だ。野生の勘ってやつだよ」

後藤がおどけたように言った。

どうやら、真琴の背中を押す為の言葉だったようだ。

「そうですね。まだ調査は始まったばかりです。やれるだけのことはやってみます」

「じゃあ、取り敢《あ》えず、畠の爺のところに行って来る」

後藤が椅子から立ち上がり、病室を出て行こうとしたが、はたと動きを止めた。

「石井。お前は、もう少し、ここに残っていいぞ」

そう言って、後藤がニヤリと笑った。

この手の冗談を言う人だとは思わなかった。それ故に、余計に照れ臭くなる。

「え？　あ、その……」

石井は、意味が理解できていないらしく、オロオロしている。

その間に、後藤は病室を出て行ってしまった。

「行って下さい」

真琴が言うと、石井は「はい！」と返事をして、勢いよく駆け出した。

転んだ――。

七

布団に寝ているのに、ふわふわと浮いているような感覚がした。

宙に浮かび上がり、そのまま飛んで行ってしまいそうな、それでいて、天井はどんどん遠くなっていくような――。

自分の存在が、溶けてしまうのではないかとすら感じる。

普段なら、もうとっくに寝ている時間だ。だけど、いくら瞼《まぶた》を閉じたところで、一向に眠気が訪れることはなかった。

眠ろうとするほどに意識が覚醒《かくせい》し、想い出が次々と浮かび上がってくる。

奈緒が初めて晴香に会ったのは、お寺の庫裏《くり》だった。

一心と一緒に寺に戻ると、久しぶりに八雲が帰って来ていた。そのときに、八雲が連れて来たのが晴香だった。

八雲が、誰かを連れて寺までやって来るのは、とても珍しいことだった。

いや、初めてだったかもしれない。

──とても優しい人。

奈緒は晴香を見たとき、すぐに分かった。

顔立ちが優しいというのもあるが、それだけではない。晴香を取り巻く空気が、春風のように暖かかった。

言葉も最初から通じた。

奈緒は耳が聞こえない。声を発することはできるが、それがどんな音になっているのか確かめることができない。

口の形を真似て喋《しゃべ》ってみても、相手に通じないことが多い。

きっと、自分が思った通りの言葉にはなっていないのだろう。

何とか気持ちを伝えたい。でも、どうしていいか分からない。そんなとき、一心に心で強く念じてみたらどうだろう──と提案された。

音がなくても、きっと心は通じると一心が教えてくれた。

そうして念じてみると、一心と八雲には、思いが通じた。本当に嬉《うれ》しかった。だけど、それを別の誰かに伝えることはできなかった。

保育園でも、小学校でも、色々な人に試してみたけど、奈緒の声は誰にも届かなかった。

今でこそ、後藤や敦子にも伝えることができているが、そのときは、八雲と一心にしか言葉を届けることができなかった。

皆は、当たり前のように言葉を使っているかもしれないけど、奈緒からしてみれば、それは特別なことだった。

その当たり前ができないことで、奈緒は寂しい想いをたくさんしてきた。

一心も八雲も優しかったけど、他の人とかかわりが持てないというのは、隔絶された世界にいるみたいで、とても寂しかった。

どうにもならないことだと、諦《あきら》めるしかない。そんな風に思っていた。

だけど——。

あのとき、晴香には伝わった。

——こんにちは。

ただの挨拶《あいさつ》だったけど、ちゃんと伝わった。そして、晴香もそれに返してくれた。

飛び上がるほどに嬉しかった。

初めて、肉親以外の人に、自分の言葉を届けることができた。それは、奈緒にとって大きな転機だった。

その瞬間から、晴香は特別な人になった。

それから、幾度となく晴香と顔を合わせた。

八雲は、どういうわけか晴香に冷たかった。それが、奈緒には不思議でならなかった。八雲が、晴香を大切に想っていることは、言葉にするまでもなく伝わってきていたからだ。

大切な人なら、優しくすればいいのにツンケンする。

どうして、もっと仲良くしないんだろう——と何度も首を傾げた。

八雲の態度はともかく、奈緒は晴香に会う度に、どんどん彼女を好きになった。

晴香といると、何だかほっとする。

ありのままの自分を、全部受け容《い》れてくれるような安心感があった。

きっといつか、八雲も素直になって、晴香と笑い合ったりするのだろうと思っていた。そうなったら、どんなに楽しいか——。

だけど、奈緒の願望は、いとも簡単に打ち砕かれてしまった。

何が起きたのか、詳しいことは分からないけれど、晴香が入院することになった。

その状態が、あまりよくないことは、周りの空気で感じ取った。

どうしても、一心のことが頭を過《よ》ぎる。

泣かないで我慢すれば、一心は目を覚ますと思っていたのに、奈緒の願掛けは叶《かな》わなかった。

願っても、どうにもならないことがある――それを、改めて実感させられた。

でも、それでも、晴香には、同じことになって欲しくない。そう願っていた。きっと大丈夫と何度も心の内で念じた。

でも――。

病院にお見舞いに行ったとき、奈緒は見てしまった。

晴香の姿を――。

それが、生きた人間として奈緒の前に現れたのではないことが分かってしまった。

あれは――。

晴香の幽霊だった――。

一心のときもそうだった。死んでしまう前に、奈緒には一心の姿が見えた。

何も言ってはくれなかった。ただ、いつもの優しい微笑みを浮かべただけだった。

それでも、あのとき、もう二度と一心に会えないのだと分かった。

大切な人は、いつも唐突にいなくなってしまう。

もう、二度と晴香に会えないかもしれない――そう思うと、心にぽっかり穴が空いたような感覚に陥り、抑えようとしても、目に涙が浮かぶ。

それを流してしまったら、本当に晴香に会えなくなると願掛けをしたが、そんなことをしても、悲しい現実がやってくることを、奈緒は知っている。

——もう嫌だ。

固く瞼を閉じ、ごろんと横向きになったところで、妙な気配を感じた。

誰かにじっと見られているような感覚。

敦子が、様子を見に部屋に入って来たのかと思ったが、それとは異なる気配だった。

何だろう？　考えている奈緒に、声が届いた。

——奈緒ちゃん。

その声は、耳から聞こえてきたものではない。

強い意志の塊が、すっと心の奥に届いたあの感覚だった。

はっと目を開けた奈緒は、声の出所を辿《たど》って窓の方に目を向けた。

そこには——。

晴香の姿があった。

薄《うっす》らと透けていて、肉体を持たない魂だけの存在であることが、ひしひしと伝わってきた。

——お姉ちゃん。

奈緒は、晴香に向かって心の内で呼びかけた。

血は繋《つな》がっていない。だが、奈緒にとって晴香は、姉のような存在だ。

晴香は、今にも泣き出しそうな顔をしていた。

——お願い。八雲君を止めて。

強く訴えるように言ったあと、晴香の姿はすうっと溶けるように消えてしまった。

——行かないで！

奈緒は、必死に手を伸ばしたが届かなかった。

それが悔しくて、悲しくて、しばらく何も摑《つか》めなかった指を見つめていた。

どれくらい時間が経っただろう。じわじわと晴香の言葉が、心の隅々まで染み渡っていく。

晴香は、八雲を止めて欲しいと言っていた。

あれはどういう意味なのだろう？

考えている奈緒の目に、妙なものが映った。

窓の外に、白い紙のようなものが置かれていた。

ベッドから抜け出し、窓を開けて確認してみる。窓枠のレールのところに、その紙は挟まれていた。

手に取ってみる。

二つに折り畳まれた手紙だった。

開いて確認した奈緒は、ぎゅうっと締め付けられるような感覚を味わった。

そこには、文字が書かれていた。

筆跡に見覚えがある。八雲の字だった——。

八

石井は、後藤の背中を追いかけるように、地下にある廊下を歩いていた。

毎度のことではあるが、この廊下を歩くのは怖い。異世界に通じているのではないかと思うことすらある。

「邪魔するぜ」

怯《おび》える石井とは正反対に、後藤は何の躊躇《ためら》いもなく畠の部屋のドアを開ける。

ここで突っ立っているわけにもいかない。石井は、勇気を振り絞って「失礼します」と声をかけながら、中に足を踏み入れた。

穴蔵のような部屋の隅っこに座り、呑気《のんき》にお茶を啜《すす》っていた畠が顔を上げ、ギョロッとした目をこちらに向ける。

「猟友会を呼ばなきゃならんな」

畠が、ため息交じりに言う。

「猟友会だと？」

後藤が食ってかかる。

「うむ。熊が出たからのう。殺処分をしてもらわんと――」

そう言うと、何が可笑《おか》しいのか、畠がひっ、ひっ、ひっ、と妖怪《ようかい》じみた薄気味の悪い笑い声を上げた。

――そういうことか。

納得して、石井も思わず声を上げて笑ってしまった。

「何を笑ってやがる」

後藤は、石井の頭を引っぱたきつつ、近くにある椅子に腰を下ろした。

石井は座る場所がないので、後藤の横に陣取った。

「揃いも揃って、何の用じゃ？」

畠が気の抜けた声で訊《たず》ねてくる。

死体は、もう運び込まれているだろうから、本当は分かっているはずなのに、こういう言い方をするところが畠らしい。

「家の庭から発見された、白骨死体についてです」

石井が言うと、ようやく畠が「ああ。あれか――」と顎《あご》を撫《な》でながら声を上げる。

「分かったことがあれば、教えて頂きたいんですが……」

「お前さんたちは、本当にせっかちじゃな。そんなに、すぐ分かるわけがなかろう」

畠の言い分はもっともだ。

死体が発見されてから、まだ数時間しか経過していない。詳しいことが分からないのは、当然のことだ。

それでも——。

「分かっている範囲で構わないので、教えて頂けないでしょうか？」

石井は、身を乗り出すようにして懇願する。

畠は、呆《あき》れたように首を左右に振りつつも、説明を始めた。

「あの死体は、三十代から五十代くらいの男性のものだ。死後、五年以上は経っているだろうな」

「年齢は、免許証の人物と一致しますね」

石井が口にすると、後藤が「ああ」と頷《うなず》いた。

免許証の人物は、石川正治《いしかわまさはる》という名前で、失踪《しっそう》当時の年齢は三十三歳。まさに、畠の死体の所見と一致する。

「死因は、分かってるのか？」

今度は後藤が訊ねる。

「まだ、はっきりとはせんが、頭蓋骨《ずがいこつ》のこの辺りが、陥没している」

畠が自分の後頭部を撫でながら言う。

「後ろから、鈍器のようなもので、殴られたってことか？」

「その可能性もある。ただ、損傷は一箇所だけではないからな……」

「一箇所じゃない？」

「頸部《けいぶ》にも骨折があるし、側頭部にも陥没がある。鼻骨も折れている」

「交通事故に遭ったのかもしれませんね」

石井は、浮かんだ推論を口にした。

複数箇所の損傷となると、真っ先に思いつくのが交通事故だ。だが、その考えは、すぐに畠に否定された。

「損傷箇所が、顔の周辺に集中している。あくまで、現段階の所見になるが、激しく頭部を殴られ続けた可能性がある」

石井は、血塗《まみ》れになりながら、幾度も顔を殴られる男の姿を想像し、思わずうっと息を詰まらせる。

「殺人の可能性が高いってことか？」

「わしは、そう見ている」

畠が、ニタッと笑みを浮かべた。

その表情は妖怪じみていて、見ているだけでゾッとする。

「やっぱり、あの家で、何が起きたのかを、調べ直す必要があるかもしれんな」

「そうですね」

石井は、後藤の意見に賛同の声を上げた。

部屋を出て行こうとしたところで、畠に呼び止められた。

「だから、お前さんたちは、せっかちじゃと言うんだ」

「うるせぇ。おれたちは、急いでるんだよ」

後藤は、苛立《いらだ》ちを募らせているようだったが、畠はそれを嘲《あざけ》るように笑った。

「一番、肝心なことを聞かずに行くつもりか？」

意味深長な言い回しだった。

「まだ、何かあるんですか？」

石井が訊ねると、畠の顔からふっと笑みが消えた。

「骨が、少しばかり多いんじゃよ」

「骨が多い……」

宮川が現場を見たときに指摘していた通り、本当に骨が多かったということか。

「骨が多いってのは、どういうことだ？」

後藤が詰め寄るのと同時に、畠がひひっと笑った。

「考えれば分かるじゃろ。あの場所に、埋められていた死体は、一つではなかった。もう一体あったんじゃよ。見たところ、それは少女のものだ。かなり古い。十年以上前のものだろうな」

畠の発言に、石井は愕然《がくぜん》とする。

後藤も、驚愕のあまり言葉を発することができなかったらしく、口をわなわなと震わせている。

そんな石井と後藤の様子を見て、畠がまた楽しそうに笑った。

「お前さんたちは、本当に鈍いな。八雲君は、現場を見て、すぐに気付いたぞ──」

「え？」

石井は、聞き間違いかと思い、後藤に目を向ける。

後藤も畠の言葉を、呑《の》み込めていないらしく、しばらく呆然《ぼうぜん》としていた。

「おい。今、何て言った」

後藤が畠に詰め寄る。

「だから、お前さんたちは鈍いと言ったんじゃよ」

「そこじゃねぇ！　八雲が気付いたってのは、どういうことだ？」

興奮するあまり、後藤は畠の胸倉を摑《つか》み上げる。

だが、畠は一切動じなかった。

「電話があったんじゃよ。お前さんたちより前に。現場の状況を説明されて、意見を求められたから、分かる範囲で話をした」

畠が、淡々とした調子で答える。

どうやら、八雲は、死体発見と同時に、畠に意見を求める為に、電話をしてきていたらしい。

「八雲は、そのあとどうした？」

威嚇するような勢いで、後藤がさらに畠を追及する。

「電話を切った。それだけじゃ」

「どうして引き留めなかった？　お前が、引き留めていれば、八雲は……」

「後藤刑事」

石井は、慌てて後藤と畠の間に割って入った。

このままいけば、後藤は畠を殴りかねない勢いだった。気持ちは分かるが、それは八つ当たりというものだ。

畠は、事件のことは知っていても、それにより、八雲がどういう状況に陥っているかは知らないのだ。

「放せ！　おれは、こいつを殴らないと、気が済まねぇ！」

叫ぶ後藤を、何とか畠から引き剥《は》がす。

「落ち着いて下さい。畠さんを責めても、どうにもなりませんよ」

「うるせぇ！」

拳骨《げんこつ》を落とされた。

八つ当たりの矛先が、石井に向けられてしまったようだ。かなり痛かったが、それでも、後藤が幾らか落ち着きを取り戻したので良しとしよう。

「あの——」

石井は、落ち着いたところで畠に向き直った。

「何じゃ？」

畠は、これまでの騒ぎが嘘であったかのように、ちょこんと椅子に座っている。

さすがというか、何というか——。

「八雲氏は、事件について、何か言っていませんでしたか？」

「何も」

「では、これから、どこかに行くみたいなことは？」

「言ってなかったな」

「そうですか……」

落胆はあったが、仕方のないことだ。

改めて畠にお礼と、騒いでしまったことに対するお詫《わ》びを告げ、部屋を出ようとしたが、そこで畠が「そう言えば——」と声を上げた。

「何か思い出しましたか？」

「いや、大したことじゃない。ただ、ＩＣレコーダーを直したいと言っていた。どこか、業者を知らないかと訊《たず》ねられた」

「ＩＣレコーダーだと？」

後藤が、怪訝《けげん》な表情を浮かべる。

石井も気持ちは同じだった。どうして、このタイミングでＩＣレコーダーを直そうとしているのか、その理由が分からない。

「取り敢《あ》えず、メーカーに問い合わせたらどうだ？　と勧めておいた」

「それだけですか？」

「それだけだ」

畠が、ゆったりとした動作でお茶を啜《すす》る。

「もういい。行くぞ」

後藤は、そう告げると、さっさと畠の部屋を出て行った。

「お騒がせしました」

一礼してから石井は畠の部屋を出る。

廊下に出ると、後藤が携帯電話で誰かと話をしていた。

何かが起きたらしく、後藤は「すぐに行く」と告げると、電話を切り、石井には何も説明することなく、走り去って行った。

取り残された石井は、ただ呆然とするしかなかった——。

九

後藤は、寺の門を潜り、その奥にある庫裏《くり》に向かった——。

本来なら、寺の住職が住処《すみか》として使っている庫裏は、寺の所有物で、後藤のように仏門に入っていない人間が住むことはできない。

だが、かつてこの寺の住職だった一心の師匠筋に当たる英心の特別の計らいで、住まわせてもらっている。

畠の部屋を出たところで、敦子から電話があった。八雲が、奈緒のところに来たらしいとの連絡を受け、慌てて帰って来たのだ。

「帰ったぞ」

玄関の戸を開けると、待ちかねていたように、敦子と奈緒が駆け寄って来た。

「八雲が来たってのは、本当か？」

後藤は、靴を脱ぐ間も惜しんで訊ねた。

「ええ。姿は見てないけど、ここに来たのは間違いないわ」

敦子の説明を聞き、後藤は違和感を覚えた。

「会ってないのに、どうして来たって分かるんだ?」

「これを見て欲しいの――」

敦子が、二つに折り畳まれた紙を差し出してきた。

紙を開いてみる。そこには、丁寧な文字で、次のように書かれていた――。


奈緒へ――

ちゃんとお別れが言えなくてごめん。

ただ、どうしても行かなければならない。誰の手も借りず、自分自身で決着をつけなければならないことなんだ。どうか分かって欲しい。

もう会えなくなるけど、悲しむ必要はない。ぼくは、ずっと奈緒のことを見ているから。

それに、奈緒には家族がいる。

後藤さんは、何があっても奈緒を守ってくれるはずだ。

せめて、奈緒だけは幸せになって欲しい。

それがぼくのたった一つの願いだ。

「あのバカ……」

後藤は、思わずそう漏らした。

心の奥底からの言葉だ。

八雲は、いつもそうだ。こうやって、全てを一人で抱え込み、自分を追い込んで自己完結してしまう。

それだけじゃない。昔からずっと感じていたことだが、八雲は死に場所を探しているような危うさがある。

破滅願望とでも言うのだろうか――。

辛《つら》いのは分かる。苦しいことも理解できる。誰かを巻き込みたくないという、八雲の優しさも知っている。

だが、それでも、頼って欲しかった。

「これをどこで？」

後藤が訊ねると、奈緒が身振り手振りを交えて、必死に訴えてくるが、慌てているせいもあってか、全く伝わってこない。

「奈緒の部屋の窓のところに、挿してあったらしいの」

敦子が、代わって説明をする。

「なるほど……」

状況から考えて、確かに八雲はこの庫裏に足を運んだようだ。

そして、誰に会うこともなく、奈緒の部屋の窓に、別れの手紙だけ残していった。

こんな近くにいながら、見つけることができなかったことに苛立《いらだ》ちが募る。心霊現象が起きた家でも行き違いになっていた。

「手紙の内容って、かなり拙《まず》いわよね？　まるで……」

敦子が途中で言葉を呑《の》み込んだ。その先を言うのが、憚《はばか》られたのだろう。

だが、わざわざ口にしなくても、敦子が何を言おうとしたのかは分かる。この手紙を見れば、誰もが同じことを考えるだろう。

八雲は死のうとしている──と。

はっきりと文字として記されているわけではないが、手紙からは、自ら命を絶とうとしている意志が、ひしひしと伝わってくる。

八雲が、七瀬美雪を殺そうとしていることは、感じ取っていた。

だが──。

まさか、自ら命を絶とうとしているとまでは、思っていなかった。

いや、そうではない。考えないようにしていただけだ。

相手が誰であれ、人の命を奪い、一線を越えた以上、その罪を自らの命で償うつもりなのだろう。

そうすることで、これまで続いてきた負の連鎖を断ち切ろうとしている。自らを人柱にするというのは、八雲が考えそうなことだ。

晴香の父親である一裕に、病院を追い出されたあの日、後を追いかけなかったことが悔やまれる。

いや、今さら、そんなことを悔やんでも仕方ない。

何としても、八雲を見つけ出すしかない。ただ、肝心の手掛かりがない。

「クソッ！」

後藤は、吐き捨てるように言うと、ぎゅっと手紙を握り締めた。

そのまま、ビリビリに破り捨てたい気分だった。そんなことをしても、何一つ変わらないのに、昂《たか》ぶる感情を抑えることができなかった。

「八雲君は、まだ見つからないの？」

敦子の問いに、後藤は「ああ」と答えて項垂《うなだ》れるしかなかった。

奈緒が、空気を察してか、ひっくひっくと肩を揺らしながら嗚咽《おえつ》を始めた。

「大丈夫だ！」

後藤は、力強く奈緒を抱き締める。

苛立ってばかりいても仕方ない。今は、やれるだけのことをやるしかない。だから――。

「泣くな。おれが、必ず八雲を連れ戻すから」

後藤が言うと、奈緒は腕の中で小さく頷《うなず》いた。

以前にも、こんなことがあった。あれは、いつだっただろう――確か、一心が刺された事件のときだ。

あのときも、こうやって奈緒に泣くのを我慢させた。

――その結果、どうなった？

考えると同時に、ずぶずぶと心が沈み込んでいく。結局、あのとき後藤は何もできず、一心は死んでしまった。

また、同じ想いをさせてしまうのか――そう思うとやり切れない。

――おれは、あまりに無力だ。

「ちょっと。何て顔してんの。ただでさえ、怖いのに、そんな顔しないでよ」

敦子が、後藤を蹴《け》った。

「痛っ」

「あなたは、考えるタイプじゃないでしょ。考えたり、悩んだりしたって、意味がないわよ。そんなことしてる暇があるなら、さっさと行きなさい」

そう行って、外を指差した。

敦子の言う通りだ。自分でも気付かぬうちに、ネガティブな思考に流されてしまっていたようだ。

そんなのは、自分の流儀に反する。

まだ見えてもいない最悪の結果を想定して、うじうじとしたところで、何も解決しない。

猪突猛進――今は、真っ直ぐ前に進むことだけを考える。

「分かってる。必ず八雲は連れ戻すから、安心して待ってろ」

後藤は、奈緒の頭を撫《な》でつつ、視線で敦子に礼を言った。

敦子はいつもそうだ。普段は一歩下がって見ているのだが、いざというときは、真っ先に後藤の背中を押してくれる。

――おれには、もったいない女房だ。

急に湧き上がった敦子への感情を追いやり、後藤はすぐに踵《きびす》を返して外に出た。

吹きつける冷たい風が、後藤を押し戻そうとする。

だが、それでも――。

後藤は、力強く足を踏み出した。

十

畠は、解剖台の上に置かれた死体に目を向けた。

白骨化していて、生前にどんな姿だったのかさえ分からない状態だ。

こうして死体を見ていると、現実がいかに無情であるかを思い知らされる。

後藤たちは、八雲を捜している。これまで数多《あまた》の事件を共に解決してきた彼らの絆《きずな》は、非常に強い。それは、大きな力であることは間違いない。

だが――。

どんなに強い絆であったとしても、どうにもならないこともある。

容赦のない現実によって、容易に引き裂かれてしまう。ここにある死体のように、無残に――。

後藤たちには言わなかったが、電話で話をしたとき、八雲はすでに死を覚悟していることが、ひしひしと伝わってきた。

いや、そうではない。

あれは、覚悟をしているのではなく、死を望んでいる者の声だった。

彼は、あまりに多くのものを失い過ぎた。そして、心に取り返しのつかない傷を負っている。

きっと、あの傷が癒《い》えることはないだろう。

人間の魂が、もし心だというなら、八雲は不治の病にかかっているのと同じだ。

仮に肉体だけ助かったとしても、心が死んでしまっているのだとしたら、それは生きていると言えるのだろうか？

八雲が死にたいと願うのも無理からぬことだ。

だが——。

死者の魂が見える彼ならば分かっているはずだ。

人間に魂があるのだとしたら、肉体の死は、決して安息ではない。魂に受けた傷は、肉体が死んだあとも、残り続けるのだから——。

そうなると、八雲は永遠に癒えない傷を抱え続けることになる。

それは——。

さぞかし苦しいだろう。拷問と言っていい。

思えば、現世を彷徨《さまよ》っている魂たちは、そうした者ではなかったのか？

魂に傷を負い、肉体が滅びてもなお、苦しみ続けた者たちこそが、彷徨える幽霊なのではないか？

いや、しかし——。

魂は永遠なのだろうか？

死後の世界があるとは思わない。極楽浄土も地獄も、現世での行いを改めさせる為の方便に過ぎないだろう。

では、魂はどこに行くのか？

八雲にそのことを訊《たず》ねたが、明確な答えは返ってこなかった。

最近、こんなことばかりを考えている。

もちろん、兼ねて興味の対象であったのは事実だが、これまでにも増して、そうしたことを考えるようになった。

それは、畠自身の死期が、近付いているからに他ならない。

薬で痛みを緩和させているが、本当であれば、こうやって仕事をしているような状態にない。

いずれにせよ、自分が死ねば、長年の疑問の答えが出る。

不思議なものだ。長年追い続けていた謎の答えは、自分の死をもって、必ず知ることができる。

それなのに、どうしてあれほどまでに没頭していたのだろう？

などと考えていると、携帯電話にメールが届いた。

確認する前から、誰なのか分かった。畠の携帯電話にメールを送ってくる人物は、一人しかいない。

畠には、歳の離れた妹がいる。その娘——つまり姪《めい》っ子の美鶴《みつる》だ。

〈試験受かったよ〉

絵文字付きの短い文章を見て、思わず顔をほころばせる。

美鶴は畠の目から見ても、変わった子だった。

絵本より図鑑に、人形より人体模型に興味を示し、ことあるごとに、畠にあれこれと人間の身体について質問をしてきた。

畠は、問われたことは、全部答えた。妹はそのことを快く思っていなかった。

悪い影響が出るから、余計なことは教えるな——と言われもした。

人間が自らの肉体に興味を示すことの、いったい何が悪影響なのか、畠には理解できなかった。

だが、妹からすれば、幼い我が子が、他の子と違って、可愛い人形より、人体模型の方に興味を示すことは、異常なことに思えたのだろう。

妹が、美鶴を他の子と同じように育てようとすればするほど、彼女はより一層、人体について研究するようになり、ついには医者を目指すようになった。

人を助けたいという志なら、妹も喜んだのだろうが、美鶴の場合は、人間の構造を徹底的に研究したいという思いが強い。

畠などからしてみれば、非常に素晴らしいことだと思うのだが、周囲はそういうわけにはいかない。

猛反対に遭いながらも美鶴は諦《あきら》めなかった。

とことん勉強し、奨学金を使って医学部に進学し、無事に課程を修了し、試験をパスした。

今、その連絡が届いたのだ。

〈おめでとう〉

畠は小さく笑みを浮かべながら、そう返した。

姪っ子の美鶴を導いて、手助けをしてやらなければならない。そう思うと、まだまだ死ねないな。

十一

ネクタイを緩めた石井は、ふうっと息を吐いた。

やはり、息苦しく感じてしまう。

宮川が外に出ているので、〈未解決事件特別捜査室〉にいるのは、石井一人のはずなのに、それでも空気が薄いような気がする。

そう感じてしまうのは、捜査が行き詰まっているからだろう。

ただ、ここでへこたれている場合ではない。

何としても、消息を絶っている室井秋恵の娘——紗月《さつき》を捜し出さなければならない。

色々と調べを進め、彼女の経歴だけは分かってきた。

紗月の戸籍上の父親は、飯島和久《いいじまかずひさ》という人物だった。現在何をしているのか不明だが、和久と秋恵は、紗月が三歳のときに離婚している。

その後、秋恵は再婚していないが、後藤が集めた近隣住人の話では、何人か交際していた人物がいたようだ。

庭で発見された死体——石川正治も、そんな中の一人だったのだろう。

紗月は、男をとっかえひっかえする秋恵を見て、どんな想いを抱いていたのだろう？

「もしかして——」

石井の中に、一つの推理が浮かんだ。

石川が、秋恵の恋人だったと仮定して、男女間の諍《いさか》いから、殺害してしまったということはないだろうか？

或《ある》いは、娘の紗月が、そんな生活に嫌気が差し、殺害したとか——。

「ダメだ」

石井は、口に出して言いながら首を左右に振った。

まだ、圧倒的に情報が足りていない。現段階で、あれこれ推理すれば先入観が生まれ、真実を見誤ることになる。あらゆる可能性を視野に入れなければならない。

常々、八雲が言っていたことだ。

今になって、改めて八雲の存在の大きさを知る。

知らず知らずのうちに、事件と向き合うとき、八雲の思考をなぞるようになっていた。石井にとって、八雲は年齢は下だが、師匠のようなものだったのかもしれない。

——感傷に浸っている場合ではないぞ。石井雄太郎。

自分自身を叱咤《しった》して思考を切り替えた。

ともかく、紗月は、その後、小学四年生までは、公立の学校に通っていた。見覚えのある学校名だが、近隣なのだから頭に残っていても不思議ではない。

学校の関係者に連絡を入れて確認を取ったところによると、紗月は、小学四年生のときに休学している。

理由は病気療養の為——ということだった。

小学五年生になったとき、紗月は公立小学校に復学をせず、離れた場所にある私立の学校に編入している。

病み上がりであれば、通うのに楽な近い学校の方がいい気がする。この辺りに、何か特別な事情があったのかもしれない。

例えば、病気というのが、精神的なものだった——とか。

学校で苛《いじ》めなどを受けていて、不登校になったと考えると、筋が通るような気がするが、断定するだけの根拠がない。

その後、同じ系列の中学校、高校と進学しているが、大学には行かなかったようだ。

ただ、彼女が高校を卒業した八年前は、秋恵が病気を患ったという時期と一致する。

看病の為に、進学を諦めたということは、充分に考えられる。

そうなると、秋恵の病気が何であったのかが気になるところだ。

その辺の事情を知る為にも、高校時代の友人などに、話を聞いてみるのは、ありかもしれない。

ただ、それをしたところで、得られる情報はあまりないだろう。

「邪魔するぜ！」

いきなりドアが開き、後藤が部屋の中に入って来た。

「ご、後藤刑事！」

石井は、ぴっと背筋を伸ばして立ち上がる。

「何か分かったか？」

後藤が、近くにある椅子にドカッと腰を下ろしながら訊《たず》ねてくる。

「あっ、はい」

石井は、これまでに分かっている範囲のことを、後藤に説明した。

「なるほど」

そう言って頷《うなず》いた後藤だったが、表情は険しい。

そうなるのは頷ける。今のところ、七瀬美雪に繋《つな》がる手掛かりは、全くと言っていいほどないのだ。

「八雲氏は、どうして、あの家に興味を持ったんでしょう」

石井は、呟《つぶや》くように言った。

正直、それが一番引っかかるところだ。八雲が、どうしてあの家に足を運んだのかが分かれば、一気に色々なことが繋がる気がする。

「それは分からん。ただ、何かあるはずだ。おれたちの知らない何かを、あいつは知っている。それがあの女——七瀬美雪に繋がっているはずだ」

「そうですね……」

口にしたところで、石井の中に一つの閃《ひらめ》きがあった。

——もしかして。

石井は、慌ててさっきまで見ていた手帳に目を向ける。

そのあと、デスクの隅に積んであった七瀬美雪の資料を引っ張り出した。その拍子に積み重ねていた書類の山が崩れたが、そんなものに構っている余裕はない。

「どうした？」

後藤が訊ねてきたが、石井は答えなかった。

説明をするより、まず確認が先だ。

震える手で、資料を捲《めく》り、目当ての箇所を見つけ、石井は愕然《がくぜん》とした。やっぱりそうだった——。

どうして、今まで気付かなかったのか。自分を殴ってやりたい衝動に駆られた。

「おい。石井。何をしてんだ？」

後藤が石井の肩を摑《つか》んだ。

「私たちは、とんでもないことを見落としていました……」

石井は、絞り出すように言う。

「何のことだ？」

「私たちは、現在の紗月さんの行方を追ってしまったんです。それが、間違いでした」

「何？」

「これを見て下さい。紗月さんと、七瀬美雪は、同じ小学校に通っています。同い年なので、面識があった可能性があります」

口にしながらも、冷や汗がボタボタと垂れてくる。

着目すべきは、今ではなく過去だった。十六年前。まだ、七瀬邸での惨劇が起きる前にこそ、接点があったのだ。

自分たちは、事件以降の七瀬美雪しか見ていなかった。

だから、この事実を見落としたのだ。

「何てことだ……」

絞り出す後藤の声が、狭い部屋に反響した。

十二

「おう。また部外者が勝手に入り込んでやがる」

沈滞していた空気を一掃するように、宮川が部屋に入って来た。

いつもなら、「うるせぇ」と返すところだが、後藤は、喉《のど》が痞《つか》えて言葉が出てこなかった。

「何だ。何だ。揃って辛気くさい顔して」

宮川が、後藤と石井を交互に見ながら口にする。

何も知らずに入って来て、この空気に晒《さら》されたら、誰でも困惑するだろう。何か喋《しゃべ》らなければと思うのだが、そうすればするほど、言葉が出てこない。

「じ、実は、とんでもないことに気付いてしまったんです」

何も喋らない後藤に代わって、石井が口を開く。

「とんでもないこと？」

宮川は、眉《まゆ》を顰《ひそ》めながらドカッと椅子に座った。

「以前に、あの家に住んでいた紗月という少女が、七瀬美雪と同じ小学校だったんです」

石井は興奮気味に告げるが、宮川の反応は薄かった。

「だろうな」

「え？」

「同じ学区なんだから、そりゃ同じ小学校でも、不思議はねぇだろ」

「いや、しかし……」

「お前ら、七瀬美雪を意識し過ぎなんじゃねぇのか？　だいたい、同じ学校に通ってた生徒が、何人いると思ってんだ」

宮川の指摘で、後藤も目が覚めた気がした。

まさに言う通りだ。具体的な人数は知らないが、件《くだん》の学校は、そこそこの規模だった。おそらく、同学年に百人はいただろう。

現状では、同じ学校だったという以外に、接点は見つかっていない。

「そうですね。少しばかり、先走っていたかもしれません」

石井は、まだ何か言いたそうだったが、後藤は素直に反省の弁を述べた。

「宮川さんの方は、何か分かったんですか？」

後藤は、気分を切り替えるように訊ねた。

宮川は「ああ」と頷くと、すぐに説明を始める。

「現場で免許証が見つかった、石川正治だが、八年ほど前に行方不明者届が出されていたことが分かった。死体の背格好とも一致する」

「あの死体は、石川正治で間違いないってことだな」

後藤が言うと、宮川が頷いた。

「断定はDNA鑑定の結果を待ってということになるが、まず、間違いないな。これが、石川の写真だ」

宮川が一枚のスナップ写真をデスクの上に置いた。

細身で、いかにも柔和そうな顔立ちをした男が写っていた。免許証の男——石川正治だ。

「石川ってのは、元々は福岡の出身でな。大学でこっちに出て来て、その後、高校の教師になったらしい」

「高校の先生ですか」

そう言われてみると、教師っぽい感じがしてしまうから不思議だ。

「だが、失踪《しっそう》した年の冬休み明けになっても、出勤して来なかったそうだ。住んでいたアパートに足を運んでみたが、蛻《もぬけ》の殻《から》だった。そこで、同僚が警察に行方不明者届を提出したというわけだ」

「そのときには、すでに死体となって埋まっていた……」

後藤が口にすると、宮川が渋い顔で頷いた。

「まあ、そういうことになるな」

石川は、どうして死体になって、あの家の庭に埋まっていたのか？　思考を巡らせてみたが、何一つ考えが浮かばなかった。

「あっ！」

急に石井がデカい声を上げた。

「何だよ。うるせぇな」

「あ、あの。石川さんの勤務先だった学校は分かりますか？」

石井が興奮した調子で訊ねる。

「資料を見ろ」

宮川が資料を差し出すと、石井は貪《むさぼ》りつくように、資料に目を通し始めた。

「何をそんなに興奮してんだ？」

後藤が訊《たず》ねるのと同時に、石井が「やっぱりそうだ！」と叫びながら、資料から顔を上げた。

いちいち動作が大げさな野郎だ。

「だから、何を騒いでるんだ？」

「石川さんが勤務していた高校は、室井紗月さんの通っていた高校なんです」

「何！」

石井の挙動は、別に大げさでも何でもなかった。

死んでいた石川と、室井家との接点が生まれたことになる。

「なるほど。その線は調べてみる価値はありそうだな」

宮川が目を輝かせながら言う。

「早速、取りかかりましょう」

意気揚々と声を上げた後藤だったが、それを宮川が制した。

「石川とは別件だが、もう一つ分かったことがある」

「何です？」

「室井秋恵って女は、近所の公園で自殺したって話だっただろ」

「ええ」

後藤が、近隣の噂話を聞いた範囲では、そういうことになっていた。

「どうやら、それはただの噂のようだ」

「生きているんですか？」

後藤は、身を乗り出すようにして問う。

もし、本人が生きているのであれば、直接、話を聞くのが手っ取り早い。

「いや。死んではいるんだが、状況が違う」

「もしかして、他殺だったんですか？」

「違う。交通事故だったそうだ」

妙な期待を持っていた分、少しばかり拍子抜けしてしまう。

「どうして、自殺なんて話にすり替わってしまったんでしょうね？」

「事故の状況からじゃねぇのか。何でも、深夜に山道をふらふらと歩いていて、トラックに撥《は》ねられたらしい。これに詳しいことが書いてある」

宮川が、デスクの上に資料を置くと、石井が飛びつくようにして、それに目を通していく。

事故の状況から、自殺の可能性もある——という話に尾ヒレがつき、公園で首吊《くびつ》り自殺をしたという話にすり替わってしまったのだろう。

人の噂話というのは、実にいい加減なものだ。

「ちょっと待って下さい。これって……」

石井が、自分の髪を掻《か》き毟《むし》るようにしながら口にする。

「どうした？」

「いや、あの……何か引っかかるんです」

「何が？」

「それが、分からないんです」

聞いている方は、もっと分からない。

「整理してから喋れ」

後藤は、石井の頭を引っぱたいた。

普段なら、大げさに痛がるはずの石井が、無反応のまま資料を睨《にら》み付けている。

「これは、もしかして……」

石井は呟きながら近くにあった紙を引き寄せると、そこに年表のようなものを書き始めた。

──こいつは、いったい何をやっているんだ？

疑問に思いながらも、後藤はこれまでにない胸騒ぎを感じていた。

十三

朝日が眩《まぶ》しかった。

目を細めつつ、真琴はベッドから身体を起こす。

頭に、ずんずんと響くような痛みがあった。

昨晩は、滝沢にも協力してもらいつつ、あの廃墟《はいきょ》の院長であった、森野の経歴について調べを進めていて、ほとんど眠っていない。

森野の失踪の原因が分かれば、七瀬美雪に繋《つな》がる何かが見つかると思ったからだ。

調べた範囲では、森野は非常に優秀な精神科医だったようだ。大学を卒業し、都内の大学病院に勤務。幾つも論文を発表し、順調に経験を積んでいった。

だが、四十歳になったとき、突如として大学病院を辞め、山梨県に〈森野ホスピタル〉を開業している。

その理由について、仲川から興味深い証言を得ることができた。

森野には妻と子どもがいた。

今から、二十年ほど前のことらしい。詳しい状況までは分からないが、森野の妻と、その娘は、買い物に出ていた。

妻が目を離した隙に、娘が車に撥ねられてしまったのだ。

それを目の前で見てしまった――。

森野の妻は、そのときの光景が頭から離れることなく、PTSD〈心的外傷後ストレス障害〉を患った。

PTSDとは、強烈なトラウマ体験をきっかけに、時間が経過したあとも、そのときの光景がフラッシュバックしたり、悪夢にうなされたり、否定的な思考や気分、怒りっぽさや不眠などの症状が持続することだ。

そうした状況から逃れる為に、薬物やアルコールなどに依存してしまうケースもある。

森野の妻も、治療を受けていたが、快方に向かうどころか症状が悪化の一途を辿《たど》り、重度のアルコール依存に陥ってしまった。

そして、終《つい》には自ら命を絶ってしまったそうだ。

森野は娘だけでなく、妻をも失ってしまった。その喪失感は凄《すさ》まじいものだったに違いない。それだけでなく、精神科医でありながら、妻を救えなかったという自責の念もあったはずだ。

当時の森野の心情を想像するだけで胸が痛む。

それをきっかけに、森野は大学病院を辞め、〈森野ホスピタル〉を開業することになった。

妻を救えなかった理由の一つに、大病院のシステム的な欠陥もあると考えていたのかもしれない。

森野は、自分の病院を開業しつつ、ＰＴＳＤの治療方法の研究を始める。

〈森野ホスピタル〉が、リハビリをメインにした施設であったのは、やはり妻のことがあったからだろう。

救えなかった妻に対する、贖罪《しょくざい》の意味もあったようで、その没頭ぶりは凄まじかったと仲川が語っていた。

ＰＴＳＤの治療には、大きく二つの方法がある。

薬物療法と、心理療法的アプローチだ。

薬物療法は言葉のまま、抗うつ薬や、安定薬などの服用によって、その症状を軽減させるというものだ。

心理療法的なアプローチは、敢《あ》えて患者にトラウマの原因となった事象を想起させ、身の危険がないことを自覚させたり、患者同士が集まり、悩みを共有する集団セラピーのような手法を採ったりする。

どちらの方法も、思ったような成果を上げられていないのが実情だ。

そこで、森野はこれまでと全く違う方法を思いつく。そのときの研究データを、仲川が持っていたので、メールで送ってもらい目を通した。

実に興味深いものだった。

ひと言で言えば、トラウマとなっている患者の記憶を消す――というものだ。

もし、記憶を消去できるなら、ＰＴＳＤの患者にとって、画期的な治療になることは間違いがない。

研究データによると、森野は、最初、催眠療法で記憶を消すことを試したが、これは上手《うま》くいかなかったようだ。

催眠療法では、記憶を消去することはできない。ただ、潜在意識の中に眠らせ、過去の出来事を自覚させないだけだ。

本人は、そのときの記憶を思い出すことができなくなっていても、潜在意識の中にトラウマは残り続けるので、症状が改善することはなかったようだ。

「森野さんは、記憶を消すことに、とり憑《つ》かれていたみたいでしたね。まるで、自分自身の記憶を消し去りたいと思っているようでした」

仲川は、当時を振り返り、そう語っていた。

その見立ては、正しかったのかもしれない。それが証拠に、催眠療法が上手く行かなくなると、森野はより過激な方法を試すようになる。

脳に直接刺激を与え、記憶を消すことを考えたのだ。

理論的には、直接脳に刺激を与えることで、記憶を喪失させることは可能だ。

現に、二〇〇八年にアメリカと中国の研究チームが、マウスを使って、記憶分子と呼ばれるタンパク質の一種を操作して、特定の記憶を消去することに成功しており、戦争経験者のＰＴＳＤを治療する方法として、軍関係者も注目している。

だが、この方法は、まだ人間に対して実証実験が行われていない。

あまりにリスクが高いからだ。下手をすれば、トラウマ以外の記憶を喪失する怖れもあり、やり方を一つ間違えば、命を落とす危険すら孕《はら》んでいる。

仲川によると、森野もリスクが高いことから、この方法は、途中で諦《あきら》めたらしい。

ただ、これこそが、七瀬美雪と森野を繋ぐ線なのではないだろうか？

七瀬美雪、或《ある》いは雲海が、この方法に目を付け、森野を利用して、何かを目論《もくろ》んでいたとしたら？

ただ、その何かが分からない。

「真琴さん！」

勢いよく病室のドアが開いたかと思うと、石井が駆け込んで来た。

額にびっしょり汗を浮かべている。

それだけでなく、顔色が真っ青で、今にも卒倒してしまいそうな感じだ。

「おう」

後から、後藤も病室に入って来た。

石井と同じように、顔色が悪い。二人とも寝てないのだろうか——と思いはしたが、そういうこととは、少し違う気がした。

「何かあったんですか？」

訊《たず》ねてみたが、石井も後藤も、何も答えなかった。

沈黙の中で、真琴は自らの鼓動が速くなっていくのを感じた。

十四

「実は、真琴さんに意見を伺いたいと思ったんです──」

いつまでも黙って突っ立っているわけにはいかない。石井は、意を決して、そう切り出した。

「私で良ければ──」

真琴が、困惑した表情を浮かべつつも頷《うなず》いてくれた。

だが、これから石井が話すことは、より一層、真琴を混乱させることになるだろう。

それだけ、荒唐無稽《こうとうむけい》で、突拍子もない話なのだ。

「昨晩、これまで集まった情報を、徹底的に検証した結果、私は一つの推論を導き出しました。しかし、それは、あまりに……」

「前置きはいい」

後藤に頭を引っぱたかれた。

確かにその通りだ。もったいをつけるような真似をすれば、それだけ先入観に繋《つな》がる。できるだけ、フラットな意見が欲しいと思ったからこそ、こうして真琴の許《もと》に足を運んだのだ。

「すみません。実は、あの家の周辺で起きた出来事を、時系列として纏《まと》めたので、見て頂きたいのです」

石井は、そう告げると、用意してきた時系列を書き記した紙を真琴に手渡した。

無言のまま受け取った真琴は、丹念に目を通していく。

「今し方、聞き込みに行っていた捜査一課が確認したところによると、死体と一緒に埋まっていた免許証の所有者である石川正治と、秋恵さんが交際していたという証言が取れました」

「そうですか」

真琴が、一瞬だけ視線をこちらに向けた。

頭の回転の速い真琴のことだ。これから、石井が何を言わんとしているのか、すでに察しているのかもしれない。

石井は、咳払《せきばら》いをしてから説明を続ける。

「秋恵さんの娘の紗月さんは、小学四年生のときに、病気療養の為に——ということで、通っていた小学校を休学しています。入院した紗月さんに付き添うかたちで、秋恵さんも、半年ほど姿を見せなかったそうです」

「かなり、重い病気だったんですか?」

「何の病気だったのかは、まだ分かっていません。入院していた病院などについても、現在調査中です。ただ、退院後に、顔に包帯を巻いている紗月さんの姿を近所の住人が目撃しています」

「そうですか……」

呟《つぶや》くように言った真琴の目が、不安に苛《さいな》まれているように見える。

「その後、紗月さんは、もとの公立ではなく、離れた地域にある私立の学校に編入することになったそうです」

「私立に？」

真琴が眉《まゆ》を顰《ひそ》める。

やはり、この部分に違和感を持ったようだ。理由について、石井には一つの推測があったが、敢えてそれは口に出さなかった。

「紗月さんが、高校三年生のとき、今度は母親の秋恵さんが病に倒れて入院することになったそうです」

「秋恵さんの病名は？」

「今のところ不明です」

石井は、首を左右に振ったあと、話を再開する。

「石川さんは、紗月さんが高校三年生のときの、担任教師でした」

「自分の教え子の母親と交際していたということですか」

「はい。そして、石川さんが、行方不明になったのは、秋恵さんが病気で入院されたという時期と合致するんです」

「そのとき、石川さんが殺害されて埋められた可能性が高い――」

「おそらくは」

石井は、一つ大きく頷いた。

石川を殺害したのが誰なのかは、まだ判明していない。しかし、少なくとも秋恵はそのことを知っていたはずだ。

まるで、その事実から逃げるように、入院するという名目で自宅を離れている。

「もしかして……」

石井は、真琴の言葉を途中で制した。

まだ、意見を聞くのは早すぎる。話には、続きがあるのだ。

「秋恵さんが入院したとされる半年後に、彼女は、山梨県の山中を歩いているところを、トラックに撥《は》ねられて死亡しています」

「どうして山梨県に？」

真琴が、真っ青な顔で訊ねてくる。

「分かりません。全てを知るはずの紗月さんは、現在に至るも、消息が摑《つか》めていませんん」

「それって……」

石井は、再び真琴の言葉を制した。

「もう一つ――」

「何です？」

「あの家に埋められていた死体は、一体ではありませんでした。別の人物の骨の一部が、一緒に埋められていたそうです」

「別の人物？」

「はい。その人物の身許《みもと》は不明ですが、畠さんの所見によると、おそらく少女ではないか――と」

「少女……」

真琴が虚《うつ》ろな目で反芻《はんすう》する。

石井は、それに頷いて応《こた》えてから話を続ける。

「もう一つ。その少女の骨は、石川さんよりも、前に埋められていたと考えられるそうです。少なくとも、十年以上前――」

「骨の一部だと言っていましたよね。どうして一部だけ残ったんですか？」

真琴が訊ねてくる。

「推測でしかありませんが、最近になって、掘り起こされ、少女の死体だけ持ち去った人物がいる。その際、骨の一部が残ってしまったのではないか――と」

石井が告げると、真琴は目を伏せた。

言葉は発しなかったが、必死に思考を働かせているのが、その表情から分かった。

石井は、じっと真琴が口を開くのを待った。

隣にいる後藤も、険しい表情のまま、じっとしている。

「今の話を聞いて、私もとんでもないことを思いついてしまいました――」

やがて、ゆっくりと顔を上げた真琴が言った。

「何でしょう?」

訊ねつつも、石井は真琴が辿《たど》り着いた答えが分かってしまった――。

十五

電車は、山の間を縫うように進んで行く――。

乗客はあまり多くはない。

連なる山の稜線《りょうせん》は美しかったが、同時に不穏な空気を纏っていた。

八雲が、これから向かおうとしているのは、二度と戻ることのできない深い闇の中だ。

後悔もなければ、怖さもない。

ようやく、長い旅を終わらせることができるという悦《よろこ》びすらあった。

八雲は、小さく笑みを浮かべつつ、ポケットの中から古いICレコーダーを取り出した。

死体を掘り出したとき、ビニールの袋に包まれた、この古いICレコーダーも見つけた。すぐに再生しようとしたが、故障していて聞くことができなかった。

何とか修理してくれる業者を見つけ、必死に頼み込み、修理を依頼できたが、直ったのは朝になってからだった。

かなり時間を浪費することになったが、収録されている内容は、それに見合うものだった。

八雲は、ICレコーダーとイヤホンを繋ぎ、改めて再生ボタンを押す。


私は、娘を殺しました——。


女性の声が告げる。

声の主は、さっちゃん——室井紗月の母親だろう。

これは罪の告白だ——。

私は、昔から男運がなかった。

いいえ。違うわね。私は、男に依存してしまう。あの娘《こ》の——紗月の父親のときもそうだった。

捨てられるのが怖くて……だから尽くしてしまう。身の回りの世話、お金の工面。何でも望みを叶《かな》えようとしてしまう。どんなに罵《ののし》られても、暴力を振るわれても、すがってしまう。

男運がなかったんじゃなくて、私が男を駄目にしてしまう。

結局、最後は重いと言われて捨てられる。

懲りればいいのに、私は、一人でいると不安になってしまう。だから、すぐに別の男にすがってしまう。

その繰り返しだった。

間違いだと分かっていた。私は、女ではなく、母親でなければならなかった。それなのに、どうしても、女を捨てられなかった。

きっと、私の育った環境が、私にそうさせたのだと思う——いいえ。違うわね。そんなのは、ただの言い訳よ。

そこで、一度言葉が途切れる。

深呼吸するような呼吸音が聞こえる。昂《たか》ぶる感情を、必死に落ち着けようとしているのだろう。

しばらくして、再び声の主が喋《しゃべ》り始めた。


彼と出会ったのは、アルバイト先のスーパーだった。

生活に困窮してバイトをしていたわけじゃないの。遺産があったし、家賃収入で充分に生活ができたから、働く必要はなかったのだけど……寂しかったの……。

紗月が学校に行っている間、一人で家にいるのが怖かった。だから、外に出て働くことにした。

そこで彼と出会った。

役者という夢を追いかける彼のひたむきな姿に惹《ひ》かれた。彼の夢の為に、自分のできることをしてあげたいと思った。

いいえ。違うわね。本当は誰でも良かったんだと思う。側にいてくれる人であれば、誰でも……。

アパートを追い出されて、友人宅に身を寄せているという男の話を聞き、すぐにうちに招き入れた。

最初は、紗月とも上手《うま》くやっていた。

それは前の男たちも同じだ。

でも——時間が経つうちに、それまで必死にチャレンジしていたオーディションにも行かなくなり、所属していた劇団も辞めてしまった。

バイトも休みがちになり、家でごろごろとして過ごすようになった。

私は、それを嬉《うれ》しいと感じてしまった。

一人で家にいなくてすむから。

そういう考えが、きっと男をダメにしてしまうのだと思う。

ほどなくして、彼は酒に浸るようになった。

普段は大人しいのだが、酔うと、延々と役者論を語り、売れている役者を、商業主義に迎合した屑《くず》だと罵る。

まだ、そうした批判をしているうちは良かったのだけれど、そのうち、私に当たり散らすようになった。

目つきが気に入らない。おれのことをバカにしている……難癖をつけては、暴力を振るう。

そういう鬱憤《うっぷん》の吐き出し方しかできない彼を、かわいそうだと思ってしまった。

毅然《きぜん》と振る舞うべきだったのに、捨てられるのが——一人になるのが怖くて、彼にすがりついた……最低……。

私は……私は一人なんかじゃなかった……。

紗月がいたのに、それに気付くことができなかった……。

そのうち、彼の暴力はエスカレートして、紗月を殴ったり、蹴《け》ったりするようになった。

止めようとすると、彼は、これは躾《しつ》けだって激昂《げきこう》した。

あんなものは、躾けでも何でもない。そんなの……分かっているはずなのに、私は、それなら仕方ないと納得して、黙って見ているようになった。

そのうち、彼は、出かけることが多くなった。外に、女がいることは、薄々感じていたけれど、それを咎《とが》めたりはしなかった。……彼がいなくなるのが……怖かったから……知らないふりをした。

私が小遣いを渡すと、他の女に会いに行き、何日か帰って来ない。しばらくして、ふらっと戻って来たかと思うと、酒を呑《の》んで暴力を振るう。

その繰り返しだった。

紗月は……苦しかったし、辛《つら》かったはずなのに……私が泣いていると、慰めてくれた……こんな私を気遣って……本当に優しい娘だった……。

再び言葉が途切れ、嗚咽《おえつ》が響いた。

後悔の念に、耐えきれなくなったのだろう。

しばらく泣いた後、彼女はまた話を始める。

あの日、私が外出先から戻ると彼が家にいた。

何だかとてつもなくいやな予感がした。

リビングに行ったら……紗月が……紗月が……ぐったりとしていた。首が変な風に曲がっていて……。

秋恵は、感情を爆発させるようにまた泣いた――。

泣き声に混じって、繰り返し何かを叩《たた》くような音がした。昂ぶる感情に任せて、壁か何かを殴っているのだろう。

しばらくして、殴る音も泣き声も唐突に止んだ。

必死に紗月の名前を呼んだけど、返事はなかった。息もしてない。

救急車を呼ぼうとしたら、あいつがそれを止めた。もう手遅れだから、呼ぶ必要はないって……。

そのあと、あいつは、自分がやったんじゃないと言い始めた。帰って来たら、もう紗月は死んでいたんだって……。

そんなの嘘に決まっている。きっと、この男が、いつものように、躾けと称して紗月に暴力を振るった。それで紗月は……。

本当なら、そこですぐに警察を呼ぶべきだった。だけど、私にはできなかった。あいつを庇《かば》ったんじゃない……紗月が死んだのは、自分のせいだって……気付いてしまったから……。

直接、殺したのはあいつかもしれないけど……そういう状況を作り出してしまったのは、私……。

私は一人じゃなかった。紗月がいた。それなのに、あいつにすがったばかりに、紗月は死んでしまった。

紗月を殺したのは、私のそういう弱さだ。

私は、ただ泣きじゃくることしかできなかった……私は……。

呆然《ぼうぜん》としていると、あいつはスコップを持って来て、庭にあるハナミズキの根元に穴を掘り始めた。

止めて——と叫ぶ私を無視して、あいつは穴の中に紗月を埋めた。

そして、このことは、誰にも言うなと念押しした。もし、バレれば、お前も同罪だ。

娘を殺したのは、お前なんだ——そう何度も言われた。

あいつは、そのまま逃げるように出て行った。

私は……全てを失った。

あいつのことなど、どうでもいい……紗月こそが、私の全てだった……。それを失ってしまった……。

だけど、どんなに後悔を重ねても失われたものは戻らない。

それから、私は何日も家の中で泣き続けた。ハナミズキを見つめながら、途方に暮れ、ただ泣いていた。

警察に行って事情を話す気にもなれなかった。そんなことをしても、紗月は生き返らないから……。

紗月のあとを追って死のう——そう決心したとき、一人の男が訪ねて来た。

黒いスーツを着た、怪しげな男だった。

人の格好をしているけど、中身は全く違う。まるで、神であるかのような圧倒的な存在感と、神秘的な空気を纏《まと》った男だった。

男は、一人の少女を連れていた。

紗月と同じくらいの歳の少女。見覚えがあった。

紗月の友だちの美雪ちゃんだった。

もし、望むなら、やり直すことができる——。

男が言った。

話を聞く前から、それが許されない行為であることは分かっていた。分かっていたのに、私は、その誘いに乗ることにした。

偽りだと自覚しながら、私は——。

悪魔に魂を売った。

何の為に？

分からない。だけど、もう後戻りはできない——。

私が、全てを忘れてしまう前に、真実をこのレコーダーに吹き込んでおく。誰も聞くことはないかもしれないけど、どこかに、紗月が生きていた証《あかし》が欲しかった。

本物の紗月が——。

音声は、そこで途切れている。

小さくため息を吐いたあと、窓の外に目を向けた。

流れる景色を見ていると、時間を遡《さかのぼ》っているような気がする。だが、それはあくまで錯覚に過ぎない。

既に起きたことを、無かったことにはできない。だから――。

十六

後藤は、腕組みをして深いため息を吐いた。

室井紗月と、七瀬美雪が、同一人物かもしれない――最初に石井から、その推理を聞かされたときは、正直、頭がおかしくなったのかと思った。

だが、説明を聞くうちに、石井の推理が正しいのではないかと思い始めていた。

穴の中で見つかった少女の骨の一部というのが、紗月のものではないか――というのが石井の考えだった。

十六年前、自らの家族を殺害した七瀬美雪は、その後、紗月と入れ替わって生活していたというのだ。

確かに、紗月が病気の為に、学校を休学した時期は、七瀬美雪が失踪《しっそう》した直後だ。

小学校時代の写真で確認したが、元々、紗月と七瀬美雪はよく似ていた。

休学期間に、整形手術を施した。小学校を替えたのは、同級生たちに見破られない為だと考えれば、確かに辻褄《つじつま》は合う。

紗月が顔に包帯を巻いている姿を見たという、近隣の住民の証言とも一致する。

そうなると、後藤たちの前に最初に現れたときの七瀬美雪は、自らの昔の顔を参考に、さらに整形をした姿——ということになる。

「お前さんは、どうしてそんな怖い顔をしている。ここは場末のバーではなく、ファミリーレストランだぞ」

隣に座っていた英心が、ため息交じりに言う。

確かに、親子連れが和やかに食事をしているファミリーレストランに不釣り合いな顔をしていたのは認める。だが——。

「他人のことが言えた義理か？」

後藤は吐き捨てるように言った。

自分が強面《こわもて》であることは自覚しているが、英心だってそう大して変わらない。

「わしは、お前さんとは違って、いつもスマイルだからな」

これみよがしに、英心がニコッと笑ってみせる。はっきり言って気色悪い。

「何がスマイルだ。こんなときに、笑っていられるか」

石井の考えが正しいなら、それこそ大変なことになる。

これまで謎に包まれていた、失踪後の七瀬美雪の行動が明らかになるのだ。

それに、晴香のこともある。彼女はまだ、生死の境を彷徨《さまよ》っている。

大丈夫だと信じたいが、万が一のことを考えると、いてもたってもいられない。

何より、八雲の行方が未《いま》だに分かっていない。奈緒に残したあの手紙からして、八雲が七瀬美雪を殺し、自らも死のうとしているのは明らかだ。

早く見つけなければ手遅れになる。

「こんなときだからこそ──だ」

英心が言った。

「あん？」

「険しい顔をしていたら、悪いことしか考えなくなる。こんなときだからこそ、気持ちを緩めることも大事だぞ」

英心の言葉は、正しいのかもしれない。

切羽詰まれば詰まるほど、人の思考というのはネガティブに引っ張られるところがある。こんなときだからこそ、ある程度のゆとりは大事なのだろう。

「そうだな……」

「大丈夫だ。あの娘《こ》は助かる。八雲も、道を踏み外したりはしない。わしらが、まずそれを信じてやろうじゃないか」

英心は、にこやかに笑みを浮かべながら胸を張る。

一応は励ましてくれているらしい。僧侶《そうりょ》なら、もっと器用に諭せばいいものを──

と思いはしたが、英心なりの気遣いなのだろう。

「分かってるよ」

後藤は、ぶっきらぼうに返事をしつつ、大きく深呼吸をした。確かに色々とあり過ぎて、思考が悪い方向に引っ張られ、表情が固まっていたようだ。

英心の言うように、こんなときだからこそ、楽観視する部分も必要かもしれない。

などと考えているときに、「あの——」と声をかけられた。

目の前に、二十代半ばと思《おぼ》しき女性が立っていた。

小柄でショートカット。どこか、晴香に似た雰囲気のある女性だった。

「江藤真奈実《えとうまなみ》と申します。英心さんでしょうか？」

真奈実と名乗った女性が、おずおずと口にすると、英心が満面の笑みで立ち上がった。

「はい。よく来て下さいました。英心です。で、こちらは弟子の熊吉《くまきち》です」

適当な紹介をする英心に腹は立ったが、否定するのも面倒なので、「どうも」と会釈しておいた。

真奈実が向かいの席に座り、落ち着いたところで、英心が視線を送ってきた。

あとは任せた——ということらしい。

真奈実は、中学、高校と紗月の同級生だった人物だ。英心の人脈を駆使して、こうして話を聞く機会を得たというわけだ。

「早速だが、室井紗月さんのことについて、色々と訊《き》きたい」

「はい」

「紗月さんとは、親しかったのか？」

「ええ。中学高校と一緒でしたから」

「どんなタイプだった？」

「そうですね……大人しいというか、物静かな人でした。外ではしゃいだりするより、本を読むのが好きで、頭が良かったですね。成績も上位でしたし」

真奈実が、昔を懐かしむように目を細めた。

しかし、後藤には違和感がある。

後藤の知っている七瀬美雪は、物静かにはほど遠い。はしゃいでいるイメージもないが、それでも、じっと大人しくしているタイプではない。

「他に覚えていることは？」

「凄《すご》く優しい人でした」

「優しい？」

思わず聞き返してしまった。

優しさなど、七瀬美雪からはもっとも遠い位置にある。彼女は、どこまでも冷徹で容赦がない。

「はい。お母さん想いだったし、彼女が他人の悪口を言っているのを聞いたことがありません」

「それは、本当に紗月さんのことか？」

納得できずに詰め寄ると、意外にも真奈実は心外だという顔をした。

「本当です。紗月さんは、凄く穏やかな人だったんです。みんなの嫌がることも率先してやっていたし、いい娘《こ》過ぎるくらいです」

「し、しかし……」

「あっ、でも、ちょっと天然なところがありました」

「天然？」

これまた、七瀬美雪のイメージとかけ離れている。

「はい。何か、ぼうっとしているというか。鈍いというか」

真奈実は、当時のことを思い出したのか、クスクスと笑い始めた。

──ダメだ。

話が全然嚙《か》み合っていない。

真奈実の話は、どれも七瀬美雪の人物像に当て嵌《は》まらない。猫を被《かぶ》っていたということだろうか？

そうだとしても、完全に隠しきることはできない。何処かに粗《あら》があるはずだ。

「七瀬——いや、紗月さんは、急に激昂《げきこう》したり、意味不明なことを口走ったりすることはなかったか？」

「ありませんよ。さっきも言ったじゃないですか。彼女から、他人の悪口を聞いたことがないって……」

「誰かに、暴力を振るうようなことは？」

「ないですって！　信じないなら、他の娘に訊いてみて下さい。きっと、みんな同じだと思いますよ」

真奈実が強い口調で言う。

いい加減にしてくれといった感じだ。このまま、同様の質問を続けても、何も引き出せないだろう。

後藤は、別の質問を投げかけてみることにした。

「高校を卒業してから、紗月さんと会ったりしているか？」

その問いに、真奈実の表情が曇った。

「いいえ。連絡は取ってみたんですけど、音沙汰《さた》がなくて……。お母さんが病気だって言ってたし、少しくらい力になれればって思ったんですけど……」

真奈実の顔に悔しさが滲《にじ》む。

「そうか……」

「あの。彼女の居場所知りませんか？」

逆に、真奈実の方から訊《たず》ねられた。

「残念だが……」

「そうですか……」

真奈実が肩を落とした。

この感じでは、真奈実は卒業後の紗月について何も知らないだろう。この辺りで話を打ち切ろうとした後藤だったが、それに待ったをかけたのが英心だった。

「わしからも、一ついいかな？」

目を細めてにっこりと笑ってみせた英心だったが、どういうわけか、笑っているようには見えなかった。

威圧しているとしか思えない鋭い目をしていた。

「な、何でしょう？」

真奈実も、それを察したらしく、引き攣《つ》った表情を浮かべる。

「真奈実さん。あんまり嘘は吐くもんじゃない」

英心が、諭すような口調で言った。

「え？」

「長いこと僧侶をやっているとな、嘘を吐いている人間と、そうでない人間の区別がつくんじゃよ」

「何のことですか？」

真奈実は、英心の眼力に、すっかり怯《おび》えてしまっているようだった。

「君の話は、どうも解《げ》せんのだよ。紗月さんのことを良く言っているようで、その実、まったく親愛の情が感じられない。それが証拠に、具体的なエピソードが一つも出てこない。一緒に遊んだとか、どこかに行ったとか」

「な、何が言いたいんです？」

「本当のことを言いなさい。君たちは、彼女を苛《いじ》めていたんだろ。違うかな？」

真奈実は答えなかった。

ただ、驚愕《きょうがく》の表情を浮かべたまま、固まってしまっていた。

その表情だけで充分だ。おそらく英心の言葉は正しい。真奈実たちは、紗月を苛めていた。

「わ、私が悪いんじゃないんです。だって、みんなが……」

真奈実は、何とか言葉を発したものの、その先が続かなかった。今の発言は、自分たちが苛めていたことを認めるものだと気付いたのだろう。

後藤は、改めて英心に目を向けた。

飄々《ひょうひょう》とした爺《じじい》だが、しっかり見るべきところは見ている。後藤と違って表面ではなく、本質を見抜く力があるのだろう。

刑事だったら、相当な腕利きになっていたはずだ。

まあ、何にしても真奈実には、まだまだ色々と訊かなければならないようだ。

十七

八雲は、大月《おおつき》駅で中央《ちゆうおう》本線から富士急行《ふじきゆうこう》大月線に乗り継ぎ、目的の駅で下車した——。

八雲の他に、この駅で降りる人の姿はなかった。

無人駅なので駅員もいない。そもそも、電車の乗客は八雲だけだった。

商店街があるわけでもなく、人通りも少ない。町が沈み込んでいるように見える。

冷たい風に逆らうように、八雲が足を踏み出したところで、それを遮るように何者かが立ち塞《ふさ》がる気配があった。

確認するまでもなく、それが誰なのかは察しがついた。

顔を上げると、案の定、雲海が立っていた。

赤く染まった双眸《そうぼう》で、真っ直ぐに八雲を見据える。睨《にら》んでいるらしかったが、存在が消えかかっているせいか、そこにかつてのような力は感じられなかった。

生に執着し、多くの人を混乱に陥れた雲海も、こうなってしまっては、憐《あわ》れとしか言い様がない。

「どこに行くつもりだ？」

雲海が問う。

その声は、どこか弱々しい。

益々、憐れではあるが、心の内で燻《くすぶ》るこの男に対する憎しみが消えたわけではない。

諸悪の根源は、雲海に他ならない。雲海さえ存在しなければ、運命を狂わされる人もいなかっただろう。

七瀬美雪も、雲海と出会わなければ、あんな怪物にはならなかったはずだ。

「あなたに言う必要はない。二度とぼくの前に現れるな」

八雲は、ポケットの中に手を突っ込み、右手でナイフの柄の感触を確かめながら告げた。

「どんなに抗《あらが》おうと、お前が私の子であるという事実は、変えられない」

――分かっている。

だからこそ、余計に許せない。どんなに拒絶しようとも、血縁を切り離すことはできない。一度は、それを受け容《い》れたはずだった。

自らのことを、呪われた存在ではなく、一人の人間として、その宿命もひっくるめて、自分なのだと――。

そう思わせてくれたのは、晴香だった。

彼女が、道標《みちしるべ》となり八雲を導いてくれたのだ。

だが、今はその道標を失った。再び、自らの存在に対する嫌悪が湧き上がるのは、自然の道理だ。

「あなたが死んでいることが残念だ」

八雲は口にしながらポケットの中でナイフの柄を強く握った。

生きていたなら、ナイフを突き立てて殺すことができた。だが、既に肉体を失っている幽霊が相手では、どうすることもできない。

「私が生きていたら、殺すつもりだったのか?」

「当然だ」

「憎しみからは何も生まれない――そう説いたのは、お前自身ではなかったのか?」

雲海の言い様に、腹の底から抑えようのない怒りがこみ上げてきた。

「これまで散々、憎しみの火種を撒《ま》き散らしてきた男が言うことか?」

「憐れだな」

雲海がふっと八雲から視線を外した。

「何？」

「憎むことを否定していたお前自身が、憎しみに囚《とら》われ殺意を抱く。憐れと言わず、何と言う？」

まさか、雲海からこのような正論をぶつけられるとは思ってもみなかっただけに、余計に苛立《いらだ》ちが募る。

だが、八雲は左手首に巻き付けたネックレスに目をやり、深く呼吸をして気持ちを落ち着ける。

怒りを爆発させたところで何かが変わるわけではない。それに、八雲が動揺すればするほどに、雲海を喜ばせるだけだ。

「何とでも言え。今から、ぼくがやろうとしているのは、憎むことじゃない」

「では何だ？」

「決着をつけに行くだけだ」

「彼女を殺すつもりか？」

「そうだ」

「それは憎しみをぶつける行為ではないのか？」

ネックレスに付いている赤い石が、微《かす》かに揺れたような気がした。

「あなたが生み出した負の連鎖を断ち切る為だ――」

八雲は、赤い石から雲海の赤い双眸に視線を移す。七瀬美雪を殺すのは、憎しみ故ではない。これ以上の犠牲を出さない為に、彼女を止めなければならない。

感情ではなく、理知的に判断したことだ。

「お前の中に憎しみが残るだろう。連鎖は止められない」

そんなことは、雲海に言われなくても分かっている。だから——八雲は全てが終わったら、自ら命を絶つつもりでいる。

ただ、それをわざわざ教えてやる必要はない。

「止められるさ」

八雲は、それだけ告げると真っ直ぐに歩き出した。

進路を塞ぐように立っているが、肉体を持たない雲海には、八雲を止めることはできない。

八雲は雲海の身体を透り抜けた。

何の感触も抵抗もない。目視することはできているが、肉体から離れた魂が存在するのは、現世と隔絶された世界なのだと改めて知る。

「引き返せ」

背後から雲海の声が追いかけてくる。

どうあっても、七瀬美雪の許《もと》に行かせたくないらしい。彼女を守ろうとしているのだろう。

だが、この程度の妨害に屈するつもりはない。

「その先には、何もないぞ？」

雲海が尚《なお》も口にするが、八雲は無視して歩みを進める。

「お前に、彼女を救えるか？」

雲海は奇妙な問いを投げかけてきた。

なぜ、そんなことを口にしたのかは分からないが、一つだけはっきりしていることがある。

彼女に——七瀬美雪に、救いなど与えるものか。

もっとも残酷な方法を使い、たっぷり苦痛と後悔を与えた上で命を奪う。

彼女が、悶《もだ》え苦しむ姿を想像すると、自然と腹の底から、ぬらぬらとした黒い感情が湧き上がってくる。

さっき憎しみではないと口にしたが、こんな妄想を抱いてしまうということは、やはり憎しみに囚われているのだろう。

だが、不快には感じなかった。

むしろ、そこに悦《よろこ》びを見出《みいだ》していた。

八雲の心の内に、嗜虐性《しぎやく》が芽生えていた――。

十八

「どうだった？」

石井が、宮川と一緒に、〈未解決事件特別捜査室〉の部屋に戻ると、先に来ていた後藤に訊《たず》ねられた。

「いや、それが……色々と話を聞いてみたんですが、七瀬美雪との共通点が見出せませんでした」

答えるのと同時に、疲労がどっと押し寄せてきた。

石井と宮川は、紗月の中学高校の担任教師などに話を聞きに行った。

紗月は、中学高校と吹奏楽部に所属していた。フルートをやっていて、部活に熱心で、勉強もできた。

明るく快活ではなかったが、暗かったわけではなく、物静かで穏やかな生徒だったのだという。

中学の教師も、高校の教師も、判で押したように同じ回答だった。石井がそのことを説明している間、後藤は複雑な表情を浮かべていた。

そうなるのも当然だ。七瀬美雪と重なる部分が、何一つない。

自分の推理が間違っていたかもしれない。そう思い始めている。いや、まだだ――。

「後藤刑事の方はどうだったんですか？」

後藤が話を聞きに行っていたのは、当時の同級生たちだ。教師たちの目線より近い。隠された一面を引き出せた可能性もある。

「残念ながら、ほとんどお前の話と同じだ」

「そ、そうなんですか？」

「ああ。ただ、学生時代に苛《いじ》めを受けていたらしいということは分かった」

「それは収穫じゃないですか」

興奮気味に声を上げた石井だったが、後藤の反応は芳しくなかった。

「収穫は、収穫だが、お前の推理とは合致しねぇ」

後藤がため息交じりに言う。

石井も、つられてため息を吐いてしまった。

確かにその通りだ。七瀬美雪が、苛めを受けるようなタイプには見えない。仮に苛められていたとしても、それを甘受することはないだろう。

苛めた者たちに凄惨《せいさん》な復讐《ふくしゅう》を実行してもおかしくない。

「何を凹《へこ》んでやがる。捜査は、まだ始まったばかりだろうが」

見かねたらしく、宮川が叱咤《しった》する。

だが、気持ちは一向に上がらなかった。

「そもそも、石井の推理には、無理があったのかもしれねぇな」

後藤が、ポツリと言った。

「え？」

「仮に娘が入れ替わっていたとして、母親である秋恵は、どうしてそれを受け容《い》れたんだ？」

後藤の疑問はもっともだ。

娘が別人になっていたのだとしたら、一緒に生活している母親が、気付かないはずがない。

気付いていて、一緒に生活していたとしたら？

いや、あり得ない。

別人だと分かっていながら、何食わぬ顔で生活するなんて、いくら何でも無理がある。

やはり、自分の推理は破綻《はたん》していたのかもしれない。

「だから凹むんじゃねぇよ！」

宮川に尻《しり》を蹴《け》られた。

「後藤！　お前もだ！　揃いも揃って、もう終わったみてぇな顔しやがって！　お前らの想いってのは、その程度のものかよ！」

「いや、しかし……」

「しかしも、へったくれもあるか！」

もう一発蹴られた。

さっきより強い。あまりの衝撃に、思わず前に倒れ込んでしまう。

「痛っ」

「推理が外れたくらい何だ。あのガキを助けてやれるのは、お前らだけなんだろうが！　ここで諦《あきら》めるってことは、見捨てるってことなんだぞ！　推理が外れたなら、足跡を辿《たど》ってでも、見つけ出せばいいだろうが！」

宮川が顔を真っ赤にして叫ぶ。

言葉は乱暴だが、どこまでも温かく、そして力強かった。宮川らしい。

「そうでしたね。おれたちは、どうかしてました」

後藤が声を上げた。

声の張りが戻っている。それだけではない。心の中にある闘志に、再び火が点《つ》いたといった感じだ。

「そうですね。何としても、八雲氏を見つけ出しましょう」

石井も、そう言いながら立ち上がった。

苦しく辛《つら》い状況ではあるが、今ここで諦めるわけにはいかない。宮川が言ったように、それは八雲を見捨てるのと同じだ。

いや、八雲だけではない。晴香をも見殺しにするようなものだ。

そんなことは、絶対にあってはならない。

不思議なもので、さっきまでドン詰まりだと思っていたのに、気持ちが切り替わったことで、八雲を追跡する為の方法が、次々と浮かんできた。

「宮川さん。八雲氏の携帯の電波を追いたいです。携帯電話のキャリアに協力要請をすることはできますか？」

「あいつは、電源を切ってんだ。難しいんじゃねぇのか？」

石井の意見に、反論したのは後藤だった。

「ずっと切り続けているわけではありません。畠さんに連絡していますし……」

八雲は、死体の状況を確かめる為に、畠に携帯電話で連絡を入れている。切りっぱなしではなく、必要なときに電源を入れているはずだ。

「そうだな」

後藤が同意する。

他にもやれることはたくさんある。

八雲が、死体の発見された家に足を運んだのは間違いない。周辺にある防犯カメラの映像を調べれば、その足取りを追跡することができる。

宮川が言ったように、足跡を辿る作業だ。

もちろん、調べる為にそれなりの人数は必要になるが、宮川の人脈を使って、捜査一課に働きかければ、どうにかなるかもしれない。

石井の思考を遮るように、後藤の携帯電話が鳴った。

「誰だ？」

例の如く、ぶっきらぼうに電話に出た後藤だったが、みるみるその表情が強張《こわば》っていく。

電話の内容は聞こえないし、相手が誰なのかも分からないが、嫌な予感が広がっていく。

「何てことだ……」

電話を切った後藤が、深いため息を吐いた。

「な、何があったんですか？」

石井は、おそるおそる訊《たず》ねる。

後藤がこちらに顔を向けた。まるで、死人のように生気のない目をしていた。

「晴香ちゃんが……」

「は、晴香ちゃんがどうしたんですか？」

石井は、訊ねながらも、意識が遠のいていくのを感じた。

「明日《あした》、脳死の判定を受けることになったそうだ」

後藤の声が、部屋に響いた。

おそらく、さっきの電話は、敦子からのものだったのだろう。晴香の母の恵子から聞かされた話に違いない。

「…………」

石井は、言葉を発することができなかった。

代わりに、目から涙が零《こぼ》れ落ちる。

晴香は、絶対に大丈夫だ。そう思おうとしたが、ダメだった。心のどこかで分かっている。

晴香はもう――。

やはり、あのとき、石井が聞いたのは、幽霊になった晴香の声だったのだろう。

「クソッ！　八雲の野郎は、こんなときに何をやってやがるんだ！」

後藤が携帯電話で、どこかに電話をかけ始めた。

十九

バスやタクシーもなく、駅から目的の場所に辿り着くまでに、一時間以上かかってしまった。

息を切らしつつ、建物を見上げる。

しばらく放置されていたせいか、外壁の色がくすんでいた。まるで、今の八雲の心を映し出しているようだ。

八雲は、雑草の生い茂った庭を抜け、建物の玄関の前に立つ。

死体と一緒に埋められていたのは、ICレコーダーだけではなかった。一緒に、〈森野ホスピタル〉という病院のパンフレットが入っていた。

それは、次にここに来いという、七瀬美雪からのメッセージ以外に考えられなかった。

事前に調べたところによると、〈森野ホスピタル〉は、精神疾患を抱えた患者たちの療養施設で、すでに閉鎖されていた。

心霊スポットとしても、有名な場所らしかった。

どうして、こんな場所に八雲を呼び出すのか、その意図は不明だが、七瀬美雪に辿り着く為には、彼女の指示に従うしかない。

八雲は気持ちを切り替え、建物の中に足を踏み入れた。

ガラスの破片を踏み、バリッと砕ける音がする。

静寂に包まれた空間では、その音がやけに大きく響いた。八雲には、それが心の割れる音に聞こえた。

入ってすぐ広い空間になっていて、カウンターのようなものが設置されていた。おそらく、受付か何かだったのだろう。

そこから長い廊下が延びていて、それに沿って左右に二つずつ部屋がある。

人里離れ、風雨を凌《しの》げるこの空間は、潜伏場所にもってこいだ。もしかしたら、ここに七瀬美雪が潜んでいる可能性もある。

八雲は、慎重に歩みを進めた。

沈滞していた空気が、ふっと揺らいだような気がした。

何者かの気配を感じる。

目を向けると、廊下の奥に人の姿があった。

男だ——。

その男が、生きた人間でないことはひと目で分かった。

確認の為に左眼を掌《てのひら》で隠すと、案の定、その姿はふっと消えた。

うつ伏せに倒れているその男は、八雲の存在に気付いたのか、ゆっくりと顔を上げた。

顔中傷だらけで、血に塗《まみ》れていた。

大きく見開いた目は、充血していて、鬼気迫るものがあった。

だが――。

不思議とその目に秘められた感情は、怒りや憎しみとは異なるものである気がした。

男は、ううう――と呻《うめ》き声を上げながら、八雲に向かって匍匐《ほふく》前進してくる。

ズルズルと身体を引き摺《ず》りながら――。

八雲は、男の許《もと》に歩み寄り、その傍らに屈《かが》み込んだ。

男の顔に、安堵《あんど》の表情が浮かんだ気がした。

――すまない。

男は、苦しそうな息をしながらも、そう口にした。

八雲は、この男と面識はない。当然、謝罪の言葉は、自分に向けられたものではない。では、いったい誰に対して、何を詫《わ》びているのか？

――私は、間違えていた。

男は、もう一度口にすると、充血した目から、ぼろっと涙を零した。

感情が読み取れるわけではないので、受けた印象でしかないが、この男は、耐え難い後悔と悲しみを抱えているような気がした。

まるで、今の自分と同じように――。

同調しかけた気持ちを振り払い、男に何を訴えているのか問おうとしたが、その前に男がゆっくりと右手を上げ、すっと指をある方向に向ける。

示されたのは、廊下の奥にあるドアだった。

「あなたは、何を伝えたいのですか?」

八雲が訊ねたときには、男の姿はもう消えていた。

いつもこうだ。中途半端で、肝心なことは分からない。もっとはっきり見えていれば、色々と分かるだろうに――。

八雲は、苛立《いらだ》ちを嚙《か》み殺し、ゆっくりと立ち上がると、男が指し示したドアに向かった。

金属製のドアだった。

幸いなことに鍵《かぎ》はかかっていなかった。

八雲は、ゆっくりとドアを押し開けた。錆《さ》び付いた蝶番《ちょうつがい》が、ぎぃっと音を立てる。

中は、小さな部屋になっていた。

一つだけある窓には鉄格子が嵌《は》められ、中央にはパイプベッドが置かれていた。

視線を落とすと、床にベッドを引き摺ったような痕《あと》が残っている。状況からみて、最近のものだろう。

八雲は、ベッドを壁の隅まで移動させる。

さっきまで、ベッドに隠れていた床に、四角いパネルのようなものが現れた。おそらくは、地下室へと通じる床ハッチなのだろう。

──前にも、こんなことがあったな。

八雲は、思わずほくそ笑んだ。

忘れもしない。初めて、晴香と一緒に追いかけた廃屋での事件──。

こんな風に、閉ざされた部屋に足を踏み入れ、地下に通じる床ハッチを見つけたとき、鉄パイプを持った男から襲撃を受けたのだ。

八雲は、咄嗟《とっさ》に晴香を庇《かば》った。

その結果として、頭部にダメージを負い、赤い左眼を隠していたコンタクトレンズを落としてしまった。

何とか、〈映画研究同好会〉の部屋に逃げ込んだとき、八雲の赤い左眼を見て、晴香が言った。

「きれい」

あの瞬間の記憶は、鮮明に八雲の脳裏に焼き付いている。

表情には出さなかったが、八雲の心は震えた。

最大のコンプレックスを、ただ純粋に褒められるなんて、思いもしなかった。

八雲にとって、晴香のあの言葉は、「生きていていいよ——」と言われたのと同じだった。

望まれることなく、この世に生まれ、赤い左眼のせいで忌み嫌われ、理不尽に虐げられてきた。

そんな八雲にとって、あの言葉は、まさに希望の光だった。

きっと、あの瞬間から、八雲にとって晴香は特別だったのだろう——。

「今は止《よ》そう」

八雲は、首を左右に振って気分を改めた。

いくら過去を回想したところで、現実が変わるわけではない。自分の犯した過ちが、許されることもない。

八雲は、床にあるハッチを持ち上げる。

想像していた通り、地下へと通じる穴が現れた。

錆び付いた鉄の梯子《はしご》が設置されている。

八雲は、ポケットからペンライトを取り出し、それを口に咥《くわ》え、梯子に足をかけた。

地下の空間は、真っ暗だった。

ペンライトを使って、ぐるりと見回してみる。

上の部屋よりも、さらに狭い空間だった。壁際に、建材と思《おぼ》しき、セメントの袋が積み上げられていて、つるはしや、スコップといった道具が立てかけられていた。

——なるほど。

あまりに露骨だ。おそらく、七瀬美雪が、八雲がここに辿《たど》り着くことを想定して、わざと置いたのだろう。

そうやって見ると、部屋を取り囲む壁の一面に、色が違っている箇所がある。後から、造られたものであることが明白だ。

八雲は、ペンライトを床に置き、立てかけてあったつるはしを手に取った。

壁を叩《たた》き、音を確かめたあと、つるはしを大きく振りかぶり、壁に向かって突き立てる。

コンクリートの壁の一部が、ガラガラと音を立てて崩れた。

——やっぱりそうか。

壁は後から作られたもので、この向こうは空洞になっている。

八雲は、中に隠されたものを傷付けないように注意をしながら、つるはしを使って壁を壊していく。

やがて空洞から、人間のものと思われる頭蓋骨《ずがいこつ》が現れた。

立った姿勢のまま、壁の中に封印されていたようだ。

おそらく、これをやったのは雲海だろう。あの男は、死体を壁の中に隠すのが好きらしい。母である梓の死体も、山荘の壁の中に隠されていた。

八雲は、死体の胸の辺りまで壁を崩したところで、つるはしを置き、ペンライトを持って隙間を覗《のぞ》き込む。

死体の他に、バッグが一つ入っていた。

手を突っ込んで引っ張り出す。埃《ほこり》に塗れたそれは、革製の診療鞄《かばん》のようだった。開けてみると、手帳や資料がぎっしり詰まっていた。財布もある。中には、現金やカード類が収められている。それと、免許証——。

免許証には、〈森野晃成《あきなり》〉という名前が確認できる。写真の顔は、廊下で見た幽霊の男によく似ていた。

資料や手帳に目を通したいところだが、それは後でもできる。

何《い》れにせよ、もし、廊下で彷徨《さまよ》っている幽霊が、自らの死体を見つけてもらうことを望んでいたとしたら、このまま放置するのは忍びない。

せめて、警察に通報するくらいのことは、しておいた方がいいだろう。

八雲は携帯電話を取り出し、電源を入れた。

携帯電話は、不在着信やメッセージの通知で溢《あふ》れ返っていた。

後藤や石井、そして真琴たちのものがほとんどだった。彼らが、八雲を気遣い、心配してくれていることは分かる。だが、もう巻き込むわけにはいかない。

そうした通知の中に、一つだけあり得ない人物からの着信履歴を見つけた。

晴香からのものだった――。

留守電も入っていた。

もしかしたら、彼女が急速に回復して、連絡を寄越したのかもしれない。頭では違うと分かっていても、湧き上がる願望を抑えることができなかった。

留守番電話のメッセージを再生する。

〈晴香の携帯を借りて連絡しています。母の恵子です。
この前は、本当にごめんなさい。あなたには、本当に酷《ひど》いことを言ってしまいました。
晴香の状態が、あまり良くありません。
今さら、こんなことを言うのは虫のいい話だと分かっています。
でも――。
晴香に会って欲しい。ひと目でいいから――〉
留守番電話は、そこで切れていた。

涙に濡《ぬ》れた声で訴える恵子の言葉は、八雲の心を大きく揺さぶった。

こうやって、連絡をしてきてくれたことで、ほんの少しだけだが、心が救われた気がした。

だが、今さら会いに行ったところで現実は何も変わらない。

八雲は医師ではない。自分が行っても、できることは一つもない。それに、晴香はもう——。

さっさと警察に通報しよう。そう思ったところで、タイミング悪く、携帯電話に着信があった。

モニターに表示されたのは、後藤の名前だった。

八雲は、無言のまま携帯電話を見つめる。

そのうち、留守番電話に切り替わるはずだ。そうなれば、諦《あきら》めるだろう。

留守番電話に切り替わり、一旦《いったん》、コール音が止んだ。だが、間髪を容《い》れず、再び後藤から電話がかかってくる。

同じことを二度、三度と繰り返したが、それでも電話をかけ続けてくる。

しつこいとは思っていたが、想像していた以上だ。

八雲はため息交じりに電話に出た。

後藤と会話する気になったわけではない。ただ、後藤に死体の対処を丸投げする手もあると考えたのだ。

〈おい！　八雲！　お前、今どこにいるんだ！〉

耳に突き刺さる後藤のがなり声が、とても懐かしく感じられた。

たった一週間しか経っていないのに——。

「山梨県の都留《つる》市にある廃墟《はいきょ》に、死体があります。対処をお願いします」

八雲は、感傷を断ち切り、ただ事実だけを告げると〈待て！〉と叫ぶ後藤の制止を無視して携帯の電源を切った。

決意が揺らがぬように、携帯電話をその場に捨てると、八雲は、それを踏み潰《つぶ》して破壊した。

なぜか、ネックレスを巻いた左手首が痛んだ。

第四章

深淵

FILE:

04

一

七瀬美雪は、暖炉の中で揺れる小さい火を見つめていた——。

持っていた写真の束を放り込むと、小さかった火が、ぼっと音を立て、みるみる炎へと変貌《へんぼう》した。

心の内にある憎しみを象徴しているかのようだった。

今、投げ込んだのは、七瀬美雪——いや、室井紗月だった頃の記憶だ。

七瀬美雪にとって、室井紗月は、たった一人の友だちであり、文字通り自分自身でもあった。

似た境遇に育った二人が、友人になるのは必然だったような気がする。

お互いを慰め合い、寄り添うようにして生きてきた。

七瀬美雪は、ゆっくりと部屋の隅に移動した。

そこには、椅子が一脚置かれていて、白骨化した少女が座っている。

紗月だ——。

左腕がない。元々、なかったのではなく、あの家から死体を掘り起こしたとき、わざと残してきたのだ。

彼が——斉藤八雲が異変に気付くように。

「さっちゃん。私のさっちゃん……」

七瀬美雪は、頭蓋骨をそっと撫《な》でながら呟《つぶや》く。

境遇は似ていたが、七瀬美雪と紗月との間には、決定的な違いがあった。

七瀬美雪は、母親にすら、この世に生まれてくることを望まれなかった。だが、紗月はそうではなかった。

紗月の母親は男に流される弱い女ではあったが、娘である紗月のことを心から愛していた。

紗月は望まれて、この世に生を受けた。七瀬美雪とは根本が違う。

それに気付いたときの絶望は、計り知れないものだった。裏切られたような気分だった。これまで親友だと思っていた紗月の存在が、穢《けが》らわしくも思えた。

だから、表面上では親友を演じつつも、心の奥底で紗月が不幸になることを願うようになった。

だから——紗月が死んだとき、哀しかったけれど、同時に、どうしようもなく嬉《うれ》しかった。

雲海の計らいにより、七瀬美雪は、紗月として生きることになった。

ずっと羨《うらや》んでいた紗月になれると思うと、心の底から嬉しかった。これで、誰にも疎まれることなく、愛される存在になれたのだと思った。

だが——。

それらは、まるで幻であったかのように跡形もなく消えてしまった。

人生を変えることはできなかった。

望まれなかった子どもは、やはり、誰にも愛されない。呪われた宿命を背負うことになるのだ。

「あなたも、それは分かっているでしょ——」

呟いた七瀬美雪の脳裏に、八雲の顔が浮かんだ。

彼は、紗月とは違う。母親に望まれることなく、この世に生を受けた。だから、殺されそうにもなった。自分と同類だ。

「彼がもうすぐ、ここにやって来る」

口にするのと同時に、笑みが零《こぼ》れた。

いったいどんな顔で現れるのだろうか？　それを想像するだけで、身体の芯《しん》から歓喜に震える。

彼が——斉藤八雲が、何を抱えてここに現れようと、運命は変わらない。

七瀬美雪は、テーブルの上に置かれたナイフを手に取った。

柄の部分には、装飾を施してあり、二十センチほどある刃の部分は、細く研ぎ澄ませてある。

これなら、皮膚を破り、肉の奥深くまで突き刺さるはずだ。

この日の為に、七瀬美雪自身で作ったナイフだ。

七瀬美雪は、ナイフをポケットの中に仕舞うと、テーブルの上に目を向けた。

そこには、円筒形の瓶が置かれている。ホルマリンに満たされていて、中に人間の頭部が収まっている。

あの人の——雲海の頭部だ。

七瀬美雪は、瓶を抱えると、安楽椅子に深く腰掛けた。

もう、動くことはないし、喋《しゃべ》ることもない。魂は離れ、ただの肉塊と化した生首だが、それでも愛《いと》おしい。

この世で、たった一人、自分を必要としてくれた人——。

計画の為の駒だったとしても、それでも、彼は他の誰でもない七瀬美雪を求めてくれた。

生まれた意味と生きる理由を与えてくれた。

七瀬美雪は、瓶を指で撫でながら、ふと窓の外に目を向ける。

さっきまで、晴れていたはずの空が、今はぶ厚い雲に覆われている。湿気を帯びた空気が漂っていた。

——雨の予感がする。

七瀬美雪はゆっくりと立ち上がる。

窓に薄《うっす》らと自分の姿が映った。

「私は誰？」

窓ガラスに映る自分の姿に、小声でそう訊《たず》ねた。

幾度となく整形手術を繰り返してきた。一番初めは、紗月と入れ替わった十歳のときだ。それから、何度も顔にメスを入れてきた。

鼻や瞼《まぶた》はもちろん、骨を削って骨格を変えたこともある。今も変わらず残っているパーツは、それこそ眼球くらいだ。

自分自身でさえ、本当の自分の顔が分からない。

瓶の中の生首と同じだ。

顔を変えることで、いったい何を手に入れようとしたのだろう？　その答えは、今も出ていない。

ただ、はっきりしているのは、全てが消えてしまったということだけだ。

あの人でさえも——。

七瀬美雪は、改めて暖炉に目を向ける。

写真は、跡形も無く灰になっていた。そして――。

二

ようやく電話が繋《つな》がったと思ったのに、八雲は、一方的に死体があるという旨だけ告げて切ってしまった。

改めて電話をしてみたが、コール音は鳴らず、すぐに自動音声に切り替わってしまった。

居場所を摑《つか》めると思っていたのに、これでは――いや、そうではない。死体を発見したということは、少なくとも、その場所に八雲がいるということだ。

それに、八雲が口にしていた場所は、聞き覚えがあった。

「石井！　例の廃墟《はいきょ》の場所は分かるか？」

後藤が問うと、石井は「あ、はい」と戸惑いつつも手帳を取り出し、住所を読み上げる。間違いない。八雲が指示したのと同じ場所だ。

「石井！　行くぞ！」

後藤は、急いで部屋を出ようとしたが、それを石井が呼び止めた。

「行くって、どちらに行くんですか？」

「だから、その廃墟だよ！」

「待って下さい。どうして、廃墟に行くんですか？」

石井は電話の内容を聞いていない。混乱するのは当然だろう。詳しく話してやりたいところだが、今は時間が惜しい。

「移動中に説明する。いいから行くぞ！」

後藤は急いで部屋を出る。が、石井がついて来ない。

振り返ると、部屋の中で宮川と話をしていた。

色々と引き継ぐこともあるのだろう。だが、今はそれを悠長に待っていられない。

「石井！　急げ！」

後藤が声を上げると、石井がビクッと肩を震わせてから駆け出した。

——転んだ。

走る度に、転ぶとは、いったいどういう運動神経をしているんだ。文句を言ってやろうかと思ったが止めておいた。

とにかく、すぐにでも移動したい。

「さっさと行くぞ」

後藤は、そう告げて足早に歩き出した。

そのまま駐車場に移動する。石井が運転席、後藤は助手席に収まった。

「元、〈森野ホスピタル〉に向かえばいいんですね」

「ああ」

後藤が答えると、石井が車を発進させた。

「さっき、八雲氏と電話が繋がったんですよね。彼は何と言っていたんですか？」

運転しながらも、石井が訊ねてきた。

「例の廃墟に、死体があると言っていた。それだけ言って、電話を切りやがった」

後藤は、苦々しい思いとともに吐き出した。

「し、死体ですか！」

石井が、今さらのように驚きの声を上げる。

「声がデカい！」

後藤は石井の頭を引っぱたく。

「す、すみません。しかし、どうして、そんなところに死体が？」

「おれが知るか」

「誰の死体なんでしょう？」

「だから、知らねぇよ。だが、何にせよ、わざわざ電話してきたってことは、死体を発見したのは、八雲ってことになる」

「つまり、その場所に八雲氏がいるということですね」

「そうだ」

「八雲氏は、どんな様子でしたか？」

石井が、横目で後藤を見た。

すぐに答えを返すことができなかった。

八雲は、あまり感情を表に出すタイプじゃない。常に、淡々としている。

だが、それでも、その裏にある感情は読み取れた。分かり難《にく》いというだけで、八雲にも感情はあった。

ところが、さっきの八雲の声からは、何も感じ取ることができなかった。

母親に殺されかけた幼い八雲の顔が、ふっと脳裏に浮かぶ。

あのときの声とよく似ている。

全ての感情を排除して、ただ死を待っている。そんな声だった。

「あいつは、死にたがっている……」

「そんなこと、させません」

石井が間髪を容《い》れずに口にする。

「何？」

「何としても、連れ戻しましょう。晴香ちゃんの為にも――」

石井が、こんな風に熱い気持ちを出すのは珍しい。

後藤も同じ気持ちのはずだが、すぐに返事をすることができなかった。

仮に、八雲を見つけ出し、連れ戻すことができたとしても、晴香が無事だとは限らない。敦子の話では、晴香は明日《あした》にも脳死判定を受けることになっている。

その結果次第では、いくら連れ戻すことができたとしても、八雲は廃人同然だろう。

──いや、今は先のことを考えるのは止めよう。まだ確定していない未来を、悲観的に想像したところで、いいことなんて一つもない。

「そうだな」

「それと、後藤刑事。地元警察にも、死体のことは連絡しておいた方がいいかもしれませんね？」

セオリーで言えば、そうすることが正しいのだろう。だが──。

「いや。おれたちの目で確認する方が先だ」

今、地元の警察にそんな連絡をしたところで、混乱するのが目に見えている。それに、死体があるという八雲の話が、本当かどうかも分からないのだ。

何より、地元警察が先に現場に行って、八雲に繋がる手掛かりを押収されたりしたら、厄介なことになる。

「あとから報告したら、余計にトラブルになったりしませんか？」

「そのときは、そのときだ」

後藤が、吐き捨てるように言うと、石井が「そうですね」と応じた。

車は、一般道から高速道路に入って行く。

中央道を飛ばせば、現場まで二時間かからずに到着できるはずだ。

「ひと雨きそうですね」

石井が、目を細めながらポツリと言った。

空一面を灰色の雲が覆っていた。

「嫌な感じだよ」

言った側から、ボツボツと音を立てて、フロントガラスに雨粒が弾《はじ》ける。

雨は、次第に激しさを増していく。

まるで、後藤たちの行く手を阻むかのように——。

三

七瀬美雪と室井紗月が、同一人物だった——。

石井の推理は、突拍子もないものだったが、真琴はその可能性はあると考えた。

そうであった場合、色々なことの辻褄《つじつま》が合う。その裏付けを取る為に、石井と後藤は聞き込みに向かった。

ただ、さっき石井から受けた報告では、紗月の学生時代の評判は、自分たちの知る七瀬美雪とはかけ離れたものだったそうだ。

石井は、自分の推理が間違っていたかもしれないと落ち込んでいたが、真琴はそうは思わなかった。

学生時代の印象と、今の七瀬美雪のイメージがかけ離れていたからといって、諦《あきら》めてしまうのは早計すぎる。

――調べれば何かあるはずだ。

改めて資料を見返していた真琴は、一つの発見をした。そして、それはある考えを真琴に示唆した。

真琴は、すぐに携帯電話を手に取り、石井に連絡を入れた。

だが、しばらくのコール音のあと、留守番電話に切り替わってしまった。

「お伝えしたいことがあります。メッセージを聞いたら、連絡を下さい」

真琴は、伝言を残して電話を切る。

ただ、待っていても仕方ない。自分の考えが正しいかどうか、確認を取る必要がある。真琴は、今度は仲川に連絡を入れた。

こちらは、すぐに電話に出てくれた。

〈今度は何です？〉

昨日から、幾度となく連絡を入れていた。さすがに、呆《あき》れているといった感じだ。

ただ、遠慮していても、事件は解決しない。

「実は、患者さんのリストのようなものがあれば、見せて頂きたいと思ったのですが……」

〈また無茶なことを言いますね。個人情報保護法はご存じですよね？〉

もちろん、重々承知している。

病院の通院歴などは、まさに個人情報に他ならない。

「分かっています。しかし、もしかしたら、殺人事件に関係する重要な証拠になるかもしれないんです」

真琴が早口に言うと、電話の向こうで仲川がため息を吐いた。

〈どうして、そこまで必死になるんです？〉

「人の命がかかっているんです」

真琴は、そう訴えた。

嘘ではない。自分たちが、八雲を見つけなければ、彼は七瀬美雪に殺されるだろう。仮に、八雲がそれを回避したとしても、今度は、彼が七瀬美雪を殺す。

そのあとは、自ら死を選ぶに違いない。

死体が一つになるか、二つになるか——何れにせよ、人が死ぬのは間違いない。

〈それを言われちゃうと、医者の端くれとしては、無視できなくなりますね〉

「お願いです。私は、どうしても助けたいんです」

晴香のことは、助けることができなかった。だから、せめて八雲だけは助けたい。

そうまでして生き残った命に、果たして意味はあるのか？

真琴の中に、ふとそんな疑問が浮かんだ。

死を望んでいる人間を、無理矢理思いとどまらせても、それは根本的な解決にならないのかもしれない。

だが、それでも——。

〈分かりました。データで残ってると思いますので、お送りします。但し、絶対に外には出さないで下さいよ〉

「はい。仲川さんから頂いたということも、絶対に口外しません」

真琴は、改めて礼を言ってから電話を切った。

ふっと息を吐いたところで、石井から折り返しの連絡が入った。

「土方です」

〈石井雄太郎であります〉

「知ってます。今、お時間いいですか？」

石井の声が、いつもより響いて聞こえる。微《かす》かにではあるが、エンジン音もしている。

〈はい〉

「運転中ですか？」

〈ええ。そうですけど、スピーカーを使っているので大丈夫です〉

「そうですか」

〈それで、どうしたんですか？〉

「実は、七瀬美雪と室井紗月が、同一人物だったって話ですけど――」

〈ああ。はい〉

返事に力がない。石井は、もうその推理を捨ててしまっているのだろう。

「私の仮説を聞いて頂けますか？」

〈ええ。それはもちろん〉

「以前、森野さんが、精神疾患の治療方法について研究していた――という話をしましたよね」

〈はい。記憶を消すことで、ＰＴＳＤなどの精神疾患を治療しようというやつですよね？〉

「はい。まさにそれなんです」

〈何がです？〉

「今、確認を取っているところなんですけど、紗月さんはどこかに入院していた時期がありましたよね」

〈はい〉

「病名や入院していた先は、まだ分かっていないんですよね？」

〈残念ながら、それはまだ――〉

真琴は、大きく息を吸い込み、気持ちを整えてから口を開く。

「もし、紗月さんの入院先が、〈森野ホスピタル〉だったとしたら？」

そう言うのと同時に、電話の向こうで、石井が息を呑《の》む音がした。どうやら、瞬時に真琴が言わんとしていることを、理解してくれたらしい。

〈もしかして、紗月さん――いや、七瀬美雪は、その期間に、森野さんによって記憶を消去されていた――と？〉

「はい。記憶を失っていたことで、彼女が持つ凶暴性や、嗜虐《しぎやく》性が表面化することはなかったと考えると、辻褄が合うと思います」

石井が沈黙した。

頭の中で考えを整理しているのだろう。

〈し、しかし、そうだとすると、今の七瀬美雪は、どういうことなんですか？〉

「森野さんの研究は、まだ完成していなかったんです。それで、何かの拍子に記憶が戻り、元の彼女に戻ってしまったとは考えられないでしょうか？」

〈いや、まさか、そんな……しかし……〉

石井がぶつぶつと言葉を口にする。

頭の中が整理できていないのだろう。それは、真琴も同じだ。そもそも、まだ何の証拠もない。憶測に過ぎないのだ。

ただ――。

「もし、そうだったとすると、旧室井家の事件と、〈森野ホスピタル〉が繋《つな》がるんです」

〈そうですね。可能性は、あるかもしれませんね――〉

しばらくして、石井が言った。

「今、当時の患者のリストを取り寄せているところです。もし、そこに紗月さんの名前があれば、推測の裏付けになります」

〈分かりました。私と後藤刑事は、今、山梨県に向かっているんです。現地に着いたら、色々と調べてみます〉

「え？　山梨に向かっているんですか？」

真琴が驚きつつ訊《たず》ねると、石井が簡単に経緯を説明してくれた。

元森野ホスピタルに死体があるという衝撃的なものだった。しかも、それを伝えたのが八雲だという。

「もしかして、その死体というのは、森野さんでしょうか？」

真っ先に浮かんだのは、その名前だった。

何者かに殺害され、その死体が隠されていたのだとしたら、行方不明になっている理由にもなる。

〈見てみないことには分かりません。取り敢《あ》えず、着いたら一度連絡します〉

「お願いします」

真琴は、電話を切った。

勢いに任せて自分の推理を口にしたものの、今になって様々なことが脳裏を過《よ》ぎる。

もし、本当に七瀬美雪が森野により意図的に記憶を消され、紗月として生きていたのだとしたら、彼女はいったい何者なのだろう？

記憶を失っているうちはいい。だが、仮にそれが戻ったとしたら？

穏やかで、平穏な生活を送っていたのに、ある日、突然、それが偽りだと報《しら》されたとき、人はどれほどの絶望に駆られるのだろう？

しかも、呼び覚まされた記憶は、家族による虐待と、彼らを殺害した、殺人者としての感触なのだ。

今まで生きてきた自分の人生が、全て否定されるだけでなく、思い出したくもないおぞましい過去が、一気に襲いかかってくる。

七瀬美雪は、そのとき、いったい何を感じたのだろう？

まだ推測の段階でしかないが、考えるほどに、心が深い闇の中に沈んでいくような気がした――。

四

路線バスに乗り込んだ八雲は、一番後ろにあるシートに腰掛けた。

バス停に雨避けの屋根はあったが、それでも、だいぶ濡《ぬ》れてしまった。

八雲の他に、乗客は中年の女性が一人だけだった。見知らぬ顔が珍しいのか、八雲の方をじろじろと見てきたが、気付かないふりをした。

「発車します」

運転手の声とともに、バスが動き出した。

ようやくか――とため息が漏れる。

本当は、もっと早く移動したかったのだが、田舎ではその手段がない。バス停で一時間以上、待つ羽目になってしまった。

バスを待っている間、パトカーのサイレンの音は聞こえてこなかった。

後藤には、状況を伝えてある。そのまま、地元警察に連絡していれば、すぐに騒ぎになるはずだ。それがなかったということは、まずは自分たちの目で死体を確かめるという選択をしたのだろう。

何でも自分でやろうとする、後藤らしい判断だ。まあ、八雲も他人のことを言えた義理ではない。

電話に出たときの後藤の声が、脳裏を過ぎる。

切迫した調子で、訴えかけてくる声に、心を揺さぶられたのは事実だ。

あの日——。

八雲が母である梓に殺されそうになったあの日も、後藤は、あんな風に必死になっていた気がする。

もし、あのとき、止めに入ったのが後藤でなかったら、自分の人生は、もっと別のものになっていたのは明らかだ。

奇妙な宿縁から再会したあと、後藤は、しつこいくらいに八雲にかかわろうとしてきた。

事件捜査の為に、八雲の赤い左眼を利用している——最初は、そう思っていた。

だから、冷たく対応したし、邪険にもした。敢えて、礼を欠く態度を取り、激昂《げきこう》させたりもした。

後藤もその瞬間は、本気で腹を立て「てめぇの顔なんざ、二度と見たくない！」とか「ぶち殺すぞ！」と叫んだりするのだが、本当に縁を切るようなことはなかった。

時間が経つと、またひょっこりと顔を出すのだ。

晴香と出会ってしばらくして、後藤が〈未解決事件特別捜査室〉に左遷された辺りから、その行動がより不思議に感じられた。

八雲の赤い左眼を利用し、事件を解決して出世の足がかりにでもしていると思っていたのに、後藤は出世どころか、左遷されたのだ。

つまり、事件を解決することは、後藤の出世に何の役にも立っていなかったのだ。

にもかかわらず、後藤は八雲に事件を持ち込み続けた。

それで、自分の評価が上がるわけでも、給料が上がるわけでもないのに――。

後藤は、情に厚い男だ。困っている人を、放っておけなかったというのもあるだろう。だが、一番放っておけなかったのは、八雲のことだったのかもしれない。

事件を口実にして、後藤は、彼なりのやり方で、八雲を見守り続けていたのだろう。

一心のように、包容力で包み込むのではなく、事件を一緒に解決するという不器用なやり方で――。

そのことを思い知らされたのは、一心が命を落とした事件のときだった。

一心の死後、後藤は奈緒を養女として引き取ると言い出した。

何の得もないのに、自分の人生を捧《ささ》げてまで、奈緒を自らの子どもとして受け容《い》れたのだ。

その想いが偽善やまやかしでないことは、奈緒が失踪《しっそう》した事件のときに証明された。

後藤は、車に轢《ひ》かれそうになった奈緒を守る為、躊躇《ためら》うことなく、自らの身体を盾にしたのだ。

後藤は、ずっとそういう男だった。

彼が警察を辞めた理由は、殺人事件の容疑者となった八雲を守る為だった。

後藤は、長年仕えてきた警察組織に背いてまで、八雲の無実を信じ、奔走してくれたのだ。

どんなことがあっても、後藤は決して裏切らず、ひたすらに八雲を見守り続けてくれた。言葉にしたことはないが、その熱い気持ちに、何度助けられたか分からない。

晴香が、事件の容疑者になったときも、八雲を力尽くで奮い立たせてくれたのは、誰あろう後藤だった。

今になって思えば、後藤は八雲にとって、父であり、兄のような存在だったのかもしれない。

さっきの電話も、八雲が、何をしようとしているのか、分かっているからこそ、必死に繋《つな》ぎ止めようとしていたのだろう。

自分の為ではない。八雲自身の為に——。

きっと後藤は正しい。これからの自分の人生を考えたら、引き返すべきなのだろう。

それは分かる。

だが——。

逃れられない宿命がある。

悲劇を繰り返さない為にも、八雲自身が人柱となって、この負の連鎖を止めなければならないのだ。

これ以上、後藤に甘えるわけにはいかない。

八雲は左手首に巻いたネックレスに目を向ける。

赤い石が滲《にじ》んで見えた。

いつの間にか、八雲の目に涙が浮かんでいた。この涙は、いったいどういう感情から溢《あふ》れ出たものなのか——自分でも分からなかった。

八雲は、指先で涙を拭《ぬぐ》うと、地下室で回収した鞄《かばん》を開けて中の資料を取り出し、感傷を断ち切るように、それに目を通し始めた。

五

石井たちが元森野ホスピタルに到着したときには、雨は本降りになっていた。

ざあざあと音を立てて降る雨は、地面で茶色い水飛沫《しぶき》を上げていた。

「石井。行くぞ」

後藤は、声をかけながら車を降りると、そのまま建物に向かって歩いて行く。

「はい」

返事をしたものの、石井は運転席に座ったまま動くことができなかった。

雨に濡れるのを拒んでいるわけではない。

ただ――怖いのだ。

今さらのように、この廃墟《はいきょ》が心霊現象が起きた場所だということを思い出した。それだけではない。八雲の話が本当だとすると、ここには死体があるのだ。

意気揚々と中に入る気にはなれない。

車の中では、後藤を励ますような台詞《せりふ》を口にしておいて、いざ目の前にすると怖くなる。そんな自分が、つくづく嫌になる。

などと考えていると、ドンッと車のサイドガラスが叩《たた》かれた。

「ひぃやぁ！」

石井は、悲鳴を上げながら飛び跳ねる。

「何してやがる！　さっさと来い！」

ずぶ濡れの状態の後藤が、サイドガラスに顔を付けるようにして怒声を上げる。

石井は、「は、はい」と返事をしつつ、慌てて車から降りた。

何だかんだ、後藤が一番怖いかもしれない。

石井は、後藤の背中に隠れるようにしながら、泥濘《ぬかる》んだ地面を歩き、廃墟の中に足を踏み入れた。

エントランスを入ると、雨の音が小さくなった。

だが、同時に明るさも奪われる。

後藤が、懐中電灯を点《つ》け、ぐるりと周囲を見回す。受付のカウンターやソファーといった什器《じゅうき》が、そのまま残されている。

「いったい、どこに死体があるんでしょうか？」

この廃墟に死体があることは聞かされているが、その詳しい場所については不明なままだ。

広さもそれなりにあるし、探すのは大変そうだ。

「手分けするぞ。おれは、二階を見るから、お前は一階を確認しろ」

「いや、ちょっと待って下さい」

石井は、反射的に後藤の腕を掴《つか》んだ。

「何だよ」

「い、いや、その……一緒に探した方が、いいかと思いまして」

「どうしてだ？　分かれた方が効率がいいだろう」

後藤の言う通りだが、一人でこの廃墟の中を歩き回るのは、やはり怖い。ただ、それを口に出そうものなら、めちゃくちゃ怒られそうだ。

何か言い訳はないか――と辺りを見回した石井の目に、掲示板に貼られたメモ用紙が入った。

最近、貼られたものであることは明らかだ。

「後藤刑事。あれ――」

石井が指差すと、後藤がそのメモを懐中電灯で照らす。

そこには、次のように記されていた。

〈死体は、一番奥の部屋の地下室です〉

名前などは記されていなかったが、八雲が書いたのは間違いない。

「行くぞ」

後藤が合図をして歩き始める。

「は、はい」

死体の場所が分かったところで、怖さが和らぐわけではない。とはいえ、突っ立っていることもできない。

石井は、覚悟を決めて歩き始めた。

廊下を進むごとに、どんどん暗さが増していく。恐怖もそれに比例し、足がガクガクと震え始めた。

やがて、ドアの前に辿《たど》り着く。

半開きになったドアの向こうは、廊下より一層、暗かった。

後藤が、目で合図してから、部屋の中に足を踏み入れる。石井も、そのあとに続いた。

ベッドが置いてあるだけの狭い部屋は、異様な臭いがした。腐臭に違いない。

そして、床には、地下へと通じる穴がぽっかりと空いていた。

「先に行け」

後藤が、懐中電灯を石井に渡してきた。

「い、いや。ここは後藤刑事が行くのが望ましいかと——」

「ごちゃごちゃ言ってねぇで、さっさと行け」

拳骨《げんこつ》を落とされた。

こうなっては、行かざるを得ない。

石井は、懐中電灯を手に、錆《さ》び付いた鉄の梯子《はしご》を降りて行く。上の階より、さらに狭い部屋だった。

「ひゃぁ！」

懐中電灯で室内を見回した石井は、すぐに頭蓋骨《ずがいこつ》と対面することになった。

死んでから、かなりの時間が経過しているようだが、完全に白骨化してはおらず、肉や皮が張り付いていて、木乃伊《ミイラ》のような状態だった。

「いったい、誰の死体だ？」

後から入って来た後藤が、死体の顔をじっと見つめながら言う。

「お、おそらくは、行方不明になった森野院長ではないかと思います」

憶測で言うべきではないが、状況からすると、そうとしか考えられない。

「なぜ、殺されたんだ？」

「分かりません。ただ、七瀬美雪が絡んでいることは、間違いないでしょう」

「そうだな」

呟《つぶや》いた後藤は、何かを見つけたらしく、床に屈《かが》み込んだ。

そこには、携帯電話が落ちていた。

モニターが割れていて、フレームが砕け、中の電子部品が飛び散っていた。落としたのではなく、意図的に破壊したといった感じだ。

「これって……」

「八雲のだ」

後藤が、携帯電話を手に取りながら、苦々しく口にする。

「八雲氏の……」

おそらく、八雲がここに携帯電話を置いていったのは、わざとだろう。もう、誰とも連絡を取るつもりがないという意志を込めて、わざわざ壊していったに違いない。

「あの野郎……本当に死ぬつもりか」

そう呟く後藤の背中が、哀しかった。

「そんなことさせません。ここで諦《あきら》めたら、全部終わりです。絶対に見つけ出しましょう」

石井が口にすると、後藤はすっと立ち上がった。

「お前なんかに言われなくても、分かってる」

後藤が、石井の頭を引っぱたいた。

かなり痛いが、後藤が気持ちを奮い立たせてくれたなら、それで良しとしよう。

「取り敢《あ》えず、地元警察に連絡を入れます」

死体を発見した以上、放置するわけにはいかない。

石井は、梯子を上って地下室を出ると、エントランスまで移動してから、携帯電話で通報を入れた。

電話を切ったところで、後藤もエントランスに戻って来た。

「問題は、八雲がどこに向かったか——だな」

後藤が舌打ち交じりに言う。

「それは……」

正直、石井にも分からない。

すでに、この場所にいないことは、ある程度想定していた。だが、次にどこに行ったのか、その手掛かりが皆無だ。

「クソッ！」

後藤が、受付のカウンターを蹴《け》る。

ドンッという音とともに埃《ほこり》が舞った。ここまで来たのに、完全に手詰まりだ——。

重苦しい空気を打ち破るように、石井の携帯電話が鳴った。

六

「あった……」

メールで送られてきた患者のリストをチェックしていた真琴は、思わず声を漏らした。

室井秋恵と紗月の二人の名前が記載されているのが確認できる。

日付は、十六年前になっている。

それだけではない。今から八年前――秋恵が体調を崩したという時期に、再入院していることが分かった。

しかし、リストなので、詳細については記されていない。

真琴はすぐに携帯電話を手に取り、仲川に連絡を入れた。電話してくることが分かっていたのか、すぐに仲川が電話に出る。

「何度もすみません。確認したいことがあって……」

〈何です？〉

「十六年前に入院した、室井さんという母娘《おやこ》のことを覚えていらっしゃいますか？」

かなり年月が経過しているし、覚えていないだろうと思っていたが、意外にも仲川からは、〈覚えていますよ〉という回答があった。

「ご存じなんですか？」

〈ええ。何せ、母と娘の二人同時にですからね。印象に残っていますよ。それに、色々とありましたからね〉

——なるほど。

母と娘が同時にというのは珍しいケースだ。特異なケースというのは、人の記憶に残るものだ。

「二人が、入院した理由はご存じでしょうか？」

〈確か鬱《うつ》病だったと思いますよ。といっても、私は担当ではありませんでしたけど〉

「担当は、森野院長ですか？」

〈よく分かりましたね。その通りです〉

——やはりそうだ。

森野が、室井母娘の治療を行っていた。そのときに、森野は二人を自分の研究の実験に使ったのではないだろうか？

記憶を消し、過去のトラウマから回復させるという実験——。

「二人は、どんな治療を受けていたのか、ご存じですか？」

〈いえ。そこまでは分かりませんね。森野さん以外は、病室に入ることも禁じられて

いたんですよ〉

認可されていない治療を行っていたからこそ、自分以外の人間を近付けないようにしていたと推測できる。

「八年前に、お母様の秋恵さんだけが、再入院しているようですが、そのことについては、何かご存じですか？」

〈ああ。あれね……〉

仲川が言い淀《よど》んだ。

「何かあったんですね」

〈病状については、詳しいことは知りませんが、入院したあと、事件があったんですよ〉

「事件？」

〈ええ。入院中、急に暴れた上、病院を抜け出してしまったんですよ。それで……〉

「もしかして、交通事故に遭われたとか――」

〈そうです。知ってたんですか？〉

――やはりそうだ。

秋恵は、山梨県の山中を歩いていたとき、トラックに撥《は》ねられて亡くなっている。

夜に山道をふらふらと歩き回っていたというのが、どうにも解《げ》せなかったが、二回目の入院で、錯乱状態に陥っていたのだとすると納得できる。

「いえ。詳しいことは知りません。ただ、室井さんが交通事故で亡くなったという話は、聞いていたので……」

〈あのときは大変でした。抜け出したことが分かり、職員が捜しに出ました。でも、なかなか見つけることができなくて……〉

山奥にある施設だ。夜に抜け出されたりしたら、捜すのは至難の業だっただろう。

「仲川さんも、捜しに行ったんですか？」

〈ええ。実は、室井さんを見つけたのは、私と一緒に行動していた看護師なんです〉

「そうでしたか」

〈道路をふらふら歩いている所を見つけました。声を掛けても、全然反応がありませんでした。それで、看護師と一緒に、道の端に連れて行ったんです〉

「それで、どうなったんですか？」

〈譫言《うわごと》のように、「娘を助けなきゃ」って繰り返し呟いていましてね……〉

仲川の声が、どんどん沈んでいく。

「娘を？」

〈ええ。妙な話でしょ。娘さんは、看病の為に病院にいたんですよ。娘さんがいるから、病院に戻りましょうって声をかけても、あれは娘じゃないって……〉

「娘じゃない……」

〈ええ。そのあと、施設に見つかったって連絡を入れて、連れ帰ろうとしていたところ、隙を見て、また逃げ出されてしまいました〉

「…………」

〈暗かったこともあって、なかなか姿を見つけることができなくて——発見したときは、トラックに撥ねられた後でした〉

そこまで言ったあと、仲川が深いため息を吐いた。

仲川にとっては、大きな後悔を抱えることになっただろうし、悲惨な事故ではあったが、今の話の内容は、真琴たちの推測を裏付けるものでもあった。

十六年前、秋恵は何らかの理由で、娘の紗月を失った。その後、〈森野ホスピタル〉に入院し、森野の手によって記憶を消去された。

このとき、一緒に入院した紗月とされる人物は、七瀬美雪だったのだろう。

記憶を消去したあと、七瀬美雪を、娘の紗月だと思い込まされたに違いない。そうやって、偽りの親子が完成した。

だが、何かの拍子に、秋恵の記憶が戻ってしまった。

庭で発見された死体の人物——石川正治が関係しているのかもしれない。

記憶を取り戻したことで、秋恵は、自分がこれまで娘だと思っていた人物が、全くの別人だったと知ったのではないだろうか。

再び、記憶を消す為に、〈森野ホスピタル〉に入院したものの、上手《うま》くいかずに錯乱してしまった。

記憶がごちゃごちゃになり、本物の娘を助けようと病院を抜け出すことになった。

だから、仲川の呼びかけに、あれは娘ではないと答えた。

かなり強引ではあるが、辻褄《つじつま》は合う。

「その後、娘の紗月さんは、どうされたんですか？」

〈そこまでは、私にも分かりません〉

「そうですか……」

仲川が行き先を知っていれば、更なる手掛かりになると思っていたが、ことはそう簡単にはいかないようだ。

ただ、収穫は非常に大きい。

「ありがとうございました――」

礼を言って電話を切ろうとした真琴だったが、仲川に呼び止められた。

〈実は、さっきの話をしていて、当時のことについて、一つ思い出したことがあるんです〉

「思い出したこと？」

〈ええ。そちらが調べていることに、関係あるかどうか分かりませんが、秋恵さんの事件のあと、森野さんが妙な宗教に傾倒するようになりましてね……〉

「宗教？」

〈ええ。何ていったかな……〉

しばらく考えを巡らせるように、ぶつぶつと言っていた仲川だったが、思い出したらしく、その宗教団体の名前を口にした。

その名を聞き、真琴は戦慄《せんりつ》した――。

七

八雲は、目的の停留所でバスを下車した――。

雄大な河口湖《かわぐちこ》の湖面に、雨が幾重にも波紋を作り出している。

八雲は、湖とは反対の高台に向かって歩き始めた。

打ち付ける雨が、体温を奪っていくが、不思議と寒いとは感じなかった。心の底にある憎しみが、身体の感覚を麻痺《まひ》させているのかもしれない。

――もうすぐだ。

その高揚感が、腹の底から湧き上がり、八雲の足を前へ、前へと進めている。

死体と一緒に隠されていたのは、森野という医師が残した研究ノートと、懺悔《ざんげ》ともいえる手記だった。

森野は、子どもを交通事故で失った。

それだけではなく、妻も、子どもを救うことができなかった罪の意識から精神を病んだ。

妻は治療を受けていたが、その甲斐《かい》虚しく、やがて自ら命を絶ってしまった。

森野は、激しく自分を責めた。

精神科医でありながら、苦しんでいる妻を救うことができなかった。その後悔の念は、次第に森野から冷静な判断力を奪っていったのだろう。

今の八雲には、当時の森野が抱えた想いが、痛いほどに分かる。

愛する者を救えなかったという後悔は、喪失感と相まって、深く心に根を張り、抑えようがないほどに肥大化していく。そうやって、徐々に森野を蝕《むしば》んでいったに違いない。

そして――。

森野は妻と同じように、心に傷を抱えた者たちの治療法の研究に没頭し始める。

誰かを救うことで、赦《ゆる》されようとしたのかもしれない。

研究を続ける中で森野が辿《たど》り着いたのが、記憶を消すという方法だ。

最初は、催眠暗示などを使ってみたが、上手くはいかなかった。催眠暗示は、思い出さないようにするだけで、記憶自体は潜在意識の中に残り、精神に影響を与えてしまう。

そこで、森野はトラウマにかかわる記憶を、完全に消去するしかないという結論に至り、その方法を模索する。

彼が考案したのは、光に反応して活性酵素を出す物質を、脳に注入したあと、脳に直接光ファイバーを当て、トラウマ形成にかかわるタンパク質を、活性酵素により破壊するという方法だ。

マウスでの実験は行われ、成功したという報告はあるものの、生きた人間での実証実験は行われていなかった。

森野は、十六年前にこれを実践した。

対象となったのは、室井秋恵と七瀬美雪の二人だ。

男に依存したせいで、娘を失い、後悔の念に苛《さいな》まれていた秋恵。歪《ゆが》んだ家庭環境の中で、憎悪を爆発させ、自らの家族を殺害した七瀬美雪。

二人の記憶の消去を行い、催眠療法により、偽の記憶を植え付けることで、家族として再生させようとしたのだ。

そして、両者を結びつけたのは、他ならぬ雲海だったのだろう。

実験を実行した森野もまた、秋恵と七瀬美雪に、自らが失った妻と子どもを重ね合わせていたに違いない。

そして、偽りの家族が作り出された——。

だが、正直、八雲には分からない。それは本当に偽りだったのか？

形こそ偽りだったのかもしれないが、そこには、確かに愛情があったように思えてならない。

秋恵が亡き今、それを確かめる術《すべ》はないが——。

ただ、一つだけはっきりしているのは、その偽りの家族が、長くは続かなかったということだ。

森野の記述によると、秋恵は八年ほど前に、一人の男と交際を始める。

紗月の担任教師だった男だ。

最初は、良好な関係だったが、次第に暴力を振るうようになった。それだけではなく、娘に性的な暴行を加えようとしたらしい。

それがきっかけとなり、秋恵は過去の記憶を取り戻してしまった。

この男というのは、おそらくハナミズキの下に埋まっていた白骨死体だ。

襲われて自己防衛をしようとした七瀬美雪が手にかけたのか、あるいは娘を守ろうとした秋恵が殺害したのか——真相は分からないが、その事件をきっかけに、二人とも忌まわしい記憶を呼び覚ますことになった。

二人は、単に過去の忌まわしい記憶を呼び覚ましただけでなく、これまで一緒に生活してきた母娘《おやこ》が、赤の他人だという現実を突きつけられた。

かりそめの平穏は打ち砕かれた——。

この段階になって、森野は自らの実験が失敗していることに気付いた。

記憶が戻ったということは、忘れていただけで、消すことができていなかったのだ。

森野は、秋恵と七瀬美雪に、別の方法で治療を施そうと試みたが、上手くいかなかった。結果として、秋恵は錯乱し車に撥《は》ねられて死亡した。

あの家にいた幽霊は、秋恵だった——。

彼女は、死んだあとも、幽霊となって彷徨《さまよ》い、自らの家に帰り、過去の過ちを正そうとした。

忘れるのではなく、娘を守るという行動で——。

秋恵の幽霊がやったことは、偶々《たまたま》、あの家にいた愛菜を紗月に重ね合わせ、守ろうとしてのものだった。

一方で、七瀬美雪は、自らの記憶を再び消去することを望み、森野にそれを迫った。

だが、森野は承諾しなかった。

結果として、森野は七瀬美雪に殺害されることになった——。

おそらく、七瀬美雪は安息を欲していたのだろう。そんな彼女にとって、唯一の安息
家族から愛情を受けず、虐げられて生きてきた。そんな彼女にとって、唯一の安息は、秋恵と暮らした日々だった。

偽りであったとしても、七瀬美雪にとっては、それが真実だった。

だが、秋恵はそれを拒絶した。

七瀬美雪を突き放した。

だから、全てを忘れてしまいたかった。

なかったことにしたかった――。

だが――。

できなかった。

どんなに足掻《あが》こうと、過去は変えられない。

絶望の淵《ふち》にいた七瀬美雪は、そこで雲海と再会することになった――。

ふと顔を上げると、目当ての建物の前まで来ていた。

朽ち果てた木造の建物。ここに来るのは、二度目だ。かつて、この場所は〈慈光降《じこうこう》神会《しんかい》〉という新興宗教団体の本部だった場所だ。

森野の死体と一緒に、〈慈光降神会〉のバッジが残されていた。これみよがしに。

七瀬美雪からのメッセージに違いない。

ここに来いというメッセージ。

七瀬美雪と雲海は、〈慈光降神会〉に創設の段階から関与していた。かつて本部であったこの場所を、拠点にしていた可能性は高い。

──いよいよだ。

八雲は、ポケットに手を突っ込み、ナイフの柄をぎゅっと握り締める。

今度は、迷うことはない。

七瀬美雪の人生を終わりにする──。

八雲は、意を決して建物の中に足を踏み入れた。

ぎしっと床が軋《きし》む。

屋根に落ちる雨の音が、やけに大きく響いている。

警戒しながら、建物の中を歩き回る。

前にも、こんな風に、この建物の中を調べたことがあった。

蒼井《あおい》兄妹《きょうだい》の事件のときだ。

あのとき、八雲は拉致《らち》され、青木ヶ原《あおきがはら》樹海に放置された。普通の人間であれば、自力で帰ることも可能だった。

だが、幽霊が見える八雲にとって、自殺の名所である青木ヶ原樹海は地獄そのものだった。

強い憎しみ、恨み、辛《つら》み、嫉《そね》み——負の感情の渦に巻き込まれ、自我が崩壊する寸前だった。

そんな八雲を救い出してくれたのも、やはり晴香だった。

彼女が名前を呼んでくれた——。

その声が、八雲をギリギリのところで踏み留《とど》まらせた。

晴香は、いつもそうだった。

どんなときも、逃げることなく、正面から八雲を受け止めようとしてくれた。八雲にとって、晴香は道標《みちしるべ》だった。

左手首に巻いたネックレスに目を向ける。

赤い石が闇に沈み、静かに泣いているように見えた。

本当は、こんな風に七瀬美雪を追いかけるのではなく、彼女の——晴香の側にいるべきなのかもしれない。

留守電に残された、晴香の母——恵子の悲痛な声が脳裏に蘇《よみがえ》った。

〈会って欲しい——〉

晴香を事件に巻き込んだのは、誰あろう八雲だ。それなのに、それでも——会って欲しいとメッセージを残してくれた。

生前、母の梓は恵子を慕っていたようだが、頼りたくなるのは頷《うなず》ける。

今ここで引き返し、病院に駆けつければ、恵子は晴香に会わせてくれるだろう。心臓の音が止まるまで、晴香の温《ぬく》もりに触れているべきなのかもしれない。

固めたはずの決意が揺らぐ。

——ダメだ。

八雲は、再びポケットの中にあるナイフの柄を強く握り、気持ちを奮い立たせる。

これ以上、悲劇を繰り返さない為にも、七瀬美雪という怪物を打ち倒さなければならない。

何を犠牲にしても——。

建物の中を一通り調べたが、七瀬美雪の姿はなかった。彼女だけではない。誰もいない。蛻《もぬけ》の殻《から》だった。

八雲は、思わず舌打ちをする。

てっきり、ここがゴールだと思っていたのだが、彼女は、まだゲームを続けるつもりらしい。

幾らこんなことを繰り返そうと、結果は覆らないというのに——。

八雲は、苛立《いらだ》ちを呑《の》み込みつつも、改めて建物の中を見て回る。ここにいないのであれば、七瀬美雪は何かしらのヒントを残しているはずだ。

一通り見て回ったが、ヒントと思《おぼ》しきものは、何一つ見つからなかった。

もしかしたら、〈慈光降神会〉のバッジが、八雲を惑わす為のフェイクだったのかもしれない。

或《ある》いは、重要なヒントを見落としているのか？

八雲は落胆を抱えたまま外に出た。

相変わらず、強い雨が降っている。

冷たい雨だ――。

歩き出そうとしたところで、妙なことに気付いた。建物の郵便受けに、白い封筒が挿してあった。

何年も前に閉鎖され、廃墟《はいきょ》となったこの場所に、郵便配達やポスティングをしていく者がいるとは思えない。

八雲は、郵便受けに手を突っ込み、封筒を取り出した。

宛先《あてさき》も差出人も書いていない真っ白な封筒。中を開けると、そこには一枚の地図が入っていた。

ご丁寧に赤い丸印が書き込まれている。

「ようやくか――」

八雲は、雨雲に覆われた空を見上げて呟《つぶや》いた。

八

さっきまで闇に沈み、無人だった廃墟の周りは、あっという間に警察官で埋め尽くされることになった。

後藤は睨《にら》み付けるようにして、鑑識作業を続ける警察官たちを見ていた。

ここに来れば、八雲の行き先に繋《つな》がるヒントが得られると思っていた。だが、その考えは甘かったようだ。

死体は発見したが、肝心の八雲が何処に向かったのか？　その足がかりを掴《つか》むことはできなかった。

完全に行き詰まった状態だ。

「石井！」

声をかけてみたが、返事はなかった。

見ると、少し離れたところで、電話をしている。おそらく、相手は真琴だろう。何か、耳よりな情報を得られることを祈るばかりだ。

そんな後藤の許《もと》に、スーツを着た四十代と思しき男が歩み寄って来た。三人ほど若い男たちを従えている。

「山梨県警捜査一課の山川《やまかわ》です。死体の第一発見者は、あなたたちですね」

地元警察のキャリアのお出ましといったところだ。

高圧的な言い様に腹は立ったが、トラブルになるのも面倒なので、特に指摘することなく、「そうだ」と答えた。

「署までご同行願います」

「は？」

「あなたには、色々と訊《き》きたいことがある」

山川が言うのと同時に、付き従っていた警察官たちが、後藤の周りを取り囲んだ。

強制連行も辞さない構えだ。

「おいおい。冗談は止めてくれ。おれたちは、通報した善良な市民だぜ」

「私は、そうは思わない。見れば、死体はコンクリートの壁の中に隠されていた。元々、あの場所に死体があると分かっていない限り、発見するのは難しいんじゃないかね？」

——厄介なのが出てきた。

ただ理屈っぽいだけなのに、自分は頭が切れると勘違いしているタイプだ。色々と訊きたいなんて言ってはいるが、後藤たちを容疑者と決めつけているに違いない。

通報したのが管轄外の刑事の石井ということもあって、嫌がらせの意味もあるのだろう。

そう簡単に帰すつもりはないはずだ。

暇を持て余しているなら、相手をしてやらないでもないが、八雲を一刻も早く見つけなければならないこのタイミングで、警察に足止めされるのだけは避けたい。

そもそも、発見した経緯を順序立てて説明したところで、理解はされないだろう。

強引に逃亡することも考えたが、相手は山川を入れて四人だ。石井は戦力にならないし、すぐに捕まるのがオチだ。

公務執行妨害も追加され、下手をすれば勾留《こうりゅう》されることになる。

——通報なんてするんじゃなかった。

「事情なら、後で幾らでも説明してやる。だが、おれたちは、今急いでいるんだ」

「それは仕方ない——なんて逃がすと思うか？」

山川が、ずいっと詰め寄って来る。

一対一だとしたら、ここまで横柄な態度は取らないだろう。取り巻きがいなければ、粋《いき》がれないようなヘタレであることは、その口調から分かる。

だが、この状況では抗《あらが》う術《すべ》がない。

八雲を見つける為に、必死で駆け回ったというのに、こんな形で終わりを迎えるとは——悔しさがこみ上げる。

やはり、一か八《ばち》か、山川をぶん殴って現場から逃亡するしかない。

拳《こぶし》を固く握ったところで声がした。

「誰かと思えば、まさかこんなところで出会《でくわ》すとはな」

嫌みったらしい声を響かせながら、猫背の男がこちらに向かって歩いて来た。

向こうは後藤のことを認識しているようだが、誰だかさっぱり分からない。

「誰だ？」

問いに答えることなく、男はニヤニヤと笑みを浮かべたまま、山川を押し退けて後藤の前に立った。

正面から向き合って、ようやく後藤は、この男が誰なのか思い出した。

「若林《わかばやし》……」

驚きとともに、その名を口にする。

「やっと思い出したか」

若林が肩を竦《すく》める。

彼と顔を合わせたのは、長野県で起きた事件に首を突っ込んだときだった。

あのときは、幽霊に憑依《ひょうい》され、行方不明になった少女を追いかけ、雲海の出自にまつわる秘密を知ることになった。

若林は、当時、管轄外の刑事だった後藤が色々と嗅《か》ぎ回ることを嫌い、ことある毎に突っかかってきた。

だが――。

長野県警の所属だったはずの若林が、どうして山梨県にいる？　後藤がそのことを問うと、若林は苦い顔をした。

「色々あってな。こっちに単身赴任している」

口ぶりからして、その異動は出世に絡むものではないようだ。もしかしたら、長野での一件が関係しているかもしれないが、それを問い質《ただ》すほど陰険ではない。

「そうか。まさか、お前とこんな形で再会するとはな」

後藤はため息を吐く。

正直、若林にあまりいい印象はない。また、ぐちぐちと文句を言われるのかもしれないと思うと、げんなりする。

「そう邪険にするなよ」

「うるせぇ」

「そういえば、お前、警察をクビになったらしいな」

「どうして知ってる？」

「殺人事件の容疑者を庇《かば》って逃走幇助《ほうじょ》した刑事なんて前代未聞だ。嫌でも噂になる」

若林の言う通りだ。

そんなバカなことをする刑事は、まさに後藤くらいのものだ。

「わざわざ笑いに来たのか？　暇な野郎だ」

「そんなに目くじら立てるな。聞けば、死体を発見したのは、お前たちらしいな」

「ああ」

「例の幽霊が見えるってガキが絡んでるのか？」

若林が小声で後藤に訊《たず》ねてきた。

「ああ」

「なるほど。で、お前たちは、急いでいるってわけだ」

「そういうことだ」

「分かった。おれに任せろ」

若林は、そう言うと山川に向き直った。

「こいつらの事情聴取は、おれにやらせてもらえませんか？」

「何を言う。重要参考人だぞ」

山川が威圧するように言う。

この感じからして、若林と山川の関係は、日頃から良好なものではないのだろう。

「知ってますよ。でも、事情聴取するって言ったたって、相手は元刑事と現職の刑事でしょ。しかも、警視庁の。粗相があったとき、責任を取らされるかもしれませんよ。

それでも、いいんですか？」

若林の言い様に、山川がうっと息を詰まらせた。

上手《うま》い言い方だ。プライドの高い山川のようなタイプは、失敗することを過剰に怖れる傾向がある。

「その点、おれみたいな老いぼれなら、後で色々言われても、どうってことないです。こんな田舎で事件があったから気張るのは分かりますが、わざわざキャリアに傷が付くようなことをする必要もないでしょ」

若林が、そう続けたあと、ポンポンッと山川の肩を叩《たた》く。

怒りを滲《にじ》ませた表情を浮かべた山川だったが、若林の言うように、キャリアに傷を付けることを怖れたのか「何かあれば、あなたの責任になりますよ」と捨て台詞《ぜりふ》を残して、歩き去って行った。

「すまねぇ」

まさか、若林に助けられるとは思ってもみなかった。

「いいってことよ。これで、借りはチャラだ」

若林がニタッと笑った。

どうやら、長野での一件を借りだと思っていたらしい。

だが、若林は本当に貸し借りの問題だけで、後藤を助けてくれたのだろうか？　気にはなったが、今訊《き》くことではない気がした。

「あの。後藤刑事。いったい何が……」

電話を終えた石井が、おどおどしながら歩み寄って来た。

「いい。もう済んだ」

「そ、そうですか。あの、こちらは？」

石井が、困惑した表情のまま若林に目を向ける。

そういえば、石井は長野に行っていないから、若林と顔を合わせるのは初めてだ。

とはいえ、いちいち説明するのも億劫《おっくう》だ。

「昔ちょっとな」

「はあ」

「また、因縁つけられる前に、さっさと行けよ。急いでるんだろ」

若林が促すように言った。

「そうだったな」

立ち去ろうとした後藤だったが、ふと足を止めた。

「おれたちがいなくなったら、お前の立場が悪くなるんじゃねぇのか？」

山川は、相当に執念深そうだ。後藤と石井が現場から立ち去ったことが分かれば、若林の立場が面倒なことになるのは明らかだ。

「今さら、どうってことねぇよ。ただ、用が終わったら、戻って来て、きっちり説明してもらうからな」

「分かった。必ず──」

後藤は、そう告げると足早に車に向かった。

「本当に大丈夫なんでしょうか？」

後を追いかけて来た石井が、不安げに口にする。

「大丈夫だ」

長野の一件が、こんなかたちで功を奏するとは、思ってもみなかった。とにかく、今は先を急ぐべきだ。

車に乗り込んだ後藤だったが、そこではっと我に返る。

窮地を脱したのはいいが、八雲がどこに向かったのか分かっていない状態だ。それでは、身動きのしようがない。

「石井。何か情報は摑《つか》めたか？」

運転席に乗り込んで来た石井に訊ねる。

「はい。真琴さんから、有力な情報を入手しました」

「何だ？」

「この廃病院の院長だった森野さんは、新興宗教に傾倒していたそうです」

「新興宗教？」

「後藤刑事も、ご存じだと思います。慈光降神会です——」

その名称を耳にして、後藤の中に嫌な記憶が蘇《よみがえ》った。

だが、納得する部分もある。

これまで起きた全ての事件は、繋《つな》がっていたというわけだ——。

九

ワイパーはひっきりなしに動いているが、その側からフロントガラスに当たる雨粒が視界を遮る。

この雨では、思うようにスピードが出せない。

苛立《いらだ》つ気持ちはあったが、石井はそれをぐっと呑《の》み込んだ。

焦って事故を起こす方が問題だ。それだけで全てがふいになる。

「あの女は、いったい何者だったんだろうな……」

助手席の後藤が、ポツリと言った。

あの女とは、もちろん七瀬美雪のことだろう。

僅《わず》か十歳にして、自分の家族を惨殺し、その後、記憶を消して、クラスメイトだった紗月という別人になりすまして生活していた——。

何らかの理由で、記憶を取り戻し、今は七瀬美雪に戻り、雲海とともに、数々の事件を引き起こしてきた。

自分たちには理解し難い怪物だと決めつけてしまうのは簡単だ。

実際、石井はこれまで、そう認識してきた。

だが——。

今は少し違う。

「何者だったんでしょうね……」

石井は、呟《つぶや》くように言った。

小学校時代がどうだったかは、定かではないが、中学、高校の彼女は、穏やかで物静かだったという。

記憶を失ったことで、人格が変貌《へんぼう》したというなら、殺人鬼としての彼女を作り出したのは、環境だということになる。

本当は、心優しい女性だったが、それを周囲の悪意が歪《ゆが》ませた。

だが、そうだとしたら、記憶が戻ったあとも、紗月として穏やかに暮らすことができたはずだ。

全てを忘れ、別の人生を歩むという選択肢があった。

それなのに、彼女はそうしなかった。雲海と共に、深淵《しんえん》に身を投じたのだ。

「あの女のやったことは許せない。だが、望んであなったのではないとすると、いったい誰に裁きを受けさせればいいんだ？」

後藤にしては珍しく感傷的になっているようだ。

ただ、気持ちは分かる。石井も、同じことを考えていたからだ。それでも――。

「確かに、七瀬美雪が劣悪な環境にあったのは事実です」

自らの望みとは関係なく、歪んだ家庭環境に生まれ、諍《いさか》いが絶えない家の中で、虐待を受けてきた。

可哀相だと思うし、同情すべき点は多々ある。

「それでも、そういう環境にあった人、全てが、人を殺すわけではありません。やはり、最後は、自分で選んだ道だと思います」

石井が、そう主張すると、後藤が驚いたように目を丸くした。

「自分で選んだ道ねぇ……」

「はい。彼女は、自分で家族を殺すという選択をしたんです。その後、紗月として生きる道もあったのに、それを捨てて、再び七瀬美雪に戻り、数多《あまた》の事件を起こしてきたのもまた、彼女自身の選択です」

「だが、憎しみを捨てて生きるというのは、案外難しいことかもしれない」

後藤が呟く。

らしからぬ発言ではあるが、同時に納得する部分もある。

大切なものを奪われたりしたら、それに対して強い怒りや憎しみを抱くのが普通だ。

許すのは、簡単なことではない。

今の八雲がそうだ。

晴香を救えなかったことで、七瀬美雪を憎み、そして自分自身をも憎んでいる。

あの八雲でさえ、憎しみに囚《とら》われているのだ。

——そうか。

後藤は、八雲と七瀬美雪とを重ねているからこそ、らしくない問いを投げかけてきたのだと、今さらのように納得する。

「そうかもしれませんね」

「あいつは、七瀬美雪と同じように、自分を見失っちまうのかもしれねぇな……」

後藤の声は弱々しかった。

もう、全てが手遅れだと諦《あきら》めてしまっているように聞こえる。

「ダメです！　そんなの！」

自分でも、ビックリするくらい大きな声が出た。

後藤も驚いたらしく、見開いた目を石井に向けてくる。

「そんなのダメですよ」

石井は改めて口にした。

後藤は、どんなときも、相手が誰であれ、決して自分の信念を曲げることなく、真っ直ぐにぶつかっていく。

その姿に、何度も助けられ、奮い立たされてきた。

石井にとって後藤は憧《あこが》れであり目標だった。だからこそ、迷い、弱気になっている後藤を見ているのが辛《つら》かった。

「今、諦めたらダメです」

もう一度、声に出して言った。

「諦めちゃいないさ。だが、八雲が、七瀬美雪みたいになっちまったとき、おれはどうすればいいのか、それが分からない」

「いつもみたいに、ぶん殴ればいいんじゃないですか？」

石井が言うと、後藤がぶはっと声を上げて笑った。

「おれが、いつも八雲を殴ってるみたいに言うんじゃねぇよ」

後藤がふんっと鼻を鳴らす。

確かにそうだ。後藤は、「ぶん殴る」とか「ぶっ飛ばす」とか、幾度となく八雲に言い放っているが、実際に、それを実行に移したりはしない。

「そ、そうでしたね」

「まったく。お前は、おれを何だと思ってやがる」

「す、すみません。で、でも、八雲氏は、七瀬美雪のようにはなりませんよ」

「どうしてだ？」

「後藤刑事がいるからです。それに、微力ながら私もいます。それだけじゃありません。真琴さんも、奈緒ちゃんも、英心和尚も——何より、晴香ちゃんがいます」

口に出して言うことで、石井は八雲と七瀬美雪の決定的な違いに気付いた。

八雲も、劣悪な環境の中で育ってきた。自らの母親に殺されかけ、その赤い左眼のせいで、暗い青春時代を過ごしてきた。

幽霊が見えるせいで、見なくてもいいことを見て、知らなくてもいいことを知り、苦しみの中で人生を歩んできた。

それでも、これまで八雲は道を踏み外さなかった。

それはきっと、彼が一人ではなかったからだ。後藤がいて、晴香がいて——八雲を取り巻く人たちが、彼を支え、手を差し伸べてきた。

だから、八雲は前に進むことができたのだ。

石井にとって、後藤が目標であるように、向かうべき場所があったのだ。

「偶《たま》にはいいことを言うじゃねぇか」

「いや、私は……」

珍しく褒められたので、どう反応していいのか分からず、石井は思わず視線を落とした。

と、次の瞬間、脳天に拳骨《げんこつ》が落ちた。

「前を見ろ。前を――」

「す、すみません」

運転中に照れたりしていたら、事故を起こしかねない。

石井は、背筋を伸ばして運転に集中する。

「まあ、何にしても、石井の言う通りだ。あいつには――八雲には、必死になってくれる仲間がいる」

そう呟いた後藤の目に、強い光が宿った気がした。

十

ベッドの上でノートパソコンを開いた真琴は、地図のアプリを起動させ、〈慈光降神会〉の場所を表示させる。

後藤たちは、今この場所に向かっている。森野が傾倒していた新興宗教が、〈慈光降神会〉だった。

今回の調査は、まるで七瀬美雪の人生を辿《たど》っているかのようだった。

自らの家族を殺害したあと、森野によって記憶を消去された七瀬美雪は、紗月として生きてきた。

平穏と思われたその人生は、安息とは言い難かった。

彼女は、学校で苛《いじ》めに遭っていた。陰湿で、執拗《しつよう》な苛めを受けながら、真っ新《さら》だったはずの心に、再び憎しみを募らせていったことだろう。

そして――。

母親である秋恵は、担任教師である石川と親密な関係になる。男に依存するタイプの女性だった。

推測でしかないが、石川を殺害したのは、七瀬美雪のはずだ。

母親である秋恵を奪われ、孤独になったことが、その引き金となったのか、或《ある》いは、女癖の悪い石川が、秋恵だけでなく、彼女をも自分のものにしようとしたのかもしれない。

何《いず》れにせよ、紗月としての生活は、終わりを告げることになった。

運命とは、あまりに残酷だ。

別人になって、平穏に生きようとしたのに、そこでも過去と同じような運命を引き寄せてしまった。

不運な巡り合わせか、それとも、彼女自身がそれを招いたのか――。

真琴には判断できない。ただ、彼女――七瀬美雪は、人間の奥に潜む闇を見たに違いない。

深く、どこまでも真っ暗な人の心の深淵《しんえん》を――。

その結果、彼女は狂ってしまった。

自分たちが、七瀬美雪の人生を辿ることになったのは、偶然ではない。彼女の手によって、そうなるように導かれたのだ。

ただ、導かれたのは真琴たちではない。おそらく、彼女が導こうとしているのは八雲だけのはずだ。

だからこそ、旅のゴールは〈慈光降神会〉ではないと真琴は考えていた。

七瀬美雪は、その先に本当のゴールを用意している。そして、そこで八雲と対峙《たいじ》するはずだ。

八雲と七瀬美雪を見つける為には、もう一つ先に行かなければならない。

おそらく、七瀬美雪は、秋恵の死後、どこかに身を潜めていたはずだ。雲海と一緒に、ひっそりと――。

つまり〈慈光降神会〉の旧本部の近くに、雲海と一緒に過ごした潜伏先がある。

雲海は、どうして七瀬美雪の記憶を消そうとしたのだろう？

地図を検索しつつ、ふとそんな疑問が浮かんだ。

幼かった彼女は、足手まといになったはずだ。その場で殺すこともできた。だが、そうはしなかった。

わざわざ、紗月という新しい人生を与えようとした。

――それはなぜか？

考えられる可能性としては、実験をしたということだろう。

ベクトルこそ違うが、森野と同じで、記憶を消去した上で、別人として人生を歩ませることができるのか――それを七瀬美雪を使って実験した。

人の人格が、経験によって作られるのだとしたら、七瀬美雪の記憶を消去することで、その人格がどのように変化するのか、試したかったというのもあるのかもしれない。

だが――。

そうなると、一つだけ分からないことがある。

七瀬美雪が記憶を取り戻したあと、どうして一緒に行動することを選んだのか？

放置しても良かった。

それなのに、雲海は七瀬美雪と行動を共にした。自分がやったことへの責任を感じたのだろうか？

いや、そんなはずはない。

自分の実の息子である八雲の肉体を乗っ取ることで、生にしがみつこうとした男だ。責任などという発想があるとは思えない。

――では、どうして？

考えを巡らせるうちに、真琴は一つの答えに行き当たった。雲海は、きっと七瀬美雪のことを……。

十一

川沿いの山道をひたすら登り続ける八雲の視界に、小さな光が見えた――。

近付いていくにつれて、それが建物の窓から漏れる光であることが分かった。丸太を組み合わせて造ったログハウスだった。

「ようやくか……」

八雲は、雨に濡《ぬ》れた髪を掻《か》き上げた。

僅《わず》か二日程度だったが、八雲には、それがとてつもなく長い時間に感じられた。終わりがこないのではないのか――とすら思ったほどだ。

今度こそ、あの建物の中に七瀬美雪がいるはずだ。そう思うと、なんともいえない高揚感があった。

八雲は、力を込めて歩みを進め、建物の前に立った。

人の気配がする。

やはり、七瀬美雪がいるのだろう。

「終わらせる——」

八雲は、左手首に巻いたネックレスに向かって声をかける。

雨に濡れた赤い石は静かに泣いているようだった。

八雲は改めてドアに向き直る。

ノックが必要な間柄ではない。今さら、いきなり襲いかかって来るような無粋《ぶすい》な真似もしないだろう。

八雲は、ゆっくりと玄関のドアを開けた。

広いリビングになっていた。

天井には室内灯がぶら下がっていたが、明かりは灯《とも》っていなかった。電気そのものがきていないのかもしれない。

部屋の隅にある暖炉の炎が、唯一の明かりだった。

暖炉の対角には、椅子が一脚置かれていて、そこに少女のものと思われる白骨化した死体が座っていた。

おそらくは、あれが室井紗月だろう。

ディスプレイするように、白骨死体を置いておくなど、悪趣味としか言い様がない。ましてて、座った状態で固定するには、相応の手間暇がかかったはずだ。

リビングの中央には、ラグマットが敷かれ、その上に安楽椅子と、それに向かい合うかたちでソファーが置かれていた。

高い背もたれのせいで、肩の辺りしか見えないが、七瀬美雪は安楽椅子に座っているらしい。

「いらっしゃい」

七瀬美雪が、僅かに手を上げながら言った。

返事はしなかった。招かれたわけでもないし、遊びに来たわけでもない。八雲は、七瀬美雪を殺す為に、ここにいるのだ——。

「ここはね。私とあの人の安らぎの場所なの。来客はあなたが初めてよ」

七瀬美雪が、一方的に言葉を並べる。

人里離れたロッジは、潜伏場所としては、もってこいだっただろう。こんな場所まで、わざわざ足を運ぶ人間はいない。

願わくは、そのままこの場所で雲海と二人揃って朽ち果てて欲しかった。そうすれば、誰一人として傷付かずに済んだ。

だが、そうはならなかった。

おそらく、二人が穏やかな生活を捨てたのは、雲海の病が原因だろう。

彼は、自らの死期を悟り、生に執着した。

自分が生き延びる為の方策を探り、その実験をするかのように、様々な事件を引き起こしてきた。

死んだ娘を生き返らせようとした木下の事件などは、その代表例と言っていい。

多くの人を巻き込み、自らの願望を成就させようとした。その結果、たくさんの人が命を落とし、そして人の道を踏み外した。

「そんなところに突っ立ってないで、座ったらどう？」

七瀬美雪が促す。

一瞬、躊躇《ためら》ったものの、八雲は回り込むようにして、安楽椅子の向かいにあるソファーの前に立った。

暖炉の赤い光に照らされて、七瀬美雪の姿が浮かび上がる。

人間の生首の入った瓶を抱えていた。

長い時間、ホルマリンに浸され続けたせいで、ふやけ、膨張していて、その人相を確かめることはできないが、まず間違いなく、あの中に入っているのは雲海の頭部だ。

「いい部屋でしょ」

七瀬美雪が小さく笑みを浮かべた。

幾度となく整形を繰り返し、原形を留《とど》めていないが、その目だけは最初に会ったときから変わらない。

暗く淀《よど》んだ目――。

「悪趣味としか言い様がない」

八雲が答えると、七瀬美雪は不満そうに顔を歪《ゆが》めた。

「意外と自制が利いているのね」

「どういう意味だ？」

「いきなり、襲いかかって来ると思っていたわ」

「それが、お望みなら――」

八雲が答えると、七瀬美雪は声を上げて笑った。

自分が命を狙われていることは、分かっているはずだ。それでも尚《なお》、これだけ余裕を見せているということは、何か策があるに違いない。

心の中は、憎しみと怒りで満たされているが、感情に任せて暴れたのでは、返り討ちに遭う可能性が高い。

冷静に状況を判断し、確実に殺す必要がある。

「取り敢《あ》えず、座ったらどう？　あなたと話すのは、これが最後だから――」

そう言って七瀬美雪は、視線をソファーに向けた。

八雲は、言われるままにソファーに腰掛けた。身体がずぶずぶと沈み込んでいくような気がした。

ソファーが柔らかかったというのもあるが、それ以上に、肉体が疲労している。

「さて、何から話しましょうか？」

七瀬美雪が、笑みを浮かべつつ、自らの唇を舐《な》める。

「どうして、こんな回りくどいことをした？　ぼくに会うなら、堂々と姿を現せばいいだろ」

こうした手法は、七瀬美雪らしいのだが、それにしても、今回は手が込んでいた。

「見て欲しかったの」

「何を？」

「あなたは、見たんでしょ。私の人生を――」

――やはり、そうだった。

七瀬美雪を追ううちに、八雲は彼女の歩んできた人生を見せられることになった。

どう育ち、なぜ、こうなったのか――を。

「見た」

「どう思ったの？　あなたは、何を感じたの？」

七瀬美雪が、ずいっと身を乗り出して顔を近付けて来た。

淀んだ視線が、八雲をからめ捕る。

「どうして、わざわざ、こんなことをした？　同情でもして欲しかったのか？」

七瀬美雪の人生が、同情すべきものであったことは確かだ。

望まれぬ子どもとして生まれ、家族からの虐待を受け続けた。十歳にして、父親から性的暴行を受けるほど、悲惨な家庭環境だった。

小学生のとき、ようやく彼女にも友だちができた。

紗月という名の友だち。

彼女もまた、母親の情夫に虐待を受けていた。

傷付いた少女が二人、お互いにシンパシーを感じ、唯一無二の親友になった。だが、その親友も命を落とした。

推測でしかないが、七瀬美雪が、自らの家族を惨殺したのは、紗月が殺されたことを知っていたからだろう。

親友の死を知り、このままでは、自分も同じ目に遭うと、無意識のうちに危機感を抱いた。

だから、殺害した。

そして——雲海と出会ってしまった。

雲海は、記憶の消去方法を研究していた森野を利用して、秋恵と七瀬美雪の記憶を消した。そうすることで、二人を真の親子に仕立てたのだ。

高校を卒業するまでは、普通の親子として生活を続けることができた。だが、一つの事件が起きる。

担任教師だった石川と、秋恵が恋愛関係に陥った——。

それだけであれば、喜ぶべきことなのかもしれないが、そうはいかなかった。

石川は、紗月に——七瀬美雪に、性的暴行を加えようとした。

それがきっかけで、秋恵も七瀬美雪も、本来の記憶を取り戻すことになった。

自分たちが生きてきた人生が、偽りであると知ったときの絶望は、計り知れないものだっただろう。

真実を知ったあと、秋恵は錯乱した。その結果、トラックに撥《は》ねられ、死亡してしまった。

絶望的な現実を突きつけられた七瀬美雪は、雲海にすがるより他に、生きる道がなかったのも事実だ。

雲海と森野によって行われた実験の被害者だと言っていい。

「室井紗月だったとき、私は学校で苛《いじ》めを受けていたの」

七瀬美雪が、ポツリと言った。

その事実は初耳だ。

「ただ、真面目に生きていただけなのに、あの女たちは、私を罵《ののし》り、暴力を振るった。あなたにも経験があるでしょ？」

「…………」

返事はしなかったが、八雲も苛めを受けた経験がある。

する側の人たちからしてみれば、遊びの延長かもしれないが、浴びせられる残酷な言葉は、容赦なく心を傷付ける。

そして、心に負った傷は、そう簡単には治らない。

「人間は、相手が抵抗しないと分かると、徹底的に攻撃するのよ。日々のストレスを発散するみたいに、他人を傷付けるの。苛められている側は、自分を責め始める。こうなったのは、自分のせいだと思い、自分の存在を呪い、否定する」

「…………」

彼女の言う通りだ。人間にそういう一面があることは、認めなければならない。人は、自分より弱い者を徹底的に攻撃する嗜虐性を秘めている。残酷なまでに、冷酷になる。

そうした攻撃を受けた側は、自分に自信が持てなくなる。

自らの存在が矮小《わいしょう》に思え、その価値を自分自身で否定してしまう。生きる価値すら

ばならないって——」

「七瀬美雪としての記憶が戻ったとき、私は悟ったの。生きる為には、抵抗しなければならないって——」

「そんなこと……」

「違うというなら、教えてちょうだい。私は、どうすればよかったの？　家族から虐待を受け続ければよかった？　担任教師に暴行されて、奴隷にでもなればよかったのかしら？　その先に待っているのは死だと分かっていて、黙っていることが正解なの？」

答えが返せなかった。

七瀬美雪は、自分から何かを奪おうとしたわけではない。理不尽な暴力から、自らを防衛しただけなのだ。

人が死んだことは、あくまで結果に過ぎない。

金や欲に目が眩《くら》んで、他人から奪う為に人を殺そうとしたわけではない。むしろ搾取されたのは七瀬美雪の方だ。

「どうして、そんな悲しそうな目をするの？」

七瀬美雪に問われ、八雲は思考を止め、はっと顔を上げる。

同情すべきではない。そう思っていたのに、知らぬ間に引き摺《ず》られてしまっていたのかもしれない。

「ぼくは、あなたを許さない」

左手首に巻いたネックレスを見つめながら口にすることで、揺れ動く自らの意志を繋《つな》ぎ止めた。

始まりは、偶発的なものだったかもしれない。自己防衛の結果だったかもしれない。

だが——少なくとも、晴香のことに関しては違う。

「それは、本当かしら？　私には、あなたが迷っているように見えるけど」

七瀬美雪は、嬉《うれ》しそうに笑みを浮かべる。

「迷ってなどいない。迷う理由がない」

「嘘。あなただって分かっているでしょ。私とあなたは、よく似ているの」

「あなたなんかに……」

「否定してもダメよ。私の人生を見て、あなたもそれを感じたはずよ。自らの親に愛されず、大切なものは奪われた。虐げられ、蔑《さげす》まれ、屈辱に塗《まみ》れて生きるしかなかった。違うかしら？」

確かに、似ている部分はある。

望まれぬかたちでこの世に生を受け、自らの存在を呪いながら生きてきた。左眼が赤いというだけで虐げられ、蔑まれてきた。

自分が、望んでそうなったわけではないのに――。

七瀬美雪が、ぎゅっと八雲の左手首を摑《つか》んだ。咄嗟《とっさ》に引き剝《は》がそうとしたが、強い力で握られ、それができなかった。

「あなたの中には、私と同じで、強い憎しみがあるの」

七瀬美雪が囁《ささや》く。

「違う」

「何が違うの？　あなただって、これまで、たくさんの人を恨んできたでしょ。憎しみを抱いてきたでしょ」

「………………」

否定できなかった。

人を殺したいと願ったことは、一度や二度ではない。苛めている連中を、怒りに任せて殴り殺す妄想をしたこともある。自分自身の存在を憎み、自ら命を絶とうとしたことだってある。

「あなたが、これまで人を殺さなかったのは、偶々《たまたま》、そういう機会が訪れなかっただけなの。巡り合わせの問題よ」

「それは……」

そうかもしれない。

衝動によって人を殺すのには、それに適した環境というものがある。

周囲に人の目があれば、自然と自制が働くのが人間だ。

七瀬美雪のように、誰もいない場所で、命の危険を感じる状況にあったら、八雲自身、凶刃を振るっていた可能性はおおいにある。

「一度、人を殺してしまうと、もう同じ場所に戻れなくなるの。その瞬間に、人ではなくなるから──」

「何を言っている？」

「分かるでしょ。あなたは、私と同じなの」

「違う」

八雲は、七瀬美雪の手を振り払った。

その拍子に、彼女が抱えていた瓶が床に落ちた。

けたたましい音とともに瓶が割れた。

ホルマリンが床にぶちまけられ、ごろんっと雲海の生首が転がった。

雲海の生首の瞼《まぶた》が、僅《わず》かに開いていた。

そこから覗《のぞ》く赤い眼が、じっと八雲を見据えていた。

息が苦しい。

額に脂汗が浮かび、耳鳴りがした。

「あら。まだ否定するの？　じゃあ、あなたが隠し持っているそれは何？」

七瀬美雪が、八雲のポケットを指差した。

「これは……」

どうやら、七瀬美雪は、八雲がナイフを持参していることを見抜いているらしい。

「私を殺そうと思って、ここにやって来たんでしょ？　だから、そんなものを持っている。違うかしら？　それは殺意。人を殺したいと思う願望」

「…………」

「もう一度だけ訊《き》くわ。あなたと私、いったい何が違うの？」

じっとこちらを見据える七瀬美雪の目に、心が吸い込まれていく気がした。

ふと、七瀬美雪がブリキの箱に書いた文字が目に浮かぶ。

怪物と闘う者は、その中で自らも怪物にならないよう、気をつけなくてはならない。

深淵《しんえん》を覗くとき、深淵もまたこちらを覗いている──。

もしかしたら、深淵を見過ぎたのかもしれない。

十二

車を降りた後藤は、闇夜に佇《たたず》むその建物を見上げた――。

前に一度、来たことがあるが、雨が降っているせいか、そのときより、かなり違った印象に見える。

「後藤刑事。これ――」

石井が、声を上げながら懐中電灯で地面を照らした。

泥濘《ぬかる》んだ土の上に、足跡が確認できる。普段は、人が近寄らないはずの場所だ。つい今し方、誰かがここに来たことは明らかだ。

おそらく八雲が――。

「八雲！」

後藤は、声を上げながら勢いよくドアを開けた。

出迎えたのは、暗闇だった。

懐中電灯の明かりを頼りに、建物の中をくまなく捜索する。

八雲のものと思《おぼ》しき足跡は確認できた。だが、それだけだった。八雲はおろか、人の姿はどこにも見当たらない。

い。


また、間に合わなかった。

「クソッ！」

近くにあった壁を蹴《け》ってみたが、そんなことをしたところで、現実は何も変わらない。

心が折れそうになる。

だが、後藤はそれを強引に奮い立たせた。

今、自分たちが追いかけるのを止めたら、八雲は七瀬美雪に殺されるかもしれない。

そうでなかったとしても、八雲は自ら命を絶つつもりだ。

どちらに転んだとしても、八雲の命が失われることになる。

——冗談じゃない！

そんなことは、何があっても受け容《い》れられない。血は繋がっていないが、八雲は後藤にとって家族みたいなものだ。

「石井！　探すぞ！」

「さ、探すって何をですか？」

「そんなもん、おれが知るか！　八雲に繋がる何かだよ！」

後藤は、勢いに任せて石井の胸倉を摑み上げた。

「お、落ち着いて下さい」

「これが、落ち着いていられるか！　何としても、八雲を見つけるんだよ！」

「分かってます！　私だって、八雲氏を見つけたいです！　だからこそ、落ち着いて下さいと言っているんです！」

いつもなら、大人しく従う石井が、感情を剝《む》き出しにした声を上げた。

「てめぇ……」

「私たちが、ここで言い争っていても、何も始まりません。それに、建物の中は、もう見て回りました。他の方法で八雲氏を捜さないと、本当に手遅れになります」

「他の方法って何だ？」

「この雨です。時間的に、もうバスは走っていません。そうなると、徒歩でどこかに向かったと考えるべきです」

石井の言う通りだ。

八雲が、ここからどこかに向かったとしても、間違いなく歩きだったはずだ。だが――。

「徒歩だろうと、何だろうと、どこに向かったか分からなきゃ意味がねぇだろ！」

「少なくとも、この場所から町の方には下っていないはずです」

「どうして分かる？」

「ここまでは、一本道でした。途中で、見かけていたら気付くはずです」

どうやら、感情的になる後藤とは正反対に、石井は冷静に状況を分析していたらしい。

「そうだな。お前の言う通りだ」

──すまん。

後藤は、心の内で詫《わ》びつつ石井から手を放した。

石井は何度か噎《む》せたが、すぐに気を取り直し、小走りで建物を出て行った。

「どこに行く気だ？」

「ナビで地図を確認するんです」

石井は、運転席に乗り込み、エンジンをかけて車のナビを起動させる。

後藤も助手席に乗り込み、それを覗き込んだ。

「今が、ここです。で、上に続く道は、二手に分かれています──」

石井が、地図を操作しながら説明する。

「で、どっちだ？」

それが問題だ。八雲は、二本の道のうち、どちらに向かったのか？

「それは分かりません。二分の一に賭《か》けるしかないかと……」

残念だが、今は確率に運命を委《ゆだ》ねるような状況ではない。外れていた場合、八雲は間違いなく死ぬ──。

「いや。二手に分かれよう」

後藤は石井の言葉を遮り、そう提案した。

「それは危険です」

すぐさま、石井が反論の声を上げる。

理由は説明されるまでもなく分かっている。かなりの雨が降っている上に、これだけ暗い山道だ。単独で行動すれば、遭難の怖れがある。

そうした安全面の問題だけではない。

八雲が向かった先には、間違いなくあの女——七瀬美雪も待ち構えているはずだ。

二人の方が、対処のしようがある。

だが、それでも、やはり八雲を見つけることを優先させたい。

「石井は、右側に行け。おれは、左側に向かう」

後藤はナビの地図を指差しながら指示をしたあと、車を降りようとしたが、石井に腕を摑《つか》まれた。

「待って下さい。私たちの目的は、八雲氏を見つけることではなく、救うことのはずです。その為にも、一緒に行動した方が……」

「うるせぇ！　そんな悠長なことを言ってる暇はねぇ！」

石井の言い分は分かるが、そもそも見つけられなければ意味がない。慎重を期したせいで、手遅れになってからでは遅い。

だいたい、考え方の違いから、こんなところで言い合いをしていることこそが、無駄で無益なのだ。

強引に腕を振り払って外に出ようとしたところで、石井の携帯電話が鳴った。

「はい。石井雄太郎であります」

石井が、後藤から手を放して電話に出た。

このまま、先に行ってしまうのも手だが、電話の内容が気になった。このタイミングで石井が無関係な電話に出るはずがない。

「さすが真琴さんです！　分かりました。ありがとうございます――」

さっきまでの空気とは打って変わって、明るい声で言いつつ石井が電話を切った。

「どうした？」

「真琴さんです。八雲氏が、ここにいないことを予《あらかじ》め推測していたようで、色々と調べてくれていました」

この非常時であっても、真琴は冷静な判断力を失わなかったようだ。

「それで、何と言っていた？」

「はい。地図アプリで調べたところによると、右側の川沿いの道を進んだ先に、ロッジのような建物があるそうです」

最近の地図アプリは、衛星写真で現場の状況を確認することができる。かなり精度の高い情報だろう。

「左側は？」

一応、確認してみた。

「行き止まりになっているようです」

「よし！　石井、行くぞ！」

これで進むべき道は決まった。あとは、猪突猛進するだけだ——。

十三

「そうですね。ぼくとあなたは同じかもしれません——」

八雲は、静かにそう告げた。

口に出すことで、もやもやとしていたものが消え去り、すっと気持ちが楽になった気がする。

この期に及んで、取り繕おうとしていた自分の浅はかさが情けない。

七瀬美雪を、この手で殺そうと思い、ここまで足を運んだ。その段階で、いや、もっと前——殺そうと考えた瞬間に、八雲は一線を越えたのだ。

戻ろうとは思わない。

怪物を殺す為には、自分自身がその怪物にならなければならない。

「いい目になったわね」

七瀬美雪が、ニタッと笑みを零《こぼ》した。

陰湿で、まとわりつくような不快な表情を見た瞬間、八雲の中にある殺意が、さっきよりも大きく膨らんだ気がした。

「ぼくは、あなたを殺します――」

八雲はポケットの中に手を突っ込み、ナイフを取り出した。

冷たい柄が、掌《てのひら》にすっと馴染《なじ》んだような気がした。まるで、身体の一部になったかのようだ。

殺す方法はたくさんある。

本来なら、確実に止《とど》めを刺せるように、急所を狙うべきなのだろうが、八雲にそのつもりはなかった。

彼女には、できるだけ長い時間、苦しんでもらわなければならない。

これまで多くの人が、彼女によって苦しめられてきた。その痛みを味わい、後悔する時間が必要だ。

何より、晴香が味わった苦痛を、受けてもらわなければならない。

「いいわよ。殺せるものなら、殺してごらんなさい。知っていると思うけど、私も黙って殺される気はないから――」

七瀬美雪が笑いながら立ち上がった。

いつの間にか、彼女の手にはナイフが握られていた。

アイスピックのように、刃の部分を細く尖《とが》らせている。あの形状は、斬るというより、刺す為のものだろう。

「どうしたの？　今さら、怖《お》じ気付いたとか言わないわよね？」

七瀬美雪が、嘲《あざけ》るような口調で挑発してくる。

正直、ナイフの扱いに関しては、七瀬美雪の方が一枚も二枚も上手《うわて》だろう。

単に技術が優っているというだけではない。実際に、それを使って人を殺《あや》めた経験がある人間と、頭の中でシミュレーションしただけの人間とでは、雲泥の差がある。

それでも――。

「いいえ。ぼくは、あなたを殺すと決めている」

「そう？　じゃあ試してみましょう」

言うなり、七瀬美雪が八雲の左胸を狙って、真っ直ぐナイフで突いて来た。

心臓を狙うことは、最初から分かっていた。

八雲は、ナイフを左手に持ち替え、身体を僅《わず》かに捻《ひね》る。

だが、避《よ》けきることができず、左の肩にナイフが突き刺さった。

ナイフの切っ先が、皮膚を突き破り、肉を抉《えぐ》る。

感覚が麻痺《まひ》しているせいか、痛みはそれほど感じなかった。

「外れちゃったわね。でも、そんな傷を負って、私に勝てるかしら?」

七瀬美雪が、勝ち誇ったように言う。

素速く止めを刺せばいいものを、こうやっていちいち悦に入《い》るのが、七瀬美雪の弱点でもある。

八雲は、素早くナイフを持った七瀬美雪の腕を右手で掴み、そのまま彼女の足を払った。

不意を喰《く》らった七瀬美雪は、ナイフから手を離し、そのまま仰向《あおむ》けに倒れる。

八雲は、その隙を逃さず、七瀬美雪の上に馬乗りになった。

「あなた、最初から……」

七瀬美雪が、悔しそうに呻《うめ》いたが、今さら気付いてももう遅い。

八雲は、最初から七瀬美雪のナイフを身体で受け止める気でいた。そうしておいて、彼女を制圧し、優位な体勢に持ち込む。

肉を斬らせて骨を断つというやつだ。

ナイフを持っているのだから、それを使って攻撃すると思い込み、足許《あしもと》の注意を怠った彼女のミスだ。

「これで、終わりです」

八雲が告げると、七瀬美雪がギリッと奥歯を嚙《か》み締めた。

「まだ、終わらないわ。こんなところで、終われない」

七瀬美雪が、身体を跳ね上げるようにして暴れ出す。だが、マウントを取った状態では、そうそう抵抗できるものではない。

とはいえ、これ以上、暴れられるのは面倒だ。

ナイフを右手に持ち替えた八雲は、その切っ先を七瀬美雪の左肩に突き刺した。

皮を突き破り、肉に食い込んでいく感触が掌に伝わる。

それは、これまで味わったことのない快感となって、八雲の全身を突き抜けていく。

「ぎゃぁぁ」

七瀬美雪が、悲鳴を上げた。

そうか。この女でも、こんなふうに痛みを感じ、叫び声を上げるのか——。

「憐《あわ》れだな」

八雲は、七瀬美雪を見下ろした。

額に脂汗を浮かべ、激痛に表情を引き攣《つ》らせながらも、七瀬美雪は八雲を睨《にら》み返してくる。

「肉体の痛みなんて、いくらでも切り離せるわ。真に苦しいのは、心の痛み……」

「そうか」

八雲は、突き刺したままのナイフを、強く押し込みながら捻った。

それに呼応して、七瀬美雪が再び悲鳴を上げる。

八雲の顔に、思わず笑みが漏れた。

これまで散々、他人を嘲り続けてきた七瀬美雪が痛みに悶絶《もんぜつ》する様は、見ていて清々《すがすが》しくもあった。

「肉体の痛みは、切り離せるんじゃなかったのか?」

もはや、七瀬美雪は何も答えなかった。

もっと痛めつけてやろうかと思ったが、どうでも良くなった。さっさと止めを刺して、終わりにしよう。

八雲がナイフを引き抜くと、ぴゅっと血が噴き出し、頬にかかった。

生温かいその感触が、八雲の高揚感を掻《か》き立てる。

「本当に、いい目になったじゃない。嬉《うれ》しくなっちゃう」

七瀬美雪が、自らの血を浴びながらも、八雲を真っ直ぐに見据える。

もう、何とも思わなかった。

どうせ、この女はここで死ぬ。どう思われようと、知ったことじゃない。

何もかもが、どうでも良かった。今さら、何かをしたところで、全てが手遅れなのだ。大切な人は——晴香は戻ってこない。

今になって思えば、晴香がああなった時点で、八雲は死んでいたのだろう。

肉体が死ぬという意味ではなく、魂が死んだのだ。

これまで、必死に足掻《あが》き続け、ようやく見つけた安息の場所。それを、奪われた瞬間に、生きる意味を失った。

そうか——。

今さらになって気付く。

七瀬美雪も同じだった。苦痛の中で、ようやく見つけた雲海という安息の地。だが、雲海が病に倒れ、その命を失ったことで、彼女の魂は死んだのだ。

これまで、八雲は七瀬美雪の抜け殻と対峙《たいじ》していたのかもしれない。

——まあいい。

こんなことを考えたところで、何も変わらない。だったら、さっさと——。

「終わらせよう」

八雲は両手でナイフの柄を摑《つか》み、大きく振りかぶった。

左手首に巻き付けたネックレスの赤い石が揺れた。

そのまま七瀬美雪の心臓に、ナイフの切っ先を突き立てようとしたところで、人の気配がした。

――誰だ？

目を向けると、そこには知っている人物の姿があった。

十四

「八雲氏！　どこですか？」

石井は、必死に声を張り上げながら歩みを進める。

隣を歩く後藤も「八雲！」と叫びながら坂道を上っている。

地面は泥濘《ぬかる》んでいて歩き難《にく》い。その上、夜間に大雨という条件も重なり、視界があまり良くない。

それでも、八雲を見つける為には、前に進むしかない。

「八雲氏！」

叫ぶのと同時に、足許がずるっと滑った。

そのまま、崖《がけ》を滑り落ちそうになったが、後藤が腕を摑んで支えてくれた。

「気をつけろ」

「す、すみません。ありがとうございます」

後藤に助けられなければ、石井は間違いなく、崖下《がいか》で濁流となって流れる川に転落していただろう。

「あの、もしかして、八雲氏は川に落ちたということは、ないでしょうか？」

石井は、崖下を覗《のぞ》き込みながら口にする。

足許が悪く、視界が確保できない状態なのだから、その可能性は充分にあり得る。

「バカ言ってんじゃねぇ！　そんなことあるか！」

後藤から怒声が返ってきた。

単純に、石井の意見を否定しているというより、そうであって欲しくないと願っているようでもあった。

この寒さの中、これだけ激しく流れる川に転落したら、それこそ命はないだろう。

「そ、そうですね」

石井も気持ちを切り替え、再び歩き出した。

何としても、八雲を助けたい。その気持ちに嘘はない。だが、どうしても、心が揺れてしまう。

自分たちは、かなり出遅れてしまっている。

必死に追いつこうとしていたが、八雲は一歩前を進んでいる。

もしかしたら、八雲はすでに七瀬美雪と対峙しているのかもしれない。真琴は、八雲が七瀬美雪を殺そうとしていると言っていた。

それは、きっと復讐心《ふくしゅう》からくる感情なのだろう。

晴香を奪われた八雲からしてみれば、そういう気持ちになるのは当然だ。石井でさえ、七瀬美雪に対して強い怒りと憎しみを抱いている。

仮に、八雲を見つけられたとして、彼の行動を止めることができるだろうか？

石井には、正直、自信がなかった。

奪われたからといって、誰かを殺していい道理はない。それでは、これまでかかわってきた犯罪者たちと同じになってしまう。

恋人の復讐をしようとした神山《かみやま》や、夏目《なつめ》と同様の心理だ。

それは分かっている。

だが――。

相手は、あの七瀬美雪だ。

彼女を放置すれば、また犯罪を繰り返すに違いない。

他人の心に潜む願望を、言葉巧みに操り、表面化させた上で、罪を犯させる。被害者と加害者を同時に増やすことになる。

逮捕したところで、彼女が大人しくしていないことは、東京拘置所から脱獄したことで証明されている。

だとしたら、負の連鎖を断ち切る為にも、七瀬美雪を殺した方がいいのかもしれない。

きっと、八雲もそんな風に考えたのだろう。

自らが人柱になることで、元凶である七瀬美雪を葬るという苦渋の選択をせざるを得なかった。

でも、それではあまりに悲し過ぎる。

八雲にだって幸せになる権利はあるはずだ。

晴香と一緒に、笑い合いながら、穏やかな日々を過ごす権利が――。

そうさせてやりたい。

少し前までは、八雲を恋敵だと捉《とら》えていたが、今は違う。晴香と幸せな時間を過ごさせてあげたい。

八雲は、もう充分過ぎるほどに苦しんだのだから――。

「おい！　石井！」

後藤が、足を止めて声を張り上げた。

「は、はい」

「あれを見ろ！」

後藤が、山の上の方を指差した。

その先には光が見えた。まだ、距離があるので、小さな点のような光。星でないことは明らかだ。

真琴の情報では、この道の先には、ロッジのような建物があるはずだ。

「後藤刑事！　きっとあそこです！」

石井は、興奮とともに声を上げた。

希望が見えた気がする。

あの光の中に、八雲がいるに違いない。手遅れになる前に、辿《たど》り着かなければならない。

石井は、後藤とともに光に向かって走り出した。

十五

八雲は、そこに立っている人の姿を見て、驚きを隠せなかった——。

そこにいたのは——。

「八雲君」

晴香が、そう呼びかけてくる。

いつもと変わらぬ、慈しみに満ちた優しい声で——。

「どうして、君が……」

八雲は途中で言葉を呑《の》み込んだ。

わざわざ問うまでもなく、なぜ、晴香がこの場所にいるのか理解できたからだ。そして、それを口に出すことが怖ろしかった。

今、目の前にいる晴香は、肉体を持っていない。彼女は──。

悲しみが溢《あふ》れてきて、八雲の身体を震わせた。

「八雲君。ダメだよ」

晴香が眉《まゆ》を下げ、頼りなげな表情で言った。

困っているような、悲しんでいるような、何とも言えない顔だった。

「君は……」

「八雲君。その人を殺したらダメ。そうすることが、彼女の目的なの──」

「目的？」

「そう。病院で私に言ったの。八雲君に、自分を殺させるんだって。彼女は、死にたがってるの」

「この女が、死にたがっている……」

八雲は、ふっと倒れている七瀬美雪に目を向けた。

晴香の言葉が、図星だったらしく、唇を嚙《か》み、苦々しい表情を浮かべている。

「そう。自分で死ぬんじゃなくて、八雲君に殺してもらおうとしているの。そうやって、八雲君を殺人者にすることで、自分が勝ったことになるから──」

「…………」

「私、分かったの。彼女が欲していたのは、愛情だったんだと思う」

「愛情……」

晴香の言葉を聞き、納得する部分が多々あった。

肩に傷は負ったものの、七瀬美雪をあっさり制圧することができた。今になってみれば、こうも簡単に、彼女を組み伏せることができたのが不自然だ。

それだけではない。

七瀬美雪は、紗月としての人生を捨ててから、雲海と共に暮らしてきた。

おそらく、彼女が雲海の手助けをしていたのは、愛情に飢えていたからだ。雲海の望む自分になることで、その愛情を得ようとした。

だが、その雲海も、今は消えようとしている。今の彼女に──七瀬美雪に生きる意味はない。

晴香を失った自分と同じように。

無論、誰かを殺す意味もない。彼女が欲していたのは、愛情なのだから──。

「彼女の思い通りになっちゃダメ！」

「ぼくは……」

――何をしようとしていたんだ？

七瀬美雪に対する憎しみと同時に、彼女を止めなければ、新たな犠牲者が出るという使命感のようなものがあった。

だが、もはや彼女には、そんな気力は残っていない。だから、自分を殺させようと動いたのだ。

全てを終わらせる為に。だとしたら、もう――。

「八雲君は、相手が誰であったとしても、命を奪うような人じゃない。お願い。戻ってきて。私の知っている八雲君に……」

「分かってるよ……」

八雲は、呟《つぶや》くように答えた。

身体の力が抜け、自然と手からナイフが滑り落ちる。

またた――。

また、晴香に助けられた。

ギリギリのところで、八雲の心を繋《つな》ぎ止めてくれた。

「良かった……」

晴香が笑みを漏らす。

ずっと見たかった、彼女の優しい笑顔。まさか、こんなかたちで——。

八雲は、ゆっくり立ち上がり、晴香に歩み寄る。

「君は、そんなことを伝える為に、わざわざここまで来たのか？」

八雲が問うと、晴香が「うん」と大きく頷《うなず》いた。

「バカだ……」

口にするのと同時に、胸の奥から、熱い感情が湧き上がり、八雲の中をぐちゃぐちゃに掻《か》き回した。

ダムが決壊するように、溢れ出た感情は、涙となって八雲の目から零《こぼ》れ落ちた。

晴香は、いつでもそうだ。

自分のことより、他人のことばかりだ。その優しさに助けられてきたのは事実だが、今は、それが痛い——。

「君はバカだ。ぼくなんかの為に……」

感情が抑えられず、再び口にした。

自分のような人間のことを、晴香は最期の瞬間まで案じてくれている。

「そんな風に言わないで。私は、八雲君の為なら、何だってできる」

「それがバカだって言うんだ」

今、分かった気がする。

自分と七瀬美雪は、境遇が似ている。だが、歩んだ道は、全く違うものだった。

七瀬美雪と、自分との決定的な違い。それは、晴香の存在だった。

彼女がいたから、道を踏み外すことなく、歩くことができた。真っ直ぐな愛情に引っ張られるように――。

雲海は、自分の為に七瀬美雪を利用した。

だが、晴香は違う。

最期の瞬間まで、自分の為ではなく、八雲の為に尽くしてくれた。

一人で、苦しみに耐えることはできないが、それを一緒に背負ってくれる人がいたから、前に進むことができたのだ。

「いいの。私はこれで……」

晴香が、僅《わず》かに目を伏せた。

――そんな顔をするな。

そう言いたかったが、喉《のど》が詰まって声が出なかった。

「私は、八雲君のことが好き。もしかしたら、ずっと、付きまとっちゃうかも……」

「それでいい」

八雲は、掠《かす》れた声でそう告げた。

「本当に？」

「ああ。ぼくは、君にいて欲しい。どんな姿であれ、君に側にいて欲しい」

八雲は、真っ直ぐに晴香を見つめた。

これまで、彼女を中途半端に遠ざけてきたが、もうそんなことはしない。少しでも、彼女の存在を感じていたい。

「ありがとう。でも――付きまとったりしないよ。だって、八雲君には、前に進んで欲しいから」

晴香が嬉《うれ》しそうに笑った。

「何を言ってるんだ。ぼくは、君に……」

「いいの。ちゃんと答えが聞けたから。私は、八雲君に幸せになって欲しいの」

「そんなこと言うな。君がいないとぼくは……」

「嬉しい。でも、やっぱり私は、八雲君を縛りたくない」

「晴香……」

「ありがとう。名前を呼んでくれた」

「晴香」

「私のこと、忘れないでね……」

そう言ったあと、晴香がふっと視線を上に向けた。

――消える。

八雲には、それが分かった。

晴香の姿は、どんどんと風景と同化していく。

──逝くな！

抱き締めようとしたが、間に合わなかった。

晴香の姿は、最初から存在しなかったかのように、跡形もなく消えてしまった。

「逝ってしまった……」

虚脱感が身体を包み込む。

もう、晴香に会えないかと思うと、何もかもが、どうでもよくなった。呆然《ぼうぜん》自失のまま晴香を抱き締めることができなかった、自分の両手を見つめる。

左手首に巻いたネックレスの赤い石が、八雲に何かを訴えかけてくるようだった。

「そうだな……」

八雲は小さく笑みを浮かべながら呟く。

晴香は八雲の記憶の中に刻み込まれている。

それに赤い左眼がある。

幽霊になって彷徨《さまよ》うのであれば、もう一度、彼女の笑顔を見ることができる。

だから──。

「ぼくは、君を想い続ける……」

口に出すのと同時に、左の脇腹に、強烈な痛みが走った。

——何だ？

振り返ると、そこには七瀬美雪がいた。

晴香が現れたことにより、彼女から離れてしまった。あまりに迂闊《うかつ》だった。

「この期に及んで、メロドラマ？　反吐《へど》が出るわ」

八雲の耳許《みみもと》で囁《ささや》くように言ったあと、七瀬美雪がナイフを引き抜いた。

焼けるように痛かった。

手を当てると、とくとくと血が流れ出てきているのが分かった。

力が入らず、八雲はそのまま前のめりに倒れる。

「どうしてなの？　どうして、あなたは、いつもそうなの？」

七瀬美雪が、八雲を見下ろしながら問う。

「な、何を……」

「あなたを見てると、本当に苛々《いらいら》する。どうして、狂わないのよ。それだけの想いをして、どうして、まだ自分を見失わないの？　私が、間違ってるみたいじゃない！」

七瀬美雪は、感情に任せて叫びながら、何度も八雲を蹴《け》った。

完全に理性が飛んでいる。

おそらく、この言葉こそが、七瀬美雪の本音なのだろう。

彼女は、自分の現状は、周りのせいだと思い込んでいる。自分にはどうしようもなかった。仕方なかった。こうするしかなかった。

自分のせいではない――と。

だから、似た境遇にある八雲に、共感を求めたのだろう。あなたも同じでしょ――と。

しかし――。

八雲は、違った。最後まで、希望を捨てなかった。

いや、そうではない。

希望は、幾度となく捨ててきた。

だが、それを拾ってくれる人たちがいた。

晴香がそうだった。

彼女だけではない。後藤が、一心が、奈緒が、石井が、真琴が、八雲が捨てたはずの希望を拾ってくれた。

だから、八雲は前に進むことができた。

「あなたは、間違えている……」

息も絶え絶えになりながら言うと、七瀬美雪はさらに激昂《げきこう》した。

「私の何が間違えているって言うの？」

七瀬美雪が、八雲の傷口を踏みつけた。

強烈な痛みが全身を貫いたが、八雲は悲鳴を上げることなく、歯を食いしばってその痛みに耐えた。

痛みに屈したら、それで七瀬美雪に負ける気がした。

「ぼくとあなたの決定的な違いは……一人じゃなかったってことです……」

八雲が言うなり、七瀬美雪の口許が歪《ゆが》む。

「何を言ってるの？　私には、あの人がいたわ。一人じゃなかった」

「本当にそうですか？　あの男は、あなたを見てはいなかった。だから、あなたは、ぼくのことを憎んだ……違いますか？」

八雲の言葉におののいたのか、七瀬美雪がよたよたと後退《あとじさ》った。

血はまだ止まっていない。痛みもある。だが、それでも、八雲は最後の力を振り絞って立ち上がった。

「いい加減なことを言わないでよ」

七瀬美雪の声が震えている。

強がってはいるが、彼女自身、分かっていたはずだ。自分が間違っていることに。だから、八雲に執着したのだ。

「あなたは、あの男からの愛情を欲した。でも、あの男は、あなたが望む愛情を与えてはくれなかった」

「ふざけてないでよ！」

「ふざけてなんかいません。あの男は、自分の魂の器として、実の子であるぼくに目を付けた。そのとき、あなたは感じたんでしょ。どんなに愛情を注いでも、欲しても、本当の親子にはなれない――と」

以前、七瀬美雪が、八雲に対して「眼が赤いことが、そんなに偉いの！」と逆上したことがあった。

あれは、いくら愛しても、本当の家族になれない苦しみからきた言葉なのだろう。

「黙れ！」

「いいえ。黙りません。あなたが欲しかったのは、家族なんでしょ」

「違うって言ってるでしょ」

「いくら否定しても無駄です。ぼくには、分かってしまいましたから」

七瀬美雪に言葉をぶつけながら、八雲は真実に気付いてしまった。ヒントは、晴香が口にした愛情という言葉だった。

「は？」

「あなたは、記憶を失ってなんかいなかった。ただ、家族が欲しかった。だから、記憶を失ったふりをして、秋恵さんと生活をしていた」

今になって、ようやく理解した。

ずっと不思議だった。秋恵は、記憶を取り戻したあと錯乱した。それは、自分の記憶が信じられなくなったからだ。

思い出したといっても、完全に戻るというわけではない。断片的に蘇《よみがえ》った記憶が、秋恵から現実と虚構の境界を奪ったのだろう。

だが、七瀬美雪は、記憶を取り戻したあとも、平静だったことが森野の手記からわかる。

それだけではない。八雲に過去の自分の辿《たど》った道を見せた。それは、完全に記憶がなければ成立しないことだ。

つまり――。

七瀬美雪は、記憶を失っていたのではなく、そういうふりをして、紗月としての人生を歩んだのだ。

家族を手に入れる為に――。

「だったら、どうだっていうのよ！　そうよ！　私は、ただ普通に生活をしたかっただけ。それを許さなかったのは誰？　狂っているのは、私なの？　違うでしょ？　奪おうとした連中でしょ！」

七瀬美雪が、髪を振り乱しながら叫ぶ。

八雲には、それが泣いているように見えた――。

「奪ったという意味では、あなたも同じでしょ」

八雲が告げると、七瀬美雪の動きがピタリと止まった。

「どういう意味？」

「紗月さんを殺したのは、あなたでしょ？　秋恵さんは、当時の恋人だった男性が、殺害したと思い込んでいましたが、そうじゃない。あなたが殺したんだ」

「何を言ってるの？」

「絵日記帳を見ました……。あなたは、親友である紗月さんを慕っていましたが……同時に強い羨望《せんぼう》を抱いていた。その理由は、紗月さんは、あなたと違って望まれてこの世に生を受けたからです」

秋恵は、男に流される傾向があったが、それでも彼女自身が娘を虐待することはなかった。

紗月は、母親には愛されていた。望まれていた。

境遇は似ていたが、そこが七瀬美雪とは決定的に違った。

「…………」

「自分も、優しいお母さんが欲しい。幸せな家庭で暮らしたい――そう願ったんですよね」

「……」

「だから、あなたは、紗月さんを殺すことで、母親を奪ったんだ」

「何を根拠に……」、
七瀬美雪の声には、まったく力がなかった。

「そうか。あなたが雲海に会ったのは、自分の家族を殺す前だったんですね……。いや、もっと前だ……。紗月さんを殺すより、もっと前にあなたは、雲海に会っていた」

七瀬美雪と雲海が出会ったのは、彼女が家族を殺害したあとだと思っていたが、そうではなかった。

あの事件より前に、二人は出会っていた。

紗月の殺害も、七瀬邸での事件も、全て計画の内だったのだ。

「あなたは、雲海の計画の失敗作だったというわけだ」

「ふざけないで！　何が失敗作よ！　あなたなんかに、私の何が分かるの！」

七瀬美雪が吠《ほ》える。

獣のようなその声に、理性は微塵《みじん》もなかった。

これまで鬱積《うっせき》した感情が爆発し、自分でも歯止めが利かなくなっているのだろう。

「分かりますよ……。たぶん、あなたを理解できるのは、ぼくだけだ」

「な、何よ。今さら……」

「分かるからこそ、あなたは罪を償うべきだ……」

八雲は、痛みを堪《こら》えながら、七瀬美雪に歩み寄る。

「な、何なのよ……。こっちに来ないで……」

七瀬美雪は、怯《おび》えたように後退る。

これまで、七瀬美雪は他人の感情を掌《てのひら》の上で転がしてきた。全てを掌握しているという傲慢《ごうまん》さがあった。

そんな彼女からしてみれば、無防備なまま歩み寄る、今の八雲の行動は理解不能なのだろう。

「もう、終わりにしましょう」

八雲は、七瀬美雪の肩に手を置いた。

「さ、触るな！」

七瀬美雪は、八雲の手を振り払い、叫び声を上げながらロッジを飛び出して行った。

彼女の姿は、闇に吞《の》まれていった。

——追わなければ。

八雲は、ふらふらとした足取りで、七瀬美雪のあとを追いかけ、ロッジを出た。

激しい雨が降っている。

視界が悪く、彼女がどっちに行ったのか、分からなくなってしまった。

だが——。

おそらくは上だろう。

理性を飛ばしてしまった七瀬美雪は、思考することなく、本能に従って山頂に向かったに違いない。

八雲は、近くにあった木に手を突き、呼吸を整えてから歩き出した。

十六

「八雲！」

勢いよくロッジのドアを開けたが、そこに人の姿はなかった。

てっきり、この場所に八雲がいると思っていただけに、落胆が大きい。膝《ひざ》から頽《くずお》れそうになるのを、辛うじて堪《こら》えた。

「クソッ！　どこに行きやがった！」

後藤は苦々しく吐き出しつつも、部屋をぐるりと見回す。

暖炉の明かりに照らされたその部屋は、何とも薄気味の悪い空間だった。

部屋の奥には、椅子が一脚置かれていて、そこに白骨化した子どもと思われる死体が座らされている。

おまけに、床には瓶の破片が散らばっていて、生首と思われる物体が転がっている。

たぶん、七瀬美雪が持ち歩いていた雲海の生首だろう。

彼女が、このロッジにいたという証明だ。

「後藤刑事！　これ！」

石井が、床に屈《かが》み込むようにして声を上げた。

「何だ？」

歩み寄りながら、床を見てぎょっとなった。

床には、血溜《だ》まりができていた。

指で触ってみる。まだ乾いていない。それに、温かさがある。あまり悪いことは想像したくないが、血痕《けっこん》を見つけてしまったとなると、そうもいかない。

「八雲氏と、七瀬美雪、どちらの血でしょう？」

「分からん」

現段階では、何とも言えない。

ただ、ここで流血沙汰《ざた》があったことだけは間違いない。自分たちは、間に合わなかったのか？

八雲を救おうと、必死に駆けずり回ったのに、晴香のときのように、手遅れになったとでもいうのか？

再び虚脱感に襲われ、膝を落としそうになったが、「何くそ！」と力を込めた。

まだだ。まだ、諦《あきら》めるわけにはいかない。

「あっ！」

急に石井がデカい声を上げた。

「どうした？」

石井は答えることなく、安楽椅子のところまで駆け寄って行くと、床から何かを拾い上げた。

ナイフだった——。

べっとりと血が付着している。

「何てことだ……」

こうやって改めて見ると、血痕の位置は一箇所ではなかった。

あちこちに血の痕《あと》がある。

ナイフで斬り合ったのだろうか？　お互いの憎しみをぶつけ合うように——。

「まだこの建物にいるかもしれません。他の部屋を見て来ます」

石井は、そう言い残すと駆け出して行った。

この建物の別の部屋にいるという可能性はある。隠し部屋などがあって、そこに潜んでいるということも考えられる。

顔を上げた後藤は、戸口のところにも、血痕が付着しているのを見つけた。

触れてみると、やはりまだ乾いていない。

「石井！」

後藤が声を上げると、石井が「はい！」と返事をしながら、機敏な動きで舞い戻って来た。

「おそらく、外に出たはずだ」

後藤が、戸口の血痕を指差すと、すぐに理解したらしく「そのようですね」と同意した。

「急ぎましょう！　血痕からみて、かなりの出血量です。どちらの血であったにせよ、手遅れになる可能性があります」

石井は、早口に言うと外に出る。

後藤もその後に続いた。

「問題は、どっちに行ったかだな」

山を上ったのか、あるいは下ったのか――。

「下ったのであれば、私たちと鉢合わせになっているはずです」

「だな」

石井の言う通りだ。

間違いなく、この山を登っていったはずだ。

――間に合えよ。

後藤は、自らに強く念じながら、山頂へと続く道を登り始めた。

十七

出血のせいか、意識が朦朧《もうろう》とする。

険しい山道を登ってきたこともあり、息が上がり、足の筋肉が引き攣《つ》ったように痛む。

それでも、八雲は歩みを進めた。

――何の為に？

自分でも、判然としなかった。

もはや、七瀬美雪に対する殺意は消え失《う》せている。だとしたら、ここから先は警察に任せて引き返せばいい。

それなのに――。

七瀬美雪を追って、足が動き続けている。自分の意思とは関係なく――。

ごうごうと激しい音がする。

目を向けると、滝が見えた。流れ落ちる川の水が、尖《とが》った岩に当たり、水飛沫《しぶき》を上げている。

見上げると、滝の上に人影が見えた。

視界が悪いせいで、表情は分からないが、八雲をじっと見下ろしている。どうやら、逃げることを止めたようだ。

決着をつけるつもりなのだろう。

八雲は、意を決して道を登り続ける。急に勾配《こうばい》がきつくなる。足を滑らせないように、踏ん張る。

その度に、刺された肩と脇腹に激痛が走る。

ただ、その激痛のお陰で、意識を失わずに済んでいた。

「本当に、しつこいわね」

何とか道を登り、滝の上に到着したところで七瀬美雪の声がした。

川の縁にある岩に腰掛け、八雲をじっと見ている。

「あなたに、言われるとは思ってなかったです……」

しつこさで言ったら、七瀬美雪の方が、はるかに上を行く。

「相変わらずの減らず口ね」

「そのまま……あなたにお返しします」

「本当に、あなたって嫌な人ね」

「あなたほどじゃありませんよ……」

「そういうところが、むかつくって言ってんのよ！　そうやって、いつも飄々《ひょうひょう》としてるのが、嫌いなのよ！」

七瀬美雪が立ち上がり、八雲に向かって歩み寄って来た。

「あなたに、どう思われようと……知ったことじゃありません」

「私なんて眼中にないって言いたいの？」

「ええ」

「これでも？」

言うなり、七瀬美雪が八雲の脇腹の傷に、指を突っ込んできた。

さっきまでとは比較にならない痛みが、身体を駆け抜ける。そのまま気を失ってしまいそうなほどだった。

だが、それでも八雲は耐えた。

「どんなに痛めつけても……無駄ですよ。ぼくは、もう惑わされない。怒りや憎しみに囚《とら》われることはない。それが、彼女の望みだから……」

八雲は、七瀬美雪の腕を振り払い、真っ直ぐにその目を見つめた。

視線に籠《こ》もっているのは、怒りでも憎しみでもない。

いうなれば、憐《あわ》れみだろう。

「何なのよその目は！　そんな目で、私を見ないで！　私は間違ってない！」

「間違っています。あなたは、ずっと間違えてきた」

「冗談は止めて！　私は奪われたの！　被害者なの！」

「だからと言って、奪っていい命なんて、一つもないんです――」

八雲は、静かにそう告げた。

ずっと見失っていたが、これまで、八雲がずっと胸に抱き続けてきた信念だ。

赤い左眼で、浮かばれない数多《あまた》の魂を見てきたからこそ、奪われた命の意味を知っているからこそ、導き出した答えだ。

そして、何より晴香が、その信念を貫くことを望んでいる。

「あなたとは、やっぱり分かり合えないわね」

「そのようですね」

「知ってた？　他人の命は奪っていいのよ」

言うなり、七瀬美雪はナイフを振り翳《かざ》し、八雲に襲いかかって来た。

何とか振り下ろされる腕を押さえつける。

が、七瀬美雪は、八雲の脇腹を蹴《け》りつつ、強引にナイフを突き出してくる。

切っ先が、八雲のすぐ目の前まで迫っていた。

「もう止めろ！」

八雲は、叫びながら押し戻そうとしたが、完全に力負けしてしまった。

七瀬美雪ともつれ合うようにして、倒れ込んでしまう。

——しまった。

そう思ったときには、もう遅かった。

もつれ合ったまま、滝の上から身体が転落して行く。

——八雲君。

晴香の声が聞こえた気がした。

気付いたときには、八雲は右手で岩を摑《つか》んでのところで落下を免れていた。

七瀬美雪は、ナイフを持っていたことが災いしたのか、八雲の横を、ずるずると滑り落ちて行く。

なぜ、そうしたのか、自分でもよく分からない。

反射的に、八雲は七瀬美雪の腕を摑み、落下を阻止した。

八雲は右手一本で、滝の上からぶら下がることになった。しかも、自分と七瀬美雪とを支えている状態だった。

高さは十メートル以上ある。

隆起した岩に激突したら、即死は免れないだろう。仮に水の上に落ちたとしても、濁流となった冷たい川だ。

　この傷では這《は》い上がるのは困難だ。

「どうして助けるのよ」

　七瀬美雪が、下から不思議そうに八雲を見上げる。

「知りません。気付いたら、こうなっていただけです」

　八雲は歯を食いしばり、身体を引き揚げようとしたが、さすがに無理だった。こうやってぶら下がっているだけで精一杯だ。

　腕の力が、みるみる弱まっていくのが分かる。

　摑んだ岩が、指先に食い込み、皮膚が削られていくようだった。

「早く放しなさいよ。あなたまで死ぬわよ」

「そうかもしれませんね。でも、さっきも言いました。奪っていい命なんて、一つもないんです。相手が、あなたであったとしても――」

「本当に嫌な人。あなたといると、私は自分の弱さを思い知らされるの。苦痛から逃げたのだという現実を突きつけられるの。だから、あなたのことが嫌い。自分の存在を否定されているみたいで……」

「少し黙っていて下さい。引き揚げる方法を探します」

「いいのよ。もう、いいの――」

七瀬美雪が笑った。

どうして、この状況で笑うのか、八雲には理解できなかった。

考えるのは後だ。どうにかして這い上がらなければ。必死に思考を巡らせたが、何も方法が思いつかない。

こんな山奥だ。偶然、誰かが通りかかって助けてくれるなんてことはあり得ない。

七瀬美雪の手を放せば、自分だけは助かるかもしれない。

だが——。

八雲は、その選択をするつもりはなかった。

何があろうと、この手は放さない。それは、ただの意地なのかもしれない。

——あっ！

腕の限界は、唐突に訪れた。

ずるっと指の皮とともに、岩から手が離れてしまった。

重力に引かれて、真っ逆さまに転落して行く——。

ダメだった。さすがに、もう終わりだ。全てを諦《あきら》めたとき、誰かが八雲の身体を包み込むように抱き締めた。

七瀬美雪だった——。

「私が守ってあげる」

――何を言っている？

答えを出す間もなく、どんっと激しい衝撃が身体を襲った。

一瞬、意識が飛ぶ。

気付いたときには、八雲の身体は七瀬美雪の腕の中にあった。

そして、彼女は、虚空を見つめたまま絶命していた。

最後の瞬間、八雲を抱き締め、自らの身体で衝撃を吸収して、八雲の命を救ったのだ。

――どうして？

七瀬美雪は、なぜ八雲を救おうとしたのか？

痛みを堪《こら》えながら、何とか身体を起こそうとしたが、落下のダメージは完全になかったわけではなかった。

身体がふらつく。踏ん張ろうとしたが、脇腹の傷が痛み、自由が利かない。

気付いたときには、川に転落していた。

水を飲んでしまった。

必死に泳ごうとしたが、やはり身体に力が入らず、水の中に沈んで行く。

――ここまでか。

八雲の意識は、濁流の中に呑《の》まれていった。

十八

恵子は、娘の手を握りながら、ただ祈ることしかできなかった——。

どうしてこんなことになってしまったのか？　いくら考えても、答えは出なかった。

そもそも、そんなことを考えたところで、何の意味もない。

晴香は、とても優しい子だった。

少し抜けているところがあったけど、真面目で、素直で、自慢の娘だった。

でも——。

恵子にとって、それが心配の種でもあった。

晴香が、いい子過ぎるくらい、いい子だったのは、おそらく、綾香の交通事故を自分の責任だと感じていたからだろう。

だから、我が儘《まま》一つ言わず、誰にも迷惑をかけないように、控え目に、いい子を演じ続けていたように思う。

普段はそういう素振りを見せないが、ふとしたときに、とても悲しそうな顔をするのも、ずっと引っかかっていた。

自分は生きていていいのか？　そう自問しているように、恵子には見えた。

笑みを浮かべたときに、それが顕著に表れた。

周りの空気を読んで、笑みを張りつけているだけで、心の底から何も楽しんでいない。そんな風に見えた。

本当は、声をかけてやるべきだった。

お姉ちゃんの事故は、あなたの責任じゃない。あなたは、あなたたなのだから――と。

でも、できなかった。

恵子自身、綾香の死に触れることを恐れていたというのもあるが、自分が何を言おうが、逆効果になると思っていたからだ。

いくら恵子が、諭したところで、晴香は逆に気を遣われていると感じたはずだ。

あの娘《こ》は、そういう娘だ。

それが分かっていたから、ただ、黙って見守ることしかできなかった。

わざわざ東京の大学に進学したのは、嫌なことを思い出したくなかったからかもしれない。

綾香のことを誰も知らない場所に行って、暮らしたかったのだろう。

地元を離れ、一人暮らしをすることで、少しは綾香の呪縛《じゅばく》から解き放たれるかもしれないと思った。

だから、心配はあったが送り出した。

そんな晴香が、八雲と出会ってから、大きな変化を見せるようになった。

最初に、晴香が八雲のことを話したとき、酷《ひど》く怒っていたのを覚えている。大学に、凄《すご》く嫌な人がいる――と。

これまで、晴香が誰かの悪口を言うことなんて、一度もなかった。

晴香の感情が、揺さぶられたことは、大きな進歩だと思った。

それからというもの、嫌いなはずの八雲の話題が、日増しに多くなっていった。

――恋をしているんだな。

それに気付くのと同時に、恵子は心から嬉《うれ》しくなった。

これまでも、恋を経験しなかったわけではないだろうが、それは、淡い憧《あこが》れ程度のものだったはずだ。

だが、今回の八雲に対する想いは、そうしたものとは、明らかに違っていた。

八雲と過ごすことで、少しずつではあるが、晴香の中にある呪縛が、解き放たれていっているような気がした。

綾香の代わりとしての自分ではなく、晴香自身として、生きるようになってくれたのが、何より嬉しかった。

きっと、晴香にとって、八雲は単なる恋の相手というような、単純なものではなかったのだろう。

しかも、八雲は梓の子どもだった――。

偶然、恵子が助けることになり、その後、手紙のやり取りをしていた女性――。

二人が出会うことは、運命だったように思う。

もし、晴香が八雲と出会わなければ、きっと今も、あの交通事故に縛られたままだっただろう。

せめて、最期に会わせてあげたかった――。

「違う。晴香は、まだ生きている」

恵子は、頭《かぶり》を振って考えを改めた。

まだ、晴香は死んではいない。晴香の人生は、まだまだ始まったばかりだ。

これから、綾香の為ではなく、自分自身の為に、様々なことを経験しなくてはならない。

「だから、頑張って」

恵子は晴香の手を握る手に力を込めた。

温《ぬく》もりは失われていない。だから、きっと大丈夫。医者が何と言おうと、目を覚ますはずだ。

――お母さん。

不意に耳許《みみもと》で声がした。

それは確かに、晴香の声だった。目を覚ましたのかと思ったが、そうではなかった。人工呼吸器が挿入されている状態では、喋《しゃべ》ることもままならないはずだ。

「でも、今確かに……」

――お母さん。今までありがとう。

また声がした。

「晴香」

――私、お母さんの子どもで、本当に良かった。

「ちょっと。何を言ってるの？」

そんなこと言わないで欲しい。まるで、別れの言葉みたいではないか。

――私ね。精一杯生きたよ。

「晴香。まだよ。まだ生きるの」

これから、やるべきことが、たくさんあるはず。会いたい人もいるはず。苦しいこともあるかもしれないけれど、きっと楽しいことの方が多いから――。

恵子自身、晴香に伝えられていないことが、いっぱいある。だから――。

「まだ逝かないで」

――今までありがとう。お姉ちゃんが待ってる。もう行くね。

「晴香！　待ちなさい！　まだ、逝っちゃダメ！」

恵子が叫ぶのと同時に、生体情報モニターが、ピーッと警報を鳴らす。

「ダメよ。晴香。戻ってきて。お願いだから、戻ってきて——」

看護師が、血相を変えて駆け込んで来る中、恵子はただひたすらに娘の名を呼び続けた——。

十九

ゆらゆらと揺れていた——。

真っ暗だった。

僅《わず》かながらも確保できていたはずの視界が、完全な闇に閉ざされていた。

何も聞こえない。

川の音も、雨の音も、何も——。

あれほど、強烈だった痛みも感じなくなっていた。それだけではない。寒さも、気《け》怠《だる》さも、何もない。

——ああそうか。

八雲は、自分がどうなったのかを理解した。

肉体を持たない、魂だけの存在になったのだ。つまりは、死んだのだろう。

だから何も感じない。

これまで、本当に色々なことがあった。

後悔ばかりな気がするが、負の連鎖に決着をつけることはできた。

この結末が、正しいものだったのか、或《あ》るいは、間違っていたのか、八雲には分からない。そこには結果があるだけだ。

真っ暗だった視界に、ふっと淡い光が浮かんだ。

その光は、次第に大きくなり、人の形へと変貌《へんぼう》していった。

知っている人物だった。

「叔父《おじ》さん。それに、母さん——」

一心と梓は、穏やかな笑みを浮かべていた。

思えば、梓のこんな穏やかな笑みは、初めて見たかもしれない。いつも、何かに怯《おび》えていたから——。

「ぼくは、これで良かったのかな？」

問い掛けてみたが、答えは返してくれなかった。

ただ、二人が微《かす》かに頷《うなず》いたように見えた。

「そうか……」

もう、後悔はない。

やれるだけのことはやった。精一杯、生きた。

だから、誰かを恨むようなことはないし、未練もない。きっと、自分の魂は、現世を彷徨《さまよ》うことなく消えていくのだろう。

やがて一心と母である梓の姿は、溶けるように消え、再び完全な闇が訪れた。

「これで、また君に会えるな」

呟《つぶや》くのと同時に、頭の中に晴香の顔が浮かんだ。

幽霊同士であった場合は、触れ合うことができるのだろうか？　仮に、できなかったとしても、それでも構わない。

ただ、彼女の笑顔を見ることができるなら、他に何もいらない。

「早く君に会いたい」

その言葉に応《こた》えるように、再び八雲の前にぼうっと薄い光が浮かび上がった。

――晴香。

名前を呼ぼうとしたが、慌ててそれを止めた。

そこに現れたのは、八雲がもっとも会いたくない人物だったからだ。

――雲海。

八雲の実の父親。全ての元凶である男だ。

「あなたの顔は、もう見たくない。消えてくれ」

八雲は、ため息交じりにそう告げた。

この男に同情すべき点は多々ある。あまりに過酷な人生を歩んできた。人を憎む気持ちも分からないでもない。

それでも、雲海がやったことは、決して許されない。

自分が傷付いたからといって、他人に同じことをしていいなどという歪《ゆが》んだ考えが、負の連鎖を生み出したのだ。

「礼を言う」

雲海が、じっと赤い眼で八雲を見据えながら言った。

「礼？」

この男に、礼を言われる覚えはない。

「彼女を救ってくれた」

そういえば、以前にも、雲海は同じようなことを言っていた。「お前に、彼女を救えるか？」と。

――そういうことか。

八雲は、今さらのように納得した。

おそらく、雲海は、自分の復活が叶《かな》わないと分かった瞬間から、七瀬美雪を止めようとしていたのだろう。

雲海は、七瀬美雪をただの駒として利用したのではない。

口には出さなかったが、深い愛情を持っていた。

だから、虐待のあった家から連れ出し、新しい人生を与えようとした。結果として、失敗したが、その後も行動をともにしていたのは、雲海が七瀬美雪と一緒にいることを望んだからなのだろう。

推測でしかないが、雲海が生に執着したのは、七瀬美雪を愛していたからなのかもしれない。

愛する人の側にいたいが故に、生き返ることを望んだ。

八雲が、晴香に触れたいと思うように、雲海も七瀬美雪に触れたいと願ったのではないだろうか？

気持ちは分かるが、その欲求を叶える為に、あまりに大きすぎる犠牲が払われた。

何れ《いず》にせよ、これで全て終わりだ。

八雲の意識が、ゆっくりと闇に沈んでいく。

「生きろ――」

それを呼び止めるように、声がした。

雲海が、まだそこに立っていた。

「何だって？」

「生きろ」

雲海が、再び言った。

――生きろだと？

この男は、最後の最後に、いったい何を言っているんだ？

「あなたが招いたことだろう。散々、自分の為に、ぼくを付け狙っておいて、今さら生きろ――などと言われる筋合いはない」

「それでも――生きろ」

「ふざけるな！」

正直、八雲には、もう生きる理由はない。

血の宿縁に決着をつけたのだ。それに、晴香はもういない。彼女のいない世界で、生きる意味などない。

晴香を奪ったのは、あなたたちだろうに――。

「生きろ――」

雲海が言う。

八雲の中で、怒りが爆発した。

――いい加減にしろ！

叫ぼうとしたが、口の中に水が入って来て、声にならなかった。

──何だ？

一瞬、混乱した。

自分は死んだと思っていた。だが、気付けば、現実に引き戻されていた。川の中ほどにある大きな岩に、身体が引っかかっていた。

生きていると実感した瞬間、激痛が身体を駆け巡る。

刺された左肩と脇腹だけではない。身体のあちこちに痛みがある。おそらく、川に流されながら岩にぶつかり、傷を負ったのだろう。

こんな身体では、到底、岸に辿《たど》り着くことはできない。

このまま、ここで朽ち果てるしかないだろう。

「残念だったな……」

雲海の望みは、叶えられそうにない。

だが、これでいい。心を失った状態で生き続けるくらいなら、このままここで死んだ方がマシだ。

八雲は、ふっと力を抜いて、そのまま瞼《まぶた》を閉じようとした。

「生きろ」

また、声がした。

見ると、依然として雲海がそこに立っている。

赤い両眼で、八雲を睨《にら》み付けるようにしながら——。

「何なんだ……」

「生きろ！」

雲海が、同じ言葉を繰り返す。

腹が立つ。生きたところで、何もないというのに——。

それを奪ったのは、あなたたちだというのに——。

怒りを抱えながらも、気付いたときには、八雲は川岸に向かって歩みを進めていた。

激しい流れに、何度も流されそうになりながらも、必死に踏ん張り、激痛に耐えながら、歩みを進める。

どうして、こんな思いをしてまで、生きなければならないんだ？

「生きろ！」

「うるさい！　あなたなんかに言われなくたって……」

必死の思いで、八雲は岸に辿り着いた。

だが、そこが限界だった。

出血と痛み。それに、体温を奪われたせいで、意識がどんどん遠のいていく。

このまま目を閉じたら、楽になれるのに——。

思うのに反して、身体の内側から、熱を持った衝動が湧き上がった。それは、生に対する執着とでもいうものだった。

思考ではない。身体が、生きることを望んでいるのかもしれない。

だが、もう指一本動かせない。

八雲は、仰向《あおむ》けに倒れながら、雨の降りしきる夜の空を見上げた。

——ぼくは。

「生きろ！」

また、雲海の声がした。

どうして、生きなければならない？

——お前が死ぬことを、晴香ちゃんは望んでいない。

ふと耳に柔らかい声がした。

姿こそ見えないが、それは間違いなく一心の声だった。

——八雲。諦《あきら》めないで。

今度は、梓の声が聞こえた。

この先、自分の人生には何もない。晴香を失ったという喪失感を抱えながら、後悔の日々を送るだけだ。それでも、生きなければならない理由とは何だ？

「それでも——生きろ！」

雲海だった。

不思議だった。その声が、八雲にはとても優しく聞こえた。

「あぁぁぁ！」

八雲は、最後の力を振り絞って叫んだ。

誰に向けて、何の為に叫んだのか、自分でも分からない。ただ、心の内側にある衝動を、口から吐き出したのだ。

力を出し切ったあと、八雲の意識は、深い闇の中に堕《お》ちていった。

何も見えない。何も聞こえない。

深淵《しんえん》の底に——。

静寂と闇によって支配されているはずの深淵で、八雲は光を見た——。

小さいけれど、とても温かい光を——。

エピローグ

EPİLOGUE

一

さっきまで真っ暗だったのに、薄《うっす》らと光が見える。

——あれは何だ？

天国などないと思っていた。死んだら、その魂は溶けて消えてしまう。完全な無になると思っていたのに、死んだ先に、まだ何かあるというのだろうか？

光の中に人の姿が見えた。

一心だった。

いつものように、穏やかな笑みを浮かべながら、じっと八雲を見ている。

やがて、一心の隣に梓の姿が浮かんだ。中学校の担任だった高岸明美《たかぎしあけみ》もいる。武田俊介の姿もあった。

みんなのところに、歩み寄ろうとしたが、それを阻むように一心が掌《てのひら》を突き出した。

——お前が帰る場所は、ここじゃない。

一心が言う。

――どうして？

なぜ、自分が一緒に行ってはいけないのか？　それに、ここじゃないとしたら、いったいどこに帰ればいいのか？

八雲が疑問をぶつける前に、光がどんどん大きくなり、一心たちを呑《の》み込んでしまった。

――待って。

追いかけようと手を伸ばしたが――届かなかった。

はっと気付くと、視線の先に白い天井があった。そこに向かって左手を伸ばしていた。手首に巻き付けたネックレスの赤い石が、ゆらゆらと揺れている。

「目を覚ましたか！」

がなり声が耳に響く。

聞き覚えがある。ひどく懐かしい声だ。

「おい。八雲。大丈夫か？」

そう言って、顔を覗《のぞ》き込んで来たのは、後藤だった――。

「後藤さん……」

口にするのと同時に、八雲は自分がまだ死んでいないことを理解した。

ここは病室で、ベッドに寝ているようだ。

——死ねなかった。

内心で呟《つぶや》くと同時に、喩《たと》えようのない虚しさが去来した。

「良かった。本当に良かったです。一時は、どうなることかと思いました」

今にも泣き出しそうな声で言ったのは、石井だった。

「ぼくは、いったい……」

川から這《は》い上がったところまでは覚えている。

そのあと、意識を失った。あのまま死んだと思っていたのに、どうして、自分は生きているのだろう？　それが不思議でならなかった。

「お前の叫び声が聞こえたんだ」

後藤が、ベッド脇の椅子に腰掛けながら言う。

「叫び声？」

「ああ」

そうか。あのとき、八雲は、わけも分からず叫んだ。最後の力を振り絞って。

その叫び声が、後藤に届いたということだろう。

「後藤刑事が、八雲氏を見つけて、背負って山を下りたんです」

石井が、メガネの奥で目を潤ませながら言った。

一人で決着をつけるつもりで、後藤たちを突き放した。それでも、後藤と石井は、八雲を追って来たのだろう。

だから、倒れている八雲を見付けることができた。

二人のお陰で、自分はこうして生きている。それを喜ぶべきなのか、落胆するべきなのか、今の八雲には分からなかった。

「七瀬美雪は？」

八雲が問うと、後藤が長いため息を吐いた。

「上流の滝で、死んでいるのが見つかった」

「そうですか……」

八雲は、そっと瞼《まぶた》を閉じた。

最期の瞬間の七瀬美雪の顔が浮かんだ。

彼女は笑っていた。

どうして笑ったのか？　そして、なぜ八雲を守ったのか――今となっては、その真意は分からない。

ただ、七瀬美雪という人間が存在したという事実があるだけだ。

「本当に良かったです。私は、てっきり、このまま八雲氏が目覚めないんじゃないかって、心配したんです。何せ、三日も意識不明の状態だったんですから――」

石井が震える声で言った。目を向けると、メガネを外して涙を拭《ぬぐ》っていた。

後藤も、目に涙を浮かべながら、洟《はな》を啜《すす》っている。

二人とも、泣くほどに、心配してくれていたらしい。そこに嘘はないだろう。自分が生きていることを、こんな風に喜んでくれる人がいるとは、思いもしなかった。

――ぼくは、生きるべきなのだろうか？

心の中で問い掛けてみたが、誰も答えてはくれなかった。きっと、自分自身で、その答えを見つけなければならないのだろう。

「お前に、言っておかなければならないことがある――」

しばらくの沈黙のあと、後藤がそう切り出した。

「言っておくこと？」

「ああ。晴香ちゃんのことだが……」

八雲は、手で制して後藤の言葉を遮った。

「言わなくても分かってます。最期に、ぼくに会いに来てくれましたから――」

説明されるまでもなく、全て分かっている。

だからこそ、改めて他人の口から、その事実を報《しら》されるのは嫌だった。

「そうか……分かっているならいい……」

後藤は、諦《あきら》めたのか、泣き笑いのような表情を浮かべつつ俯《うつむ》いた。

だが、石井は納得していないらしく、「しかし、それでは……」と、まだ何か言おうとしたが、後藤に頭を引っぱたかれ、口を閉ざした。

「これを返しておいて下さい……」

八雲は、左手首に巻いていたネックレスを解き、後藤に差し出した。

彼女の遺品ともいえる品だ。本当であれば、八雲自身が持っていたい。だが、それは赦《ゆる》されないことのような気がした。

自分で返しに行くべきなのかもしれないが、今、八雲が顔を出せば、晴香の両親を深く傷付けることになる。

「本当にいいのか？」

「ぼくは大丈夫です。ネックレスがなくても、想い続けることはできますから――」

「分かった」

後藤は、静かに言ってネックレスを受け取った。

八雲は安堵《あんど》して目を閉じた。

瞼の裏に、晴香の顔が浮かんだ。

そこには、いつもと変わらない彼女の笑顔があった――。

ふっと、彼女の気配を感じた気がする。

温かくて、柔らかくて、全てを包み込むような、優しい気配を――。

二

緊張した面持ちで、B棟の裏手にあるプレハブ二階建ての一階の一番奥の部屋のドアの前に立った――。

ドアには〈映画研究同好会〉というプレートが貼られている。

ネックレスに付いている赤い石を、ぎゅっと握り締めて、気持ちを落ち着ける。

ノックしようと手を上げたが、寸前で思いとどまった。いきなり入って行って、少しくらい驚かせた方がいいかもしれない。

「やあ」

ドアを開けながら声を上げた。

部屋の主である八雲は、いつものように、パイプ椅子に座っていた。

いや、いつもとはだいぶ違う。顔や身体のあちこちに、ガーゼが貼られていて、満身創痍《そうい》の状態だ。

後から、後藤に聞かされたところによると、七瀬美雪に刺されただけでなく、滝から転落した挙げ句、川を流され、そこかしこに傷を負ったらしい。

八雲は、鳩が豆鉄砲を食ったみたいに、ぽかんとしている。

自分が目にしたものが、信じられないのだろう。

「あ、あのね……」

事情を説明しようとしたが、それより先に、八雲がすっと立ち上がり、自らの左眼を掌《てのひら》で覆った。

幽霊なのか、生きた人間なのかを確認しているのだ。

まあ、この状況では、そうなるのは致し方ない。

「生きて……いるのか……」

八雲が震える声で言った。

「うん」

——私は生きている。

一時は、危篤状態に陥ったものの、あのあと、奇跡的に意識を回復した。

幽霊となって、あちこち足を運んだのも、はっきりと覚えている。もちろん、七瀬美雪を殺そうとした八雲を、止めに行ったことも——。

晴香は、いわゆる幽体離脱をした状態だった。

その状態で、八雲を助けたいと、身体を離れ、あちこち移動したことが、意識を回復しなかった大きな要因だと思っている。

以前に、そういう事件があった——。

八雲の高校時代の同級生である、蒼井秀明《ひであき》が起こした、あの哀しい事件だ。

あのとき、秀明の妹である優花《ゆうか》は、意識不明の重体であるにもかかわらず、兄を救おうと、魂だけの存在になりながら奔走した。

まさに、今回の晴香は、その状態だったというわけだ。

意識を回復したのは、八雲より晴香の方が先だった。恵子から敦子を経て、そのことはすぐに後藤たちに伝えられた。

だが、八雲は晴香が死んだと思い込んでいた。

後藤は、今回、一人で勝手に突っ走った八雲に、少し反省させるという名目で、晴香の回復を八雲に秘密にしてしまった。

もちろん、晴香は、そんなことは猛反対だった。反省を促すにしては、あまりに質《たち》が悪い。

だから、伝えようとした。

一分、一秒でも早く、八雲と話がしたかったのだ。

それなのに、八雲の携帯電話は、事件の際に破損したらしく、連絡ができない状態だった。

結局、退院するのを待って、こうして足を運ぶことになったのだ。

「あのね。これには、深いわけがあるというか……」

八雲が怒り狂う前に、説明しようとしたが、それより先に、彼がずかずかと歩み寄って来た。

そして――。

八雲は、そのまま晴香を強く抱き締めた。

身体が痛くなるほど強く。

でも、とても温かかった。これまでのことが、走馬燈《そうまとう》のように頭の中を駆け巡る。

いいことばかりじゃなかったけれど、どれも大切な想い出――。

色々なことがあって、今、ようやく八雲と心から繋《つな》がっている。その実感が湧き上がってきた。

堪《たま》らず、晴香も八雲の身体に腕を回した。

八雲の身体の温《ぬく》もりが、その匂いが、とても心地良かった。

このまま、時間が止まってしまえばいいのに――。

「邪魔するぜ！」

声とともに、いきなりドアが開いた。

はっと振り返ると、そこには後藤と石井の姿があった。真琴もいる。

そうだった。何を隠そう、病院からここまで晴香を送ってくれたのは、後藤たちだった。

晴香だけ、先に顔を出し、後から後藤たちが来ることになっていたのだ。

——恥ずかしい。

抱き合っている姿を見られるなんて、顔から火が出る想いだ。

慌てて八雲から離れようとしたが、身体が動かなかった。八雲が、晴香を抱き締めたまま後藤を睨《にら》む。

「邪魔だと分かってるなら、さっさと帰って下さい」

八雲が舌打ち交じりに言う。

「あん？　せっかく、晴香ちゃんを連れて来てやったっていうのに」

「よく言います。どうせ後藤さんでしょ。こんな下らないことを仕組んだのは。彼女が生きていることを隠すなんて、趣味が悪過ぎる」

「うるせぇ！　分かってるから、言わなくていいって言ったのは、お前だろうが！」

「熊の分際で屁理屈《へりくつ》を——」

言い合いをする、後藤と八雲を、石井と真琴が「まあまあ」と宥《なだ》めにかかる。

そのやり取りを見ていて、晴香は思わず笑ってしまった。

「何を笑っている」

八雲に睨まれた。

「え？」

「だいたい君も君だ。ぼくが、どんな気持ちでいたか……」

真顔で言う八雲の言葉が、何だか嬉《うれ》しかった。だから、訊《き》いてみたくなった。

「どんな気持ちでいたの？」

晴香が、じっと見つめると、八雲は急に顔を真っ赤にした。

「ねぇ」

「言う必要はない」

八雲は、そう返すと晴香から手を放して、そっぽを向いてしまった。へそを曲げてしまったらしい。

「積もる話もあるでしょうし、そろそろ移動しませんか？」

石井が、おずおずと提案してきた。

「どこかに行くんですか？」

八雲が、ぶっきらぼうに聞き返す。

「お前らの快気祝いだよ」

後藤が、八雲の肩を叩《たた》いた。

「ぼくは行きません」

八雲は、すっかり機嫌を損ねているらしく、後藤を睨み付けている。

「ああそうかい。別に、お前がいなくても、何も困らねぇ。晴香ちゃん。行こうぜ」

後藤がそう言いながら部屋を出て行く。

石井と真琴は、お互いに顔を見合わせたあと、意味深長に笑い合い、「行きましょう」と部屋を出て行ってしまった。

「ねぇ。八雲君。一緒に行こう」

晴香が呼びかけると、八雲は、これみよがしに、深いため息を吐いた。

「分かったよ。行くよ」

八雲は、不機嫌に言いながらも、部屋を出た。

晴香がその後を追いかけようとすると、八雲が手を握ってくれた——。

飛び上がるほど嬉しかったが、口に出さないようにした。そんなことしたら、また
ヘソを曲げて八雲は手を離してしまうから。

これからも、きっと大変なことはたくさんあるだろう。

でも——。

ずっとこの手を離さないように歩んで行こう——。

謝辞

「心霊探偵八雲」シリーズを読んで頂き、ありがとうございました――。

二〇〇四年の十月に第一巻が発売されてから、本編が十二冊。中学生時代を描いた外伝が一冊。それに、番外編的な「ANOTHER FILES」が六冊。全部で十九冊。十五年と八ヶ月にも及ぶ、壮大な物語となりました。

スタートさせた当初は、まさかここまでのシリーズになるとは、私自身想像もしていませんでした。

ここに至るまで、本当に色々なことがありました。

当初、文芸社からの刊行だったシリーズがＫＡＤＯＫＡＷＡに移行し、異動やら退職やらで、編集担当も次々と替わり、「心霊探偵八雲」シリーズは、常に環境の変化にさらされていました。

今だからこそ言えますが、外的な要因に振り回されて、執筆が困難になる時期もありました。

それでも、「心霊探偵八雲」シリーズを書き続けることができたのは、読者の皆様のお陰に他なりません。

出版社が変わろうと、編集担当が替わろうと、読者の皆様は、変わらずに「心霊探偵八雲」シリーズを応援して下さいました。

だからこそ、私はどんなことがあっても、気持ちが折れることなく、作品を書き続けることができたのだと思います。

改めて、お礼を言わせて下さい。

「心霊探偵八雲」シリーズを愛して下さり、本当に、ありがとうございました――。

そして、激動の中にありながら、「心霊探偵八雲」シリーズを一貫して支えてくれたうちの事務所のスタッフにも、改めてお礼を言わせて下さい。

本当にありがとう――。

ご存じの方も多いと思いますが、「心霊探偵八雲」シリーズは、私が自費出版した『赤い隻眼』という本がベースになっています。

自費出版スタートだった作品が、ここまでのシリーズに成長できたのは、書店員の皆様の応援あってのことです。

受賞歴もない作家の、自費出版の会社が出した本を、店頭で展開して下さった書店員の皆様がいたからこそ、こうしてシリーズを重ねることができました。

そうした書店員の皆様の応援がなければ、人目に触れることなく、消えていったに違いありません。

本来なら、全ての書店員さんに直接お会いして、お礼を申し上げたいところですが、現実的ではないので、この場を借りて。

書店員の皆様。本当にありがとうございました——。

感謝の意を伝えなければならない人は、他にもたくさんいます。

これまで作品に携わって下さった、編集担当。作品のカバーを彩って下さった、イラストレーターやデザイナー。無理なスケジュールの中、原稿をチェックして下さった校閲の方々。そして、「心霊探偵八雲」シリーズを売る為に尽力して下さった、広報、営業、販売の皆様――。

多くの人の力に支えられ、「心霊探偵八雲」シリーズは、無事に完結を迎えることができました。

本当に、本当に、ありがとうございました――。

本作をもって「心霊探偵八雲」シリーズは完結となります。

正直、書きながら私自身が泣いてしまうかと思っていたのですが、思いの外、冷静に原稿を書き進めることができました。

謝辞を書いている今でさえ、悲しさや寂しさは微塵《みじん》もありません。

それは、きっと、キャラクターたちが、今も私の中で元気に生きているからでしょう。

完結したからといって、八雲や晴香、それに後藤や石井、真琴たちの存在が消えてしまうわけではありません。

これからも、私の頭の中で生き続けることでしょう。

作品を彩ってくれたキャラクターたちに、感謝の気持ちでいっぱいです。

もう、事件に巻き込むことはないから、幸せで、穏やかな日々を過ごして下さい。

今まで私の無茶ぶりに付き合ってくれて、本当にありがとう——。


余談ですが——。

先日、「心霊探偵八雲」シリーズの完結に伴い、作家の先生と対談させて頂くことができました。

十五年以上も小説を書き続けていたのに、作家の先生と対談させて頂いたのは初めてのことでした。

しかも、お相手は京極夏彦《きょうごくなつひこ》先生——。

そのご尊顔を拝む為だけに、かつて行列に四時間も並ぶほどに熱狂していた京極夏彦先生と、こんな風に対談させて頂く日がくるとは、夢にも思いませんでした。

京極夏彦先生、対談を快諾して下さり、本当にありがとうございました——。
※対談の内容は、『心霊探偵八雲　COMPLETE FILES』に掲載。

京極夏彦先生との対談というだけで、感動していたのですが、とてもありがたいお言葉を頂戴《ちょうだい》しました。

「宿敵との決着はついた。しかし、まだまだ書けそうですね。楽しみにしています」

感動でむせび泣くかと思いました。

――ふむ。

感動ばかりもしていられません。

これは、とんでもない宿題を頂いてしまいました。

深読みし過ぎかもしれませんが、宿敵との決着をつけたあとも、「心霊探偵八雲」シリーズには、まだまだ可能性がある――そう言われているような気がしました。

今は、まだ何も思いつきません。

しかし――いつの日か、京極夏彦先生の宿題に、答えられる日がくるかもしれません。

そのときは、皆様に温かく八雲たちを迎えて頂けたら幸いです。

果たして、そんな日は訪れるのか？

待て！　しかして期待せよ！

令和二年　春

神永　学

あとがき

『心霊探偵八雲12　魂の深淵』を読んで頂き、ありがとうございます――。

文庫化するに当たって、当初は〈あとがき〉を書くつもりはありませんでした。単行本のときに謝辞という形で想いを伝えているので、改めて書くことはないな――と思っていました。

それでも、こうして〈あとがき〉を書いているのには理由があります。

私は、単行本の謝辞の中で八雲《やくも》たちに向けて、「もう、事件に巻き込むことはないから、幸せで、穏やかな日々を過ごして下さい」と書きました。

そのときの気持ちに嘘はありません。

シリーズ完結後に、御子柴岳人《みこしばがくと》とコンビを組んだ『心霊探偵八雲　INITIAL　FILE　魂の素数』や、八雲の高校時代を描いた『青の呪い　心霊探偵八雲』が発売されていますが、どちらも本編開始前の時間軸で描いた作品です。

完結後の八雲たちがどうなったのかは、皆さんの想像に任せ、そっとしておこうと思っていました。

ところが……。

文庫用の改稿作業をしていて、思いついてしまったのです。

え？　何を思いついたかって？

八雲たちの、その後の活躍を描く作品の構想――です。

いやいや。完結したばかりで、続編の構想とか早過ぎるだろ！　と考えを捨てようとしたのですが、そうすればするほどに書きたいという欲求が強くなるばかり。

八雲からは「もう事件に巻き込まないといいましたよね。舌の根も乾かぬうちに、何を言っているんですか」とめちゃくちゃ怒られそうな気がしますが、思いついてしまったものは仕方ない。

構想を思いついたからといって、すぐに執筆できるものでもありません。

他作品のスケジュールの問題もありますし、そもそも、いくら私が書きたいと言っても、刊行してくれる出版社がなければ話になりません。

問題は山積みなわけです。

しかし――。

そうしたハードルを乗り越えてこそ、面白い作品を創ることができると私は信じています。

というわけで、自分を追い込む為にも、近い将来、八雲シリーズが戻ってくることを、ここにお約束します。

果たして、次はどんな事件が待っているのか？

待て！　しかして期待せよ！

令和四年　春

本書は、二〇二〇年六月に小社より刊行された
単行本を加筆修正のうえ、文庫化したものです。

心霊探偵八雲《しんれいたんていやくも》12
魂《たましい》の深淵《しんえん》
神永《かみなが》 学《まなぶ》

令和4年 5月25日 初版発行

発行者●堀内大示

発行●株式会社KADOKAWA
〒102-8177 東京都千代田区富士見2-13-3
電話 0570-002-301（ナビダイヤル）

角川文庫 23179

印刷所●株式会社暁印刷
製本所●本間製本株式会社

表紙画●和田三造

●お問い合わせ
https://www.kadokawa.co.jp/（「お問い合わせ」へお進みください）
※内容によっては、お答えできない場合があります。
※サポートは日本国内のみとさせていただきます。
※Japanese text only

ISBN 978-4-04-112163-4 C0193

◇◇◇

角川文庫発刊に際して

角　川　源　義

第二次世界大戦の敗北は、軍事力の敗北であった以上に、私たちの若い文化力の敗退であった。私たちの文化が戦争に対して如何に無力であり、単なるあだ花に過ぎなかったかを、私たちは身を以て体験し痛感した。西洋近代文化の摂取にとって、明治以後八十年の歳月は決して短かすぎたとは言えない。にもかかわらず、近代文化の伝統を確立し、自由な批判と柔軟な良識に富む文化層として自らを形成することに私たちは失敗して来た。そしてこれは、各層への文化の普及滲透を任務とする出版人の責任でもあった。

一九四五年以来、私たちは再び振出しに戻り、第一歩から踏み出すことを余儀なくされた。これは大きな不幸ではあるが、反面、これまでの混沌・未熟・歪曲の中にあった我が国の文化に秩序と確たる基礎を齎らすためには絶好の機会でもある。角川書店は、このような祖国の文化的危機にあたり、微力をも顧みず再建の礎石たるべき抱負と決意とをもって出発したが、ここに創立以来の念願を果すべく角川文庫を発刊する。これまで刊行されたあらゆる全集叢書文庫類の長所と短所とを検討し、古今東西の不朽の典籍を、良心的編集のもとに、廉価に、そして書架にふさわしい美本として、多くのひとびとに提供しようとする。しかし私たちは徒らに百科全書的な知識のジレッタントを作ることを目的とせず、あくまで祖国の文化に秩序と再建への道を示し、この文庫を角川書店の栄ある事業として、今後永久に継続発展せしめ、学芸と教養との殿堂として大成せんことを期したい。多くの読書子の愛情ある忠言と支持とによって、この希望と抱負とを完遂せしめられんことを願う。

一九四九年五月三日

角川文庫ベストセラー

角川文庫ベストセラー

コンダクター　神永　学

毎夜の悪夢、首なしの白骨、壊れ始める友情、怪事件を狂信的に追う刑事。音楽を奏でる若者たちの日常が、一見つながりのない複数の出来事が絡み合い崩壊の道をたどる……!? 驚異の劇場型サスペンス!

確率捜査官　御子柴岳人　密室のゲーム　神永　学

世田町署、薄暗い地下一階の廊下の突きあたりにある《特殊取調対策班》。イケメン毒舌天然数学者・御子柴岳人がクールで鮮烈、華麗な推理で容疑者の心理に迫る、前代未聞の取り調べエンターテインメント!

確率捜査官　御子柴岳人　ゲームマスター　神永　学

論理的な取り調べを行う目的で新設された〈特殊取調対策班〉。新米刑事の友紀と天才数学者・御子柴が今回挑むのは、大物政治家宅で起きた窃盗事件。単純そうな事件に見えたが、その裏には底知れぬ闇が……!?

確率捜査官　御子柴岳人　ファイヤーゲーム　神永　学

効率的かつ公平な取り調べを目的として新設された〈特殊取調対策班〉は、連続放火事件への捜査協力を要請される。イケメンで毒舌な天才数学者・御子柴岳人は、これまでに起きた火災現場の情報を解析し、事件の真相に迫るが——。

嗤う伊右衛門　京極夏彦

鶴屋南北「東海道四谷怪談」と実録小説「四谷雑談集」を下敷きに、伊右衛門とお岩夫婦の物語を怪しく美しく、新たによみがえらせる。愛憎、美と醜、正気と狂気……全ての境界をゆるがせる著者渾身の傑作怪談。

角川文庫ベストセラー

巷説百物語　京極夏彦

江戸時代。曲者ぞろいの悪党一味が、公に裁けぬ事件を金で請け負う。そこここに滲む闇の中に立ち上るあやかしの姿を使い、毎度仕掛ける幻術、目眩、からくりの数々。幻惑に彩られた、巧緻な傑作妖怪時代小説。

続巷説百物語　京極夏彦

不思議話好きの山岡百介は、処刑されるたびによみがえるという極悪人の噂を聞く。殺しても殺しても死なない魔物を相手に、又市はどんな仕掛けを繰り出すのか……奇想と哀切のあやかし絵巻。

後巷説百物語　京極夏彦

文明開化の音がする明治十年。一等巡査の矢作らは、ある伝説の真偽を確かめるべく隠居老人・一白翁を訪ねた。翁は静かに、今は亡き者どもの話を語り始める。第130回直木賞受賞作。妖怪時代小説の金字塔！

前巷説百物語　京極夏彦

江戸末期。双六売りの又市は損料屋「ゑんま屋」にひょんな事から流れ着く。この店、表はれっきとした物貸業、だが「損を埋める」裏の仕事も請け負っていた。若き又市が江戸に仕掛ける、百物語はじまりの物語。

西巷説百物語　京極夏彦

人が生きていくには痛みが伴う。そして、人の数だけ痛みがあり、傷むところも傷み方もそれぞれ違う。様々に生きづらさを背負う人間たちの業を、林蔵があざやかな仕掛けで解き放つ。第24回柴田錬三郎賞受賞作。

角川文庫ベストセラー

虚実《うそまこと》妖怪百物語　序／破／急　　京極夏彦

魔人・加藤保憲が復活。時を同じくして、日本各地に妖怪が現れ始める。荒んだ空気が蔓延する中、榎木津平太郎、荒俣宏、京極夏彦らは原因究明に乗り出すが——。京極版〝妖怪大戦争〟、序破急3冊の合巻版！

幽談　　京極夏彦

本当に怖いものを知るため、とある屋敷を訪れた男は、通された座敷で思案する。真実の〝こわいもの〟を知るという屋敷の老人が、男に示したものとは。「こわいもの」ほか、妖しく美しい、幽き物語を収録。

冥談　　京極夏彦

僕は小山内君に頼まれて留守居をすることになった。襖を隔てた隣室に横たわっている、妹の佐弥子さんの死体とともに。「庭のある家」を含む8篇を収録。生と死のあわいをゆく、ほの暝（ぐら）い旅路。

眩談　　京極夏彦

僕が住む平屋は少し臭い。薄暗い廊下の真ん中には便所がある。夕暮れに、暗くて臭い便所へ向かうと——。暗闇が匂いたち、視界が歪み、記憶が混濁し、眩暈をよぶ——。京極小説の本領を味わえる8篇を収録。

旧談　　京極夏彦

夜道にうずくまる女、便所から20年出てこない男、狐に相談した幽霊、猫になった母親など、江戸時代の旗本・根岸鎮衛が聞き集めた随筆集『耳嚢』から、怪しい話、奇妙な話を京極夏彦が現代風に書き改める。

角川文庫ベストセラー

鬼談

京極夏彦

藩の剣術指南役の家に生まれた作之進には右腕がない。その腕を斬ったのは、父だ。一方、現代で暮らす「私」は見てしまう。幼い弟の右腕を摑み、無表情で見下ろす父を。過去と現在が交錯する「鬼縁」他全9篇。

本をめぐる物語 小説よ、永遠に

神永 学、加藤千恵、島本理生、椰月美智子、海猫沢めろん、佐藤友哉、千早 茜、藤谷 治
編／ダ・ヴィンチ編集部

人気シリーズ「心霊探偵八雲」の中学時代のエピソード「真夜中の図書館」、物語が禁止された国に生まれた子どもたちの冒険「青と赤の物語」など小説が愛おしくなる8編を収録。旬の作家による本のアンソロジー。

脳科学捜査官 真田夏希

鳴神響一

神奈川県警初の心理職特別捜査官・真田夏希は、医師免許を持つ心理分析官。横浜のみなとみらい地区で発生した爆発事件に、編入された夏希は、そこで意外な相棒とコンビを組むことを命じられる――。

脳科学捜査官 真田夏希 イノセント・ブルー

鳴神響一

神奈川県警初の心理職特別捜査官の真田夏希は、友人から紹介された相手と江の島でのデートに向かっていた。だが、そこは、殺人事件現場となっていた。そして、夏希も捜査に駆り出されることになるが……。

脳科学捜査官 真田夏希 イミテーション・ホワイト

鳴神響一

神奈川県警初の心理職特別捜査官・真田夏希が招集された事件は、異様なものだった。会社員が殺害された後に、花火が打ち上げられたのだ。これは殺人予告なのか。夏希はSNSで被疑者と接触を試みるが――。

角川文庫ベストセラー

脳科学捜査官 真田夏希
クライシス・レッド
鳴神響一

三浦半島の剱崎で、厚生労働省の官僚が銃弾で撃たれ殺された。心理職特別捜査官の真田夏希は、この捜査で根岸分室の上杉と組むように命じられる。上杉は、警察庁からきたエリートのはずだったが……。

脳科学捜査官 真田夏希
ドラスティック・イエロー
鳴神響一

横浜の山下埠頭で爆破事件が起きた。捜査本部に招集された神奈川県警の心理職特別捜査官の真田夏希は、カジノ誘致に反対するという犯行声明に奇妙な違和感を感じていた――。書き下ろし警察小説。

脳科学捜査官 真田夏希
パッショネイト・オレンジ
鳴神響一

鎌倉でテレビ局の敏腕アニメ・プロデューサーが殺された。犯人からの犯行声明は、彼が制作したアニメを批判するもので、どこか違和感が漂う。心理職特別捜査官の真田夏希は、捜査本部に招集されるが……。

脳科学捜査官 真田夏希
デンジャラス・ゴールド
鳴神響一

葉山にある霊園で、大学教授の一人娘が誘拐された。その娘、龍造寺ミーナは、若年ながらプログラムの天才。果たして犯人の目的は何なのか？ 指揮本部に招集された真田夏希は、ただならぬ事態に遭遇する。

脳科学捜査官 真田夏希
エキサイティング・シルバー
鳴神響一

キャリア警官の織田と上杉の同期である北条直人が失踪した。北条は公安部で、国際犯罪組織を追っていたという。北条の身を案じた2人は、秘密裏に捜査を開始するが――。シリーズ初の織田と上杉の捜査編。

角川文庫ベストセラー

脳科学捜査官 真田夏希 ストレンジ・ピンク　鳴神響一

神奈川県茅ヶ崎署管内で爆破事件が発生した。捜査本部に招集された心理職特別捜査官の真田夏希は、SNSを通じて容疑者と接触を試みるが、容疑者は正義を掲げ、連続爆破を実行していく。

脳科学捜査官 真田夏希 エピソード・ブラック　鳴神響一

警察庁の織田と神奈川県警根岸分室の上杉。二人には、決して忘れることができない「もうひとりの同期」がいた。彼女の名は五条香里奈。優秀な警察官僚だった彼女は、事故死したはずだった——。

地獄くらやみ花もなき　路生よる

閻魔様に代わって、罪人を地獄へ送る謎の美少年と、生きることをあきらめたニートの青年が営む〈地獄代行業〉。2人のもとには、今日も妖怪に憑かれた罪深き人々が訪れる。痛快〈地獄堕とし〉ミステリ。

地獄くらやみ花もなき 弐 生き人形の島　路生よる

地獄代行業の皓と助手の青児のもとに届いた〈バラバラ殺人〉を予感させる手紙。バロック様式の館がそびえる島に向かった2人を待ち受けていたのは、美しき〈生き人形〉と皓の〈弟〉を名乗る少年で!?

地獄くらやみ花もなき 参 蛇喰らう宿　路生よる

〈地獄代行業〉の皓と助手の青児は、〈人喰い宿〉と噂される奥飛騨の旅館を訪ねる。宿の関係者が殺害された過去の事件を調べる2人を待ち受けていたのは、女将の亡骸と〈死を招く蛇〉だった……。

角川文庫ベストセラー

地獄くらやみ花もなき　肆
百鬼疾る夜行列車
路生よる

〈地獄代行業〉の皓と助手・青児は、因縁の相手・荊と対決するため寝台列車に乗り込む。絢爛豪華な列車で待っていたのは6人の乗客。発車後すぐに、そのうち1人が姿を消して……。

ナキメサマ
阿泉来堂

第40回横溝正史ミステリ&ホラー大賞〈読者賞〉受賞作。衝撃の大どんでん返しに、誰もが騙される……!? 恐ろしいほどの才能が放つデビュー作。最後まで読んだ時、あなたの視界は恐怖に染まる。

ぬばたまの黒女《くろめ》
阿泉来堂

12年ぶりに道東地方の故郷の寒村を訪れた井邑陽介は憧れの少女が神社で焼死し、村では怪事件が起きていると知らされる。果たして何が起こっているのか。異端の美貌ホラー作家・那々木悠志郎が真相に挑む！

ゴーストハント1
旧校舎怪談
小野不由美

高校1年生の麻衣を待っていたのは、数々の謎の現象。旧校舎に巣くっていたものとは——。心霊現象の調査研究のため、旧校舎を訪れていたSPR（渋谷サイキックリサーチ）の物語が始まる！

ゴーストハント2
人形の檻
小野不由美

SPRの一行は再び結集し、古い瀟洒な洋館で頻発するポルターガイスト現象の調査に追われていた。怪しい物音、激化するポルターガイスト現象、火を噴くコンロ。怪しいフランス人形の正体とは!?

角川文庫ベストセラー

ゴーストハント3 乙女ノ祈リ　小野不由美

呪いや超能力は存在するのか？　湯浅高校の生徒に次々と襲い掛かる怪事件。奇異な怪異の謎を追い、調査するうちに、邪悪な意志がナルや麻衣を標的にし――。怪異&怪談蘊蓄、ミステリ色濃厚なシリーズ第3弾。

ゴーストハント4 死霊遊戯　小野不由美

新聞やテレビを賑わす緑陵高校での度重なる不可解な事件。生徒会長の安原の懇願を受け、SPR一行が調査に向かった学校では、怪異が蔓延し、「ヲリキリさま」という占いが流行していた。シリーズ第4弾。

ゴーストハント5 鮮血の迷宮　小野不由美

増改築を繰り返し、迷宮のような構造の幽霊屋敷へ集められた霊能者たち。シリーズ最高潮の戦慄がSPRを襲う！　ゴーストハントシリーズ第5弾。

ゴーストハント6 海からくるもの　小野不由美

日本海を一望する能登で老舗高級料亭を営む吉見家。代替わりのたびに多くの死人を出すという。一族にかけられた呪いの正体を探る中、ナルが何者かに憑依されてしまう。シリーズ最大の危機！

ゴーストハント7 扉を開けて　小野不由美

能登からの帰り道、迷って辿り着いたダム湖。そこにナルが探し求めていた何かがあった。「オフィスは戻り次第、閉鎖する」と宣言したナル。SPR一行は戸惑うも、そこに廃校の調査依頼が舞い込む。驚愕の完結。